영혼을 깨우는
새벽 수업

영혼을 깨우는 새벽 수업

발행일	2019년 3월 22일

지은이	양동환
펴낸이	손형국
펴낸곳	(주)북랩

편집인	선일영	편집	오경진, 최승헌, 최예은, 김경무
디자인	이현수, 김민하, 한수희, 김윤주, 허지혜	제작	박기성, 황동현, 구성우, 정성배
마케팅	김회란, 박진관, 조하라		

출판등록	2004. 12. 1(제2012-000051호)
주소	서울시 금천구 가산디지털 1로 168, 우림라이온스밸리 B동 B113, 114호
홈페이지	www.book.co.kr
전화번호	(02)2026-5777 팩스 (02)2026-5747

ISBN   979-11-6299-578-5 03810 (종이책)   979-11-6299-579-2 05810 (전자책)

이 도서의 국립중앙도서관 출판예정도서목록(CIP)은 서지정보유통지원시스템 홈페이지(http://seoji.nl.go.kr)와
국가자료공동목록시스템(http://www.nl.go.kr/kolisnet)에서 이용하실 수 있습니다.
(CIP제어번호: CIP2019009459)

(주)북랩 성공출판의 파트너

북랩 홈페이지와 패밀리 사이트에서 다양한 출판 솔루션을 만나 보세요!

홈페이지 book.co.kr • **블로그** blog.naver.com/essaybook • **원고모집** book@book.co.kr

천여 명의 전교 1등을 배출한 한 사교육자의 비망록

영혼을 깨우는 새벽 수업

양동환 지음

북랩 book Lab

24년 전, 새벽 수업을 받던
그 시절을 회상하며

양동환 선생님으로부터 처음 수업을 듣기 시작한 것은 제가 중학교 2학년, 14살 때의 일입니다. 벌써 약 24년이라는 시간이 흘러 사회의 일원으로서 건장한 청년이 된 지금, 그때 새벽 수업받던 시절을 돌이켜 회상해 봅니다.

지금 시점에서 그 시절을 돌이켜 볼 때, 중학교 2학년 학생이 어떤 마음가짐과 용기로 선생님께 "새벽 수업 좀 해 주세요!"라며 근거 없는 자신감으로 당차게 말씀드렸는지, 지금 생각해 봐도 저 스스로가 이해가 되지 않을 뿐만 아니라 실감이 나질 않습니다. 제 나이 38살인 지금에도 그 시절 그 다짐과 포부가 스스로도 믿기지 않는데, 선생님께서는 새벽 수업 요청을 듣고서 중학교 2학년인 저를 어떤 눈으로 바라보셨을지 상상조차 되질 않고 처음에는 헛웃음을 지으셨을 것 같습니다.

선생님께서는 정기 저녁 수업 중에 몇 년 전까지는 선배들에게 새벽 수업을 하셨던 것을 단지 무용담처럼 가끔 얘기해 주셨던 것인데, 공부도 그리 잘하지 못했던 제가 새벽 수업에 호기심을 가지게 되었고

5

공부에 도전해 보고 성실하게 임할 열망을 가지고 새벽 수업을 해달라는 말을 하게 되었습니다. '장난이겠지.', '일단 시작하더라도 한두 달 하다가 그만둘 것이 분명하니 시작조차 할 필요가 있을까?' 하며 무시해 버려도 충분히 합리적인 의심일 수 있는데도 선생님께서는 그런 저를 믿어 주셨습니다. 결국 새벽반 수업이 시작되어 처음 시작 당시의 숫자보다도 수강생이 훨씬 늘어나서 이후 새벽 수업에 많은 학생이 동참하게 되었습니다. 그렇게 3년을 하였던 것으로 기억합니다. 그 시절 함께 수업을 듣던 친구들과는 좋은 추억을 공유하게 되었고 지금도 돈독한 우정을 나누고 있습니다.

만약 그때 저의 새벽 수업 요청을 선생님께서 정말 장난이라고 치부해 버렸거나 장난이라고 생각하지 않으셨더라도 굳이 힘들게 새벽 수업을 할 필요가 없었기 때문에 거절하셨다면 어떻게 되었을까요. 새벽에 눈 비비고 일어나 열정적으로 수업을 듣던 제 추억은 없었을 것이고 공부에 흥미와 열망을 가졌던 학창시절뿐만 아니라, 이 사회의 일원으로서 국가와 사회에 봉사하며 조금이나마 자기 역할을 할 수 있는 지금의 저도 없었을 것입니다.

중학생의 무심코 던진 한마디라고 생각할 수도 있는 말을 진심으로 귀담아들어 주시고 공부의 기회를 주신 것이 24년이 지난 현재에도 제가 선생님께 항상 감사해하며 선생님을 언제나 저의 평생 은인이자 스승으로 기억하는 이유일 것입니다.

장난이라고 쉽게 넘길 수도 있는 중학교 2학년 학생의 말과 행동에 대한 선생님의 믿음과 신뢰를 통하여 저는 공부에 흥미를 느끼게 되었습니다. 그리고 새벽 수업은 단지 영어를 배우는 시간이 아닌, 공부하려는 동기까지 부여되는 시간이었기에 어린 나이지만 조금이나마 삶을 대하는 자세를 깨닫게 되었습니다. 이를 통하여 제 꿈을 실현하기 위하여 학창시절 공부에 대한 의지와 열망을 가질 수 있었고, 이는 지치고 힘들 때마다 언제나 저를 일으켜 세워주는 원동력이 되었습니다. 힘들 때마다 그 시절 새벽반 수업을 받던 저를 떠올리며 견뎌내어 지금 이 자리에 제가 있는 것이 아닌가 싶습니다.

선생님께서 주신 학생에 대한 믿음과 가르침은 단지 영어 과목에 있어서의 문법적 이해나 문제의 정답을 찾기 위한 해법 설명에 그치는 것이 아니라 제가 지금까지 대학교 교육을 마치고 사법시험이라는 더 큰 공부를 하기 위한 기본자세와 동기 부여, 삶을 대하는 마음가짐까지도 제대로 다잡을 수 있는 살아있는 교육이자 인생 수업이었습니다.

항상 그 시절 그때를 생각하면 공부에 대한 열정으로 가득 차 있던 저를 회상하게 되고 누구도 쉽게 경험할 수 없는 학창시절 새벽 수업을 떠올리게 됩니다. 힘들었지만 돌이켜 생각해보면 성실히 수업에 출석하여 참여함으로써 극복해냈던 것이 저 자신을 대견해 하는 좋은 추억이 되었습니다.

이 추억을 발판 삼아 더 힘들고 어려운 상황에 직면하더라도 이겨낼 힘을 가질 수 있게 된 것이 아닌가 싶습니다.

새벽반의 추억을 안겨줌으로써 공부에 대한 의지와 열정을 북돋아 주신 선생님께 언제나 감사드리며 선생님의 학생들에 대한 믿음과 사랑의 추억이 이 책을 통하여 독자들에게 십분 전달되기를 진심으로 기원합니다.

제57회 사법고시 합격자, 현 서울 동부지원 화해조정관

안민성('새벽 수업 좀 해 주세요'의 주인공)

"학생은 공부를 잘해야 한다."

위의 명제는 모든 학부모님의 공통된 바람이자 소망이라고 생각합니다.

2018년 통계청 발표에 따르면, 대한민국의 초등학교, 중학교, 고등학교 학생의 수는 대략 1,150만 명 정도입니다. 유치원과 대학교 학생 수까지 합치면 무려 우리나라 인구의 1/3 이상이 학생이라고 보아도 무난하리라고 생각합니다. 이 모든 학생이 학생들의 본분인 공부를 잘한다면야 좋겠지만, 실제로 교육 현장인 학교에서는 성적을 엄연하게 상중하 또는 1등급에서 9등급으로 등급화해서 관리합니다. 이 엄중한 현실에서 공부를 잘하지 못하는 학생이 공부 잘하는 학생이 되는 것은 보통의 노력과 정성으로는 결코 쉽지 않은 일입니다.

저는 지난 25년간 학원 강사 생활 및 학원을 운영하면서 운 좋게도 가능성이 있는 학생들을 만나 이들을 자극하고 동기를 부여해 주면서 1,000여 명이 넘는 학생들을 속칭 'SKY 대학'에 보낼 수 있었습니다. 심지어 전국 수석, 차석도 11명씩이나 지도했습니다. 그 경험을 사실 그대로 이 책에 담아 대한민국 학생들과 학부모님들께 조금이나마 도움이 되고자 용기를 내어 이 책을 출판하게 되었습니다.

자세한 내용은 책 속에 담겨 있지만, 간단하게 이 책의 내용을 설명하자면 다음과 같습니다. 우선 제가 주로 맡아서 지도했던 학생들은 중학교 2~3학년들이었는데, 이 학생들에게 왜 공부를 열심히 해야 하는지 또는 왜 성공해야 하는지를 지속적·반복적으로 알기 쉽게 자극하고 동기를 부여하는 과정을 통해서 학생 본인들이 스스로 공부를 열심히 하게끔 유도했습니다. 그다음에는 구체적으로 말만 들어도 힘든 새벽반 수업을 본인들이 원해서 나오게끔 했습니다. 학생들이 스스로 이해하고 판단해서 새벽 수업에 나오기만 하면 일단은 절반은 성공했다고 봅니다. 왜냐하면 다른 학생들보다 새벽 시간에 한 시간 먼저 일어나서 맑은 정신에서 공부하고 학교생활을 시작하게 되면 우선 학생들의 마음이 여유롭고 안정이 되어서 학교 성적도 마치 실타래 풀리듯이 술술 오르게 되기 때문입니다.

학생이 성적을 올리는 데 있어 가장 중요한 것은 학교도, 학원도 아닌 가정에서 어머니의 역할이라고 생각합니다. 이 세상에서 가장 자녀와 가깝고 친밀한 어머니가 자녀에게 올바른 사랑으로 가정교육을 해주지 않는다면 아무리 좋은 학교나 훌륭한 선생님이 학생을 지도한다고 하더라도 결과는 사상누각이라고 감히 단언할 수 있습니다.

제가 지도해서 성적이 급상승했던 학생들의 공통점은 하나같이 그 학생들의 어머니들과 대화해 보면 '편안하다'는 것입니다. 가정에서 어머니가 자녀들과 이런 편안한 분위기를 조성하고 올바른 사랑으로 가정교육을 한 다음에 전문 교육 기관에서 교육받았을 때 비로소 학생의 성적도 오르는 것이라고 말씀드리고 싶습니다. 다시 정리해 보면, 어머니가 올바른 사랑을 실천해서 자녀가 편안한 상태가 선행되어야

합니다. 그다음이 학교이고 그래도 미진하다면 학원에서 부족한 부분을 지도했을 때 부모님들이 자녀의 성적에 있어 만족할 만한 결과를 얻을 수 있다는 것입니다.

이러한 내용이 자세하게 책 본문에 설명되어 있으니 잘 참고하셔서 부디 세상에 내놓기에 부끄러운 이 책이 공부하는 학생들과 또는 자녀가 공부 잘하기를 간절히 바라고 계시는 학부모님들, 그리고 교육 현장에 계시는 선생님들께 조금이나마 도움이 된다면 여러모로 부족한 저에게 큰 위안이 되고 보람이 될 것입니다.

수년 전부터 제가 가르친 제자들, 학부모님들, 직장 동료들, 그리고 지인들이 저에게 책을 출간할 것을 권유했으나 감히 책을 출간할 용기가 나지 않아서 미루고 있었는데, 친한 친구들이 저세상으로 한 명씩 허무하게 가는 것을 보고서 더 이상 미룰 수가 없어서 용기를 내어 자서전을 겸해서 이 책을 쓰게 되었습니다.

이 책에 나온 제자들의 이름은 혹시 사교육을 받아서 그런 성공을 거두었다는 오해를 받을까 우려해서 가명으로 처리했음을 알려드립니다.

그리고 이 책이 나오기까지 많은 지도와 도움을 주신 ㈜북랩의 손형국 사장님과 편집부 직원들께 머리 숙여 감사의 말씀을 전하고 또한 지난 28년간 꿋꿋하게 반려자이자 친구로서 저를 내조해 준 아내와 예쁜 두 딸에게 이 책을 바칩니다.

2019년 3월 15일
前 학원인 양동환 드림

● 목차

1.

1등을 해라.
2등 이하는 패배다

"1등을 해라.

2등 이하는 패배다.

잘못을 하지 마라.

그리고 너의 도덕적 인격과 깨끗한 평판을 흐려놓을 행위는 하지 마라."

- 케네디가(家)의 가훈

케네디가의 네 형제는 다음과 같은 이름을 가졌습니다. 첫째 아들은 조지프 케네디(Joseph Kennedy), 둘째 아들은 존 F. 케네디(John F. Kennedy), 셋째 아들은 로버트 케네디(Robert Kennedy), 넷째 아들은 에드워드 케네디(Edward Kennedy)입니다.

존 F. 케네디의 할아버지 패트릭 조지프 케네디(Patrick Joseph Kennedy)는 혹독한 가난을 피해 미국에 이민 온 아일랜드인의 아들이었습니다. 그는 보스턴 항구에서 일꾼으로 일하다가 조금 형편이 나아지자 근처의 술집을 사들여 운영하고 돈을 번 다음엔 위스키 회사를 사들여 마침내 지역 주류업계에서 성공한 사업가가 되었습니다. 그 후엔 매사추세츠주(보스턴이 속한 주) 의회의 의원에도 당선되어 정치계에서도 상당히 성공을 거두었습니다.

그는 '앞으로 케네디 가문이 상류층이 되려면 자식들을 좋은 학교에 보내야 한다.'라고 생각해 아들을 하버드대학교에까지 보냈습니다. 그의 아들 조셉 패트릭 케네디(Joseph Patrick Kennedy)는 아버지의 바람대로 하버드대학교를 졸업한 뒤 25세에 당시에는 최연소로 콜롬비아 트러스트 은행의 은행장이 되고 그 이후에도 계속 승승장구를 해서 더욱 성공하게 됩니다. 젊은 나이에 성공함으로써 결혼도 케네디 가문보다는 훨씬 좋은 명문 집안 출신인 로즈(Rose Kennedy) 여사와 하게 됩니다. 그리고 영화사도 설립하게 되고 미국 초대 유가증권거래위원장을 역임했으며 마침내 영국 주재 대사도 역임하게 됩니다. 이렇게 존 F. 케네디의 아버지가 크게 성공하면서 가정에 경제적으로 안정이 이루어지고 행복한 가정이 정착되면서 케네디의 아버지는 경제 활동에 전념하게 되고 자녀 교육은 어머니인 로즈 여사가 전적으로 맡게 됩니다. 그녀는 앞의 케네디가의 가훈에 나와 있듯이, "아들, 딸 상관없이 1등을 해라." 즉, "최선을 다해라. 그렇지 않으면 실패다."라는 식으로 엄격하게 자녀를 지도하게 됩니다. 잘 알려져 있듯이 케네디가는 형제자

매가 무려 4남 5녀나 되는 대가족이었고 그중에는 여자 정신지체장애자도 있었는데 그 자녀마저도 엄격하게 남자아이와 똑같이 가정교육을 했다고 합니다.

이러한 가정교육을 받고 자란 형제들이 성공하지 못할 이유가 전혀 없지요. 그중에서도 가장 두드러진 자녀는 첫째인 조지프였답니다. 그런데 그는 제2차 세계대전에 공군으로 참전해서 전쟁을 치르던 중 비행기가 추락하면서 안타깝게도 청운의 꿈을 피워보지도 못하고 공중에서 산화하고 맙니다. 형이 공군에 참전하는 동안 그 동생인 존 F. 케네디는 해군에 입대하여 싸우다가 그 역시도 배가 침몰하여 일주일간 행방불명이 되지요. 당시에 아버지가 경제계에서 성공한 유명한 기업인인지라 국가를 위한 전쟁에 참전한 두 아들이 전사했다고 해서 미국 내에서도 큰 뉴스거리가 됩니다. 조국을 위해 순국한 애국자들이라는 애도와 찬사를 받는 와중에 존 F. 케네디가 부서진 뗏목으로 부하들을 먼저 구하고 나중에 온갖 고생을 하면서 일주일 만에 그야말로 구사일생으로 살아납니다. 원래 존은 네 형제 중에서 가장 문제아이자 말썽꾸러기였다고 합니다. 전하는 말에 의하면 고등학교 때 교감 선생님이 그가 얼마나 문제아였으면 '인간쓰레기'라고 표현했을 정도라고 하니까요. 그러나 그는 전쟁 중에 형을 잃고 본인도 죽음 직전의 상황까지 경험하면서 인생에 대해서 크게 깨닫게 됩니다. 그리고 나서 심기일전하여 다시 열심히 공부하게 되고 결국에는 그도 아버지에 이어 하버드대학교를 졸업하고 비로소 성공의 길로 나아갑니다. 하지만 더 똑똑했던 동생 로버트가 먼저 국회의원이 되고 그가 동생에 이어 나중에 국회의원이 됩니다. 왜냐하면 존은 군 복무도 하게 되고 대학 공부도 더 늦게 해야 했으니까요.

그는 정치 활동을 하면서 『용기 있는 사람들』이라는 책을 써서 작가로서도 성공하여 크게 주목을 받게 됩니다. 그리고 승승장구하여 드디어 미국의 제35대 대통령(1917~1963년)으로 당선됩니다. 대통령에 출마했을 때는 여러 가지 방면에서 대통령에 당선되기에는 역부족이었습니다. 우선 출신이 영국이나 독일, 프랑스처럼 힘이 있는 국가 출신이 아니고 유럽에서 가장 못사는 나라인 아일랜드 출신이고, 또한 종교가 미국은 개신교가 대부분인데 케네디가(家)는 구교인 가톨릭이라서 그야말로 실력이 아니면 대통령으로서 당선될 가능성이 거의 없었답니다. 그런데도 그는 그런 모든 약점을 극복하고 당당하게 민주당 출신으로 1960년에 미국 역사상 최연소 대통령이 되었으며, 대통령이 된 뒤 '뉴 프런티어 정신'을 제창하였고, 당시에 제3차 세계대전의 위기인 쿠바 사태를 해결하였으며, 평화 봉사단을 만드는 등 패기와 예지를 바탕으로 세계를 평화와 안정의 길로 이끌었습니다. 그런데 안타깝게도 재선을 준비하던 중 1963년 11월 22일경에 텍사스주 댈러스에서 흉탄에 쓰러져서 죽고 맙니다.

형이 대통령이었을 때 동생인 로버트(Robert F. Kennedy)는 1961년에 형인 존 F. 케네디 대통령 내각의 법무장관으로 임명되었습니다. 1963년 11월 22일 그의 형 존 F. 케네디가 텍사스주 댈러스에서 암살되었으나 로버트 케네디는 그 후에도 계속 법무장관으로 근무하다가 1964년에 사임했습니다. 그는 역량 있는 법무장관이었습니다. 이후 1964년에는 뉴욕주 상원의원으로 쉽게 당선되었습니다. 그 후 2년이 채 못 되어 그는 온전히 자신의 힘으로 중요한 정치인으로서의 위치를 확고히

했습니다. 1968년 3월 16일에는 대통령 선거 출마 의사를 밝혔습니다. 6월 5일 자정이 조금 지나서 로스앤젤레스 앰배서더 호텔에서 그의 지지자들에게 연설한 후 그가 주방 통로를 이용해 호텔을 떠나려고 할 때, 팔레스타인 이민자에 의해 치명상을 입었습니다. 로버트는 미국의 64대 법무장관을 지냈으며 1968년 미합중국 대통령 선거에서 민주당 후보로 경선에 참여했고 대통령 당선이 유력했으나 안타깝게도 선거 도중에 암살당했습니다.

이처럼 케네디가의 형제들은 조지 부시처럼 부자간의 대통령도 아니고, 형제가 4명이나 되었는데 네 명 모두 대통령의 자질과 능력을 갖추고 있었습니다. '만약 모두 살아있었다면 그중에 두세 명은 대통령으로 당선되지 않았을까?'라는 생각을 해 봅니다.

내가 학원 강사를 하면서 학생들에게 동기 부여를 하기 위해 가장 많이 인용하고 강조하는 내용이 이 케네디가의 가훈이고 그 형제들의 이야기이다. 이 이야기의 핵심은 가훈에 나오는 "1등을 해라. 2등 이하는 패배다."인데 이 내용을 다시 풀어서 해석하면 "최선을 다해라. 최선을 다하지 않으면 패배다."가 된다. 그리고 "도덕적 인격과 깨끗한 평판을 흐려 놓을 행위는 하지 마라."를 덧붙일 수 있다. 이 가훈의 내용처럼 자녀들에게 어려서부터 철저히 가정교육이 이루어진다면 그 자녀는 완전에 가까운 인격체와 능력을 갖추게 되고 그가 하는 무슨 일이든지 성공할 수밖에 없을 것이다. 케네디의 아버지는 사업하는 경제인에다가 정치가라서 일 년에 집에 있는 시간이 겨우 약 한 달 정도밖에 안 됐다고 하니 가정교육은 어머니 로즈 여사가 맡을 수밖에 없는 상황이었고, 그녀는 자녀교육을 가훈에 맞게 엄격하고 철저하게 시킴으로써 미국 역사상 가장 훌륭한 명문 가문을 만들 수 있었다. 그리고 아들 네 명 모두를 대통령 자질을 갖춘 사람으로 만들 수 있었다. 이런 이야기를 감수성 예민한 학생들에게 정성을 다해서 쉽고 자세히 얘기해 주면 우선 아이들의 눈동자가 달라지고, 나아가서 앉는 자세가 바로잡히며, 선생님을 대하는 태도가 눈에 띄게 달라진다.

앞으로 얘기할 학생들의 대부분이 내가 가르쳤던 학원의 새벽반 출신의 학생들이다. 이렇게 학생의 자세와 마음가짐이 바로잡히면 그다음부터는 그야말로 시너지(상승) 효과가 빠르게 나타나기 시작한다. 먼저 집에서 어머니를 대하는 태도가 달라진다. "엄마. 나 이제부터 얼마든지 공부 잘할 테니까 지켜봐 줘."라고 반응을 한다. 그러면 어머니는 일단은 기분이 좋아지지만 반신반의하면서 조용히 기다려 본다.

중학교 2~3학년 학생들이 새벽반 수업을 듣기 위해서 새벽 일찍 일어나 아침 6시에서 7시까지 수업을 매일 받는다는 것은 말이 쉽지, 결코 쉬운 일이 아니다. 그러나 가르치는 선생이 철저히 정신 무장이 되어 있고 실력과 경험으로 내공이 갖춰져 있으면 학생들에게는 처음의 한 주가 어렵지 그 기간을 무사히 지나고 나면 학생들은 금세 습관이 되고 자신감이 생겨서 나중에는 수업이 없는 토요일에도 새벽 보충수업을 해달라고 자진해서 요구하게 된다. 그래서 한 달이 지나면 다시 학생들에게 동기를 부여하는 차원에서 스스로 일어나서 나올 것을 주문하고, 더 나아가서는 자기의 이부자리까지 깔끔하게 정리 정돈하고 나오게끔 교육을 시킨다. 그러면 대부분의 학생이 선생님이 시키는 대로 하고, 집에서 부모들은 이런 긍정적인 행동 변화를 보이는 자녀들에게 감동하게 된다.

　구체적으로 한 학생을 예로 들자면, 6월에 중학교 2학년인 박민희라는 학생이 내가 근무하는 학원에 등록하게 되는데 그 당시에 그 학생의 성적은 반 6등에 전교 90등이었다. 물론 공부를 못하는 학생은 아니었다. 하지만 당시에 그 학생이 다니는 학교의 전교 1등에서 전교 30등까지의 학생들이 거의 모두가 내가 근무하는 학원에 재원 중이었고 대부분 내 제자들이었다. 박민희라는 학생은 학원에 다닌 지 3개월 만에 내 눈에 들어오게 되었고 그때부터 더 관심을 두고 지켜보기로 했다. 그 학생이 내 눈에 띄게 된 직접적인 이유는 무엇보다도 단 한 번도 새벽반에 지각, 결석하지 않을 뿐만 아니라 숙제를 빼먹은 적이 없는 성실한 학생이었기 때문이다. 또한 다른 학부모처럼 어머니가 극성스러운 편도 아니었다. 어머니가 약간은 건강이 좋아 보이지도 않았고 가정 형편도 여유 있어 보이지 않아서 더욱 내 관심을 끌었는지도 모르겠다. 새벽반이 아닌 오후반(오후반은 종합반임)에는 같은 학교에 재학 중인 전교 1등에서 전교 15등까지 하는 학생들의 반이 따로 운영되고 있었고 이미 그 반은 중학교 과정이 다 끝나고 영어·수학 모두 고등학교 교과 과정의 진도를 나가고 있었다. 학원은 학교와 달라서 강사 이동이 빈번히 이루어지다 보니까 그러한 점이 종종 문제가 되곤 한다. 역시 그 반도 수학 강사가 갑자기 교체되는 바람에 학생들이 새로 투입되는 수학 강사마다 보이콧을 하게 되었고 급기야는 수학 수업을 거부하기에 이르게 된다. 그때 그 학원 운영을 내가 책임지고 있다 보니,

수업 외적인 문제로 스트레스를 받게 되고 학생들을 잘 설득해서 수학 수업을 듣게 하려고 하는데 수업을 거부하는 그런 어려운 상황이 되다 보니 난처한 처지에 빠지게 되고 본의 아니게 스트레스도 많이 받게 되었다. 그런 와중에 박민희라는 학생이 눈에 확 띄게 된 것이다. 나는 이 학생이 우수한 성적을 받는 데 도움이 되어야겠다고 마음을 먹게 된다. 그리하여 수업이 끝나고 그 학생을 교무실로 조용히 불러서 학습 상담을 하게 되었고 부족한 과목이 국어와 음악이라는 것도 알게 되었다. 상담이 끝나고 그 학생한테 "학원 수업 끝나고 귀가할 때 다시 한번 들러라."라고 말하고 상담을 끝냈다. 상담을 끝내고서 쉬는 시간에 학원 인근 서점에 가서 국어와 음악에 관한 참고서, 문제집, 종합 문제집 등을 서점에 있는 것을 모두 구입해서 돌아왔다(당시에 쇼핑백으로 두 개 가득 정도의 양이었다). 이를 민희에게 선물로 주면서 "부모님 말고 너를 지켜보는 사람이 이 선생님 한 명이 더 있다고 생각하고 시간 나는 대로 참고서와 문제집을 우선 부족한 과목 중심으로 공부해 보아라. 그러면 반드시 좋은 결과가 있을 것이다."라고 하면서 돌려보냈다. 당시의 학교에서는 매달 주요 과목에 관한 평가 고사가 있었다. 아이들에게도 중학생인데도 불구하고 2개월마다 한 번씩 지역별 모의고사가 시행되고 있었다. 그 모의고사 시험이 한 달 정도 남은 상태에서 그런 학습 상담이 이루어졌고, 책 선물도 하게 되었다. 앞에서 얘기했다시피 그 학교 전교 상위권 학생들은 거의 다 내가 근무하는 학원에 다니고 있었기 때문에 새로운 학생이 전교 1등을 한다는 것은 그야말로 하늘의 별 따기만큼 어려운 일이었다. 그러나 이미 전교 1등을 수도 없이 가르치고 배출한 경험으로 나는 민희라는 학생이 큰일을 해낼 것이라는 믿음을 수업을 통해서 자연스럽게 갖게 되었다. 그래서 공부 잘하는 아이들이 수학 수업을 보이콧하고 영어 수업조차도 진지하게 듣지 않는 것을 지켜보면서 "너희들, 이번 시험에 무명의 학생이 전교 1등을 할 테니 두고 보아라."라고 엄포를 놓았다. 그랬더니 아이들은 그야말로 콧방귀 뀌는 말을 하지 말라는 태도로 내 말을 귀담아들으려고도 하지 않았다. 중학교 2학년 학생들의 공부량(量)이 많아 봐야 얼마나 많겠는가! 매일 새벽에 나와서 선생님이 시키는 대로 수업을 착실히 듣고 그대로 따라 하는 학생들을 어떻게 이길 수 있단 말인가! 어쨌거나 선생님으로서 그 학생들뿐만 아니라 다른 반 학생들한테까지도 이번 모의고사에 새로운 스타 학생이 탄생할 것이라고 큰소리를 쳤으니 조금은 불안한 마음으로 조용히 지켜볼 수밖에 없었다. 그리고서 마침내 모의고사 성적 발표가 있는 날, 누구보다도 그 학교 성적 결과가 궁금해서 학원에 오는 학생마다 붙들고서 누가 전교 1등을 했는지 묻곤 했는데 전부 모르겠다는 대답만 들어야 했다. 끝내 궁금증을 해결하지 못하고서 오후반 민희 학생 수업에 들어가서 직접 알아보기로 하고 마침내 그 수업에 들어갔다. 수업에 들어가서 무척 궁금한 것을 꾹 참고서 학생들을 쳐다보니 민희 학생의 얼굴이 잔뜩 상기되어 그야말로 홍당무가 되어 있었다. 그래서 조용히 옆으로 다가가서 그 학생한테 "어떻게 됐니?" 하고 물었더니 대답은 하지 않고 얼굴이 점점 더 빨개지는 것이 아닌가! 민희라는 학생은 대답을 못 하고 그 옆에 있던 학생이 "민희가 전교 1등 했대요."라고 대신 대답해 주었다. 더욱 더 놀라운 점은 전교 1등을 한 것뿐만 아니라 서울 지역 전체에서 3등이라는 성적 결과였다. 이 때문에 민희 본인이 놀랐고, 학교 선생님들도 놀라서 "도대체 누가 박민희야!"라고 적극적인 관심을 표명했고, 그전에 전교 1등을 했던 학생들의 칭찬 겸 질투 어린 관심들 때문에 더 놀라서 얼굴이 온통 홍당무가 되었던 것으로 생각한다. 그 성적이 나온 뒤로 민희 어머니께서 학원에 3번이나 내원해서 똑같은 질문을 계속하셨고 전화로도 두 번을 똑같은 질문을 하셨다. 그 질문의 내용은 "우리 민희가 정말 공부 잘하나요? 그리고 앞으로도 계속 공부 잘할까요?"였다. 그러면 나도 똑같은 답을 반복해야만 했다. "민희는 이미 공부 잘하는 학생이고 앞으로도 잘할 것입니다. 걱정하지 마십시오."라고…. 그리고 겨울 방학을 끝내고 다시 3개월 뒤에 서울 지역 모의고사에서 전체 수석을 했을 때는 민희 어머니께서 놀라지도 않으시고 당연하다는 듯이, "우리 민희가 전국 수석 했답니다."라고 당당하고 자연스럽게 전화로 얘기하셨다.

그 학생은 한영외국어고등학교를 거쳐서 서울대학교 법과대학(서울대 법대)에 우수한 성적으로 합격하게 되었고 사법고시를 통과하여 지금은 서울고등법원 판사로 근무 중이다. 아마도 곧 부장판사를 거쳐 훌륭한 여성 대법관이 되리라 자신 있게 예상해 본다. 민희가 학원을 그만둔 뒤에도 민희 어머니께서는 1년에 한두 번씩 예쁜 꽃바구니 선물을 들고 학원을 방문하곤 하셨다. 그때 말씀하셨던 내용 중에 기억에 남는 것은 민희가 서울대 법대에 들어갔고 학비도 장학금으로 해결하고 용돈은 과외로 해결해서 학비 걱정은 전혀 없다는 것이었다. 그래서 처음으로 백화점에 함께 가서 제대로 된 옷 한 벌 사주려고 동행을 했다고 한다. 그런데 민희도 사람인지라 쇼핑하면서 마음에 드는 옷을 입어는 보는데 그 옷을 입어보는 순간 어머니가 계산하려는 것을 그새 눈치를 채고 옷을 입다 말고 나와서 "우리 형편에 이런 옷을 입을 수 없다."라고 거절해서 결국에는 옷을 못 사 입혔다고 하소연하셨던 얘기다. 이 이야기가 어제 일처럼 생각난다. 또한 민희는 학원에 다닐 때 그 당시 학원 내(학원이 세 군데 있었고 내가 맡은 학원이 그중에서 제일 작은 규모의 학원이었다) 원내 평가에서도 항상 전체 1등을 했다. 아마도 상금이 10만 원이었던 것으로 기억하는데, 민희 어머니께서는 그 상금을 모 신문사 꿈나무 장학금으로 다 기부하셨다는 이야기를 나중에 들어서 알았다. 역시 훌륭한 어머니에 훌륭한 그 자식이라는 생각이 든다. 부디 승승장구해서 대한민국 사법계의 동량지재(棟梁之材)가 되기를 소망해 본다.

민희 어머니께서 생존해 계신다면 계속 연락하셨을 텐데, 연락이 끊긴 것을 보아하니 아마도 돌아가신 것 같다. 마지막 전화로 연락하셨을 때 건강이 좋지 않아서 형제들이 사는 곳으로 이사했고 민희가 학교를 1년간 휴학하면서 어머니를 간호했다고 하신 말씀이 마지막이었으니까….

늦었지만 고인의 명복을 빕니다.

"나라의 운명은 교육에 달려 있다."

- 아리스토텔레스(Aristoteles)

"그대, 진정으로 원하는가.
그렇다면 지금 이 순간을 잡아라.
무엇을 하든, 무엇을 꿈꾸든,
지금 이 순간부터 시작하라."

- 미국의 사상가 랄프 트라인(Ralph Trine)

"할 수 있는 한 최선을 다하라."

"당신이 할 수 있는 한 최선을 다하라.
당신이 할 수 있는 모든 수단과,
당신이 할 수 있는 모든 방법으로,
당신이 할 수 있는 모든 곳에서,
당신이 할 수 있는 모든 때에,
당신이 할 수 있는 모든 사람에게,
당신이 할 수 있는 한 오래오래."

- 미국의 순회목사 존 웨슬리(John Wesley)

2.

새벽 수업 좀
해 주세요

학생이 말했다. "선생님, 새벽 수업 좀 해 주세요."

선생님이 답했다. "뭐라고? 새벽 수업? 새벽 수업이 얼마나 힘든 줄 알고 얘기하는 거니? 다시는 그런 얘기 쉽게 하지 마라. 새벽 수업은 너희들이 그냥 한 번 농담 삼아 얘기하는 것처럼 쉬운 것이 아니니까, 다시는 그렇게 함부로 요구하지 마라."

그렇다. 새벽 수업은 말이 쉽지, 학원 강사들에게는 그야말로 말로 표현할 수 없을 정도로 힘들고 어려운 일이다. 그 이유는 우선 학원 수업이 보통 저녁 12시쯤 끝나니까 학원 강사들은 집에 와서 늦은 저녁 식사 등을 마무리하고 나면 새벽 1시나 2시에 겨우 잠자리에 드는데,

새벽 수업을 하게 되면 새벽 5시에 일어나야 하므로 수면 시간이 기껏해야 두세 시간밖에 안 되기 때문이다. 그러니까 새벽 수업은 학원 강사라면 누구나 피하고자 하는 힘든 수업, 그야말로 극한 수업이다. 그런데 수업 중에 학생들에게 동기 부여 차원에서 성공한 선배들에 관한 얘기를 하다 보면 대부분 그 학생들이 새벽반 출신들이기 때문에 당연히 새벽 수업에 관해서 말을 많이 하게 된다. 중학생이 된 뒤 나에게 처음 배우는 학생 중에서도 공부를 열심히 해야겠다고 마음먹은 아이들은 새벽 수업에 관심을 가질 수밖에 없고 철모르는 중학교 2~3학년 학생들은 호기심 반, 진심 반으로 새벽 수업을 당돌하게 요청하게 된다. 어찌 됐건 이런 식으로 새벽 수업은 절대 못 한다고 엄포를 놓은 뒤 한 달쯤 지난 후에, 안민성이라는 학생이 또 수업 중에 새벽 수업을 요구하기에 이른다. 이번에는 다른 학생들도 미리 말을 맞추었는지 덩달아서 동시에 큰 소리로 새벽 수업을 해달라고 합창을 하는 것이 아닌가! 그래서 나도 학생들이 받아들이기 어려운 여러 가지 요구 조건을 내세웠다. 예를 들어, "지금은 추운 겨울이니까 꽃 피는 봄이 오는 4월에 하자." 또는 "새벽 수업이라서 결석하는 학생들이 나오기 마련이라 인원이 최소 10명이 넘어야 새벽 수업을 하겠다." 그리고 "일주일간 수업을 해 보고 이런 조건들이 다 충족되면 수업을 하겠다."는 식으로 역으로 학생들에게 어려운 요구를 하였다. 시간이 지나서 마침내 약속한 꽃 피는 4월이 됐고 공교롭게도 수업을 시작한 날이 4월 1일 '만우절'이라서 나로서는 제발 정원 10명이 되지 않기를 간절히 바라게 되었다. 그런 뜻에서 수업 준비도 12명분만 해서 아침 일찍 학원에 나가서 기다리고 있었다. 그런데 웬걸, 한 명씩, 한 명씩 오기 시작해서 급기야는 16명이 되었고 다시 부랴부랴 추가적인 수업 준비를 마치고 수업할 수밖에 없었다. 그런데도 부디 일주일 후에는 학생들이 도저히 새벽 수업에 못 나오겠다고 스스로 포기하기를 기대했는데 일주일이 지난 마지막 날에는 교실을 다 채울 정도로 수강생이 30명을 넘기고 말았다. 이제는 어쩔 수 없이 6개월 과정으로 새벽 수업을 진행할 수밖에 없었다. 선생으로서 어린 학생들이 스스로 원해서 순수한 마음으로 겁 없이 공부를 잘해 보겠다고 과감히 도전하는 아름다운 모습을 보고 그들의 기대에 부응할 수밖에 없었고, 또한 오랜만에 다시 새벽 수업을 하면서 교육이 얼마나 중요한지 새삼 다시 깨닫게 되었다.

수업을 하다 보면 재미있는 일이 많이 생기는데 새벽 수업을 요구한 학생인 안민성이라는 학생은 초등학교 때 태권도 운동을 했던 학생이었다. 소년체전에서 준결승까지 갈 정도의 실력 있는 운동선수 출신이라 전혀 중학교 공부에 대한 준비가 되어 있지 않았다. 우스운 얘기를 하자면 영어 수업에서 민성이에게 수업 중에 영어 읽기를 시켰는데 영어 단어 'danger'를 '당거'로 읽고 'principal'을 '프린씨팔'로 읽어서 수업 분위기를 요절복통으로 만들었던 학생이었다. 당시에 안민성 학생 본인의 얘기로는 지능지수가 두 자릿수이고 성적은 반에서 거의 꼴찌라고 했다. 이러한 학생이 초등학교 때 했던 운동선수로서의 승부 근성이 남아있었는지, 그 정신으로 새벽 수업을 요구하게 되었고 시간이 지나면서 조금씩, 조금씩 좋아지더니 급기야는 성적이 반 1등으로 올라가는 것이 아닌가! 그렇게 그 해 6개월 수업을 성공적으로 마치고 또 중학교 3학년이 되었는데 그 학생이 나에게 다시 새벽 수업을 요청하였고 이제는 당연히 1년 전에 열심히 하는 모습을 확인했기 때문에 나도 기분 좋게 응할 수밖에 없었다. 새벽 수업을 하려면 새벽 다섯 시에 일어나서 학교 갈 준비를 하고 나와야 하므로 절대 쉽지 않은데도 불구하고 이 학생은 2년 동안 딱 한 번 결석하였다. 그것도 하루 뒤 치러야 할 기말고사 시험 준비가 충분히 되어있지 않았기 때문에 선생님께 먼저 허락을 구하고서 말이다. 이런 열정을 가진 학생이 왜 전교 1등을 못 하겠는가! 안민성 학생은 2학년 2학기 기말고사에서 당연히 전교 1등을 당당히 하게 되었다. 그랬더니 이번에도 같은 학교에 다니는 학생들의 극성스러운 어머니들이 찾아와서 안민성이가 누구냐는 둥, 자기가 모 그룹 회장의 딸이라는 둥, 여러 말을 꺼내며 나를 난처하게 했다. 그런 학부모들을 만나는 것을 좋아하지 않기 때문에 상담 실장한테 대신 맡기고 나는 그런 분들을 가급적 피했다. 그러면 상담 실장이 적당히 기분 나쁘지 않게 상담을 해서 돌려보내곤 했다.

이 학생이 중학교 2학년 때 내가 학원 교직원들과 인근 식당에서 점심을 먹고 나오는데 학원에 공부하러 오면서 택시에서 내리는 것을 우연히 보게 되었다. 학생이 버스를 이용하든가, 아니면 자전거를 타고 오든가 해야지, 감히 비싼 택시를 타고 온 것을 보고 못마땅한 생각이 들어서 학원에 오자마자 그 학생을 불러서 보자마자 "야, 이 녀석아. 학생이 건방지게 웬 택시를 타고 다녀? 다음부터는 대중교통을 이용하든가, 걸어서 다녀!" 하고 엄하게 꾸중했다. 민성이가 내가 하는 말을 가만히 듣고 있다가 천천히, 어렵게, "선생님. 실은 아빠가 택시 운전을 하시는데, 마침 방향이 같아서 타고 왔습니다." 하는 것이 아닌가. '아차, 내가 실수했구나!'라는 생각에 대충 상황을 얼버무리고 학생을 돌려보내고 나서 며칠이 지난 뒤 곰곰이 생각한 끝에 다시 안민성 학생을 원장실로 불렀다. 왜냐하면 이미 아버지가 택시를 운전하신다는 것을 알았고, 누나도 두 명인가 더 있는 터라 집안이 넉넉하지 않다는 것을 알았기 때문에 새벽 수업을 요구할 만큼 열심히 하는 학생을 도와야겠다고 생각했기 때문이었다. 그래서 미리 고등학교 3학년까지 학원에 무료로 다닐 수 있는 '특별 수강증'을 준비해놓고 조심스럽게 수강증을 내밀면서 "이것은 선생님이 네가 열심히 공부해서 특별히 주는 선물이다." 하고 주었더니 손사래를 치면서 "선생님. 저 수강료 낼 수 있습니다. 공부도 못하는데 이 수강증 못 받겠습니다."라고 극구 사양을 했다. 그래서 "좋다. 그러면 이 수강증은 네가 만약 학교 성적이 오르지 않고 내려가면 무효다. 다만 학교 성적이 오르면 계속 유효한 것이다."라고 간신히 설득해서 돌려보냈다. 역시 내 기대는 어긋나지 않고 딱 들어맞아서 안민성 학생은 그 이후로 성적이 나날이 좋아졌고, 그 수강증도 더불어서 그가 고등학교를 졸업할 때까지 유효했다. 그 학생이 중학교를 졸업할 무렵에 그 학생의 어머니한테서 전화가 여러 번 왔다는 소식을 직원으로부터 나중에서야 들었다. 그래서 왜 그런지 직접 전화를 걸어서 물어보았더니 어머니의 말씀이, "우리 민성이가 배재중학교 전체 수석으로 졸업하게 되어 교육감 표창을 받게 되었으므로 선생님을 꼭 우리 민성이 졸업식에 초대하려고 전화를 여러 번 드렸으나 통화가 되지 못했습니다."라는 말을 듣고 "지금이 신학기라 여러 가지 사정상 졸업식 참석은 힘들 것 같습니다."라고 말씀을 드렸다. 민성이가 중학교 전체 수석 졸업을 하게 되었다는 소식을 듣고서 또한 번 학원 강사로서 무한한 보람과 만족감을 느끼게 되었다.

여담 한 가지를 더 추가하자면 이 학생이 고등학교에 진학해서 2학년 때 전교 회장에 출마했다는 소식을 들었다. 만약에 전교 회장이 된다면 그 일에 시간을 빼앗기게 될 터였다. 지금은 그 학생이 공부에 전념해야 할 가장 중요한 시점이고 본인의 목표인 서울대학교 법과대학 진학에 차질이 생길 것이 명약관화한 상황이라 5년간 그를 쭉 지켜본 입장에서 회장 출마를 만류할 수밖에 없었다. 그래서 그 학생을 불러서 "네가 원하는 대학에 진학하려면 회장 출마는 철회했으면 좋겠다." 라고 했더니 민성이가 대답하기를, "이미 출마 선언을 했습니다. 그리고 회장에 당선되면 열심히 해 보기로 했습니다."라고 강력하게 주장하기에 그러면 "고등학교 3학년 때 성적 안 나온다고 나를 찾아오지 말거라." 하고 돌려보냈다. 그러면서도 제발 전교 회장 선거에서 떨어지기를 학수고대했는데 최종 학생회장 후보자 연설에서 전교생들이 지켜보는 연설대에 올라가서 신문지에 몰래 싸 온 이발기를 꺼내들고서 삭발하는 깜짝 이벤트를 함으로써 학생들을 열광시켰고 그런 열렬한 지지에 힘입어 압도적으로 학생회장에 당선되었다. 당선된 이후에 또다시 불러서 부회장도 있고 부장들도 있으니까 업무를 분담해서 회장은 적당히 하고 공부에 더 전념하라고 했더니 "학생과 학교를 위해서 열심히 한 번 해보겠다."라고 교장 선생님과 굳게 약속했다고 했다.

어찌 사람 욕심이 이것저것 전부 다 잘해보고 싶지 않겠는가. 이런 욕심이 인지상정이련만 5년간 계속 지켜본 선생님 입장에서는 전교 회장을 맡게 되면 뻔히 공부에 소홀해질 것이 눈에 훤히 들여다보이는

데 어찌 회장 노릇을 말릴 수 없었겠는가! 아니나 다를까, 정확히 1년 후에 불현듯 찾아와서 "선생님, 모의고사 성적이 안 나오는데요." 하는 것이 아닌가. "야, 이 녀석아, 정확히 1년 전에 내가 한 말이 기억 안 나니?" 그랬더니 그 녀석 왈, "그래도요."라는 짧은 대답이 돌아왔다.

당시에는 고등학교 3학년 1학기에 수시 입학 제도가 있었는데 다행히 내신 성적은 전교 1등을 유지하고 있었고, 전교 회장을 맡고 있었기 때문에 그에 대한 가산점이 있어서 1학기 수시를 지원하라고 조언했고 그에 따라서 연세대학교 법과대학(연세대 법대)에 지원해서 합격하게 되었다. 지금은 1학기 수시 제도가 없어져서 다행이지만, 그 당시에는 1학기에 수시 제도가 있었기 때문에 그 수시에 합격한 학생들은 2학기 때 정말 머리 싸매고 1분 1초 최선을 다해야 하는 정시를 준비하는 친구들에게 본의 아니게 피해를 줄 수밖에 없었고 그에 따른 부작용도 많이 있었다. 그런 이유에서인지 불과 몇 년 만에 1학기 수시 제도는 다행히도 없어졌다. 이 안민성이라는 학생은 2학기 때는 해외여행을 떠났으니 친구들에게 민폐는 그렇게 크게 끼치지 않았다고 생각한다.

민성이가 학원에 다닐 때 내가 운영하는 학원 규모가 어느 정도 자리를 잡고 있는 상태에서 학원을 마치게 되었다. 뒤에서 자세히 언급하겠지만, 여러 가지 이유로 민성이가 다녔던 학원을 정리하고서 작은 학원을 운영하게 되어 수학 과목이 부족한 학생의 과외를 부탁하기 위해서 민성이를 학원으로 불렀다. 그런데 이 녀석이 학원에 오자마자 눈물을 흘리면서 "선생님, 왜 여기 계세요?"라는 질문을 하여 잠시 말문이 막히고 말았다. 이 녀석의 생각으로는 자기를 키워준 선생님이 항상 좋은 자리에서 더 잘되기를 바라는 마음에 그런 말을 했으리라 짐작한다. 나도 미처 거기까지는 생각하지 못하고 불렀는데, 사랑하는 제자한테 그런 초라한 모습을 보여주었으니 그 일로 얼마 동안은 마음이 불편했다.

그 일이 있고서 한동안 소식이 없다가 대학교 3학년 때 찾아와서 불쑥 한다는 말이, "선생님. 저 사법고시 안 보고 사업 한 번 해볼까 합니다."라는 말이었다. 처음에는 전혀 뜻밖의 표현이라 약간 당황해서 잠깐 망설인 뒤 차분하게 다시 제법 오랜 시간 동안 설득하게 되었다. "너 그럴 생각이었다면 경영학과나 경제학과를 갔어야지, 왜 법대로 진학했느냐? 앞으로 냉철하게 자신을 돌아본 뒤 부디 사업한다는 생각은 재고하기 바란다. 너를 오랫동안 지켜봐 온 선생님으로서 하는 얘기다."라고 집요하게 설득한 것으로 기억한다. 그런 후에 군대 간다고 한 번 찾아오고 계속 몇 년간 연락이 없었다. 그 후로 시간이 제법 여러 해가 지난 뒤, 학원을 정리하고 집에서 쉬고 있는데 함께 근무했던 동료 전 직원에게서 SNS를 통해 전화번호를 묻는 연락이 왔다. 그래서 알려줬더니 그분에게서 연락이 온 것이 아니라 대신에 바로 안민성이라는 학생한테서 전화가 걸려 왔다. 그리고 민성이가 하는 말이, "선생님. 왜 학원 그만두셨어요?" 하는 것이 아닌가. "야, 이 녀석아. 학원 그만둔 지 2년이나 지났다. 도대체 무슨 일이니?"라고 물었더니 "선생님, 저 사법고시 합격했어요!"라고 하는 것이 아닌가. 이보다 기쁜 일이 있을까! 본인 말로 지능지수가 두 자리이고 반에서 거의 꼴찌였던 학생이 강동구 명일동의 조그마한 학원에서 사제(師弟) 관계로 만나서

제자 안민성 사진

1년 만에 전교 1등을 하고, 다시 얼마 지나지 않아서 전체 수석으로 졸업을 하고 한영고등학교 전교 회장을 역임하고 연세대 법대를 거쳐서 우리나라에서 제일 어렵다는 사법고시에 합격했으니 이보다 더 큰 보람과 영광이 과연 있을 수 있을까? 지금 생각해도 그 소식을 들었을 때의 짜릿한 전율은 힘들었던 새벽 수업의 노력에 대한 큰 보상이라고 생각한다.

부디 민성이도 조국을 위해서 훌륭한 법조인으로서 큰 업적을 남기기를 기원해 본다.

"일에는 도전 정신이 충만해 있어야 한다.
그리고 도전은 즐거워야 한다."

- 래리 페이지(Larry Page)

"당신이 생각하는 것을
1만 번 이상 반복하면
당신은 그런 사람이 되어간다."

- 인디언 금언(金言)

"Be good to
yourself,
excellent to others."

- 하버드 비즈니스 스쿨의 신입생들에게 주어지는 첫 주제

3.

새벽반 수업
도강하면 안 되나요?

중학교 3학년인 이예인이라는 학생이 학원에 다닌 지 한 달 만에 갑자기 교무실로 나를 찾아와 불쑥하는 말이, "선생님. 새벽반 수업 도강(수강료를 내지 않고 수업을 그냥 듣는 것)하면 안 되나요?"라고 당돌하게 물었다. "그래. 너, 새벽반 수업이 힘든데 지각이나 결석하지 않고 나올 수 있겠니? 한 달간 한 번도 빠짐없이 지각이나 결석하지 않고 나오면 새벽 수업을 듣게 해 주겠다."라고 말하여 새벽반에 다니는 동안 지각, 결석하지 않고 나올 자신이 있다는 확실한 다짐을 받고 학생을 돌려보냈다. 새벽반 수업에는 인원이 적지 않은 학생들, 즉 50여 명 가까이 되는 인원이 나오기 때문에 어지간해서는 학생들이 눈에 잘 띄지 않는데 이 학생은 가장 먼저 학원에 나와서 강의실 가운데 제일 앞자리에 앉아서 그야말로 초롱초롱한 눈으로 공부에 한이 맺힌 것처럼 수업을 정말 열심히 들었다. 그래서 상담일지를 꺼내서 상담 내용을 확인해 보니, 형제 관계가 위로는 언니가 한 명 있고 아래로는 남동생이 있는데, 언니와 남동생은 학원에 보내주고 예인이는 중간에 긴 샌드위치 상황이라 학원을 보내주지 않은 모양이었다. 공부는 하고 싶은데 학원을 보내주지 않아서 계속 어머니한테 사정해서 겨우 학원에 오게 된 학생이고 성적은 반에서 9등, 전교에서 200등 정도 하는 학생이었다. 아버지는 학교 선생님으로 근무하시는 그야말로 평범한 가정이라 세 명 모두 학원에 보낼 형편이 안 되는 여건이라는 것을 알게 되었다. 그 당시만 해도 학원에 다니는 것이 공식적으로 허락되지 않던 실정이라서 교직에 계시는 부모님의 입장에서는 학원에 보내는 것을 더욱더 달가워하지 않으셨으리라 생각된다.

이 학생이 당돌하게 새벽반을 도강(?)한 뒤에 시간이 지남에 따라서 공부하는 자세가 눈에 띄게 달라지기 시작했다. 우선 공부에 몹시 목마른 학생처럼 수업 중에 이해가 되지 않거나 집에서 예습·복습을 통해서 잘 모르는 내용은 가차 없이 동료 학생들의 입장을 전혀 생각하지 않고 바로바로 수업 중에 질문 공세를 펼치기 시작했다. 학생이 질문을 열심히 한다는 것은 공부에 관심을 기울인다는 것이고 수업에 집중한다는 것을 증명한다. 수업에 집중하지 않고 예습·복습을 열심히 하지 않고는 학습 내용에 대해 예리하게 질문할 수 없기 때문이다. 그리고 이 학생이 한 번 배운 내용은 절대 잊어버리지 않는다는 것을 수업을 통해서 알게 되었다. 가르치는 입장에서 조금만 신경 쓰고 학생들을 지켜보면 어떤 학생이 앞으로 두각을 나타낼 것인지 현장 경험을 통해서 금방 알 수 있는 법이다. 또한, 교실에서 수업을 통해서 학생들과 소통하다 보면 굳이 귀찮게 시험을 보지 않더라도 그 학생의 실력이 어느 정도인지는 아주 쉽게 저절로 알 수 있기 마련이다. 수업에 관심이 없는 학생은 선생님의 수업 내용에 집중할 수 없을뿐더러 수업 자세도 올바르지 않고 질문은 언감생심이며 본인한테 질문할까 봐 늘 시선이 다른 데 가 있거나 고개를 숙이고 있기 때문이다. 감수성이 가장 예민한 중학교 2~3학년 아이들이기에 수업 분위기를 공부에 집중할 수 있도록 유도하면 비교적 손쉽게 성적을 올릴 수 있는 최적의 시기가 바로 이때라고 생각한다. 그 이유는 우선 순수하고 잡념이 많지 않기 때문에 공부할 자세만 갖추어지면 그야말로 스펀지처럼 수업 내용을 있는 그대로 흡수할 때이고 무엇보다도 그때는 공부의 절대량이 고등학교 2~3학년 때처럼 많지 않기 때문이다. 그래서 나는 학생들이 성적 올리기에 가장 중요한 시기가 중학교 2~3학년 때라고 감히 자신한다. 학부모님들 모두가 자녀들이 공부 잘하기를 원하고 계실 텐데, 부디 자녀가 중학교에 다닐 때 이 시기를 놓치지 마시고 잘 지도하시기를 간곡히 부탁드리는 바이다.

어쨌거나 예인이라는 학생은 3개월 후에는 반 1등으로 올라가고 다시 3개월 후에는 전교 1등을 하게 된다. 당시에는 매일 새벽 수업을 하던 때라 3개월이면 책 한 권이 끝나고 수준을 높여서 고등학교 초급 과정을 진행했는데 이 학생은 두 과정을 다 끝내고 특수목적고등학교(특목고)인 외국어고등학교에 합격한 뒤에도 새벽 수업에 다시 나오는 것이 아닌가! 다른 학생들은 특목고에 합격하면 학교에도 나가지 않고 외국 여행을 가거나 국내 여행이나 박물관 등을 가던 참인데 이 학생은 이제 막 중학교 공부를 시작하려는 후배들과 복습 수업을 세 번째 듣기 위해서 새벽 수업에 또 나왔으니 당연히 공부를 잘할 수밖에 없었다.

그래서 새벽 수업이 끝나고 조심스럽게 교무실로 불러서 이제는 이 수업을 듣는 것이 중요한 것이 아니라 고등학교에 필요한 공부를 할 때라고 조심스럽게 타일러서 보내야만 했다.

나중에 시간이 지난 뒤 우연히 듣게 되었는데 일찍이 큰아이라고 학원에 보낸 언니는 성균관대학교에 진학하게 되었고, 또 아들이라고 애지중지한 셋째는 지방의 대학교에 진학했다는 얘기를 듣게 되었다. 그러면 이 학생은 어디에 진학했는지 궁금하실 것이다. 당연히 우리나라 최고학부인 서울대학교 경제학과에 진학했다는 말을 어머니한테 직접 전해 들었다.

학원을 접고 은퇴한 뒤 지금 생각해 보면 학원 강사였던 나는 참으로 운이 좋았던 사람이고 '열심히 수업했던 그 시절이 몸은 힘들었지만 정말로 내 인생에서 최고로 행복했던 시기였다.'라는 생각이 든다.

내가 수험생이었을 때는 무조건 맹목적으로 서울대 법대에 진학해야겠다고 굳게 마음먹고 오로지 그 대학만을 위해서 재수, 삼수까지 했는데, 막상 수능 시험 제2교시 수학 과목에서 3문제를 풀지 못해서 시험을 포기하려고 앉았다 일어서기를 네 번이나 하면서도 무슨 미련이 남았는지, 운명인지, 수학 이외의 과목은 찍다시피 하고 나머지 시험도 제정신이 아닌 상황에서 끝냈다. 결국은 그렇게 원했던 대학은 진학하지 못하고 꿈에도 생각해 보지 못한 서울에 있는 모 대학에 진학하게 되었다. 이후 대학 졸업 후 무려 20여 년 동안 대학 실패 때문에 내 인생이 굴절되고 그 자책감에 시달려야 했다. 그런 와중에 우연히 학원에서 학생들을 지도하면서 나도 모르게 나처럼 되지 말라고 혼신의 힘을 다해서 그 어려운 새벽 수업을 무려 20여 년간 참고 해 왔고 그 새벽 수업을 통해서 내가 못한 공부에 대한 미련, 공부에 대한 성공을 학생들을 통해서 간접적으로나마 대리로 성취할 수 있었던 것 같다. 지금은 그런 제자들을 생각만 하면 괜히 기분이 우쭐해지고 자부심이 넘치게 된다.

여담으로, 이 학생을 가르친 지 몇 개월 지난 뒤에 추석 명절이라 고향에 다녀온 후 학원에 출근해 보니 내 책상 위에 양주 한 병과 조그마한 메모 쪽지가 있어서 뜯어 보았다. 이예인이라는 학생이 메모에다가 아무 수식어 없이 그냥 아주 간단히 "엄마가 갖다 드리래요."라고만 쓴 뒤에 놓고 간 것이었다. 그 메모를 보는 순간 그냥 실없는 웃음이 나오고 말았다. 아마도 지금이라면 이렇게 쓰지 않았을까 생각해 본다. "선생님. 새벽 수업 무료로 듣게 해 주셔서 감사드리고 앞으로도 선생님 기대에 어긋나지 않게 열심히 공부하겠습니다."라고…

새벽 수업을 그냥 듣게 해달라고 했을 때는 뭔가 의기소침해 있었고 위축되어 있었던 학생이, 나중에 전교 1등을 했을 때는 당당하고 자신에 차 있는 모습으로 변한 것을 보고 참으로 아무리 학원 강사이지만 가르치는 일이 얼마나 소중하고 중요한 것인지 새삼 깨달을 수 있었다. 행여 이 글을 읽게 되는 학원 선생님들이 계신다면 부디 사명감을 갖고 불철주야 본인과 학생들을 위해서 최선을 다해 줄 것을 당부드린다. 그러면 학교에서라면 누리지 못하는 또 다른 명예와 그 무엇, 즉 경제적인 보상이 반드시 돌아올 테니까….

아쉽게도 그때는 학생들이 학원을 졸업할 때마다 내가 학생들에게 당부했던 말이 "나를 찾아올 정도로 한가하게 살지 마라."였는데 공교롭게도 그 뒤로는 학부모님들께서는 찾아오시는데 학생들은 찾아오지 않아서 조금은 섭섭한 마음이 들어서 몇 년 뒤부터는 그 말을 아예 학생들에게 쓰지 않았다. 그랬더니 역시 순수한 학생들이라 그 이후로는 계속 찾아온 제자들이 제법 많았다. 이러한 이유로 이예인이라는 학생의 대학 이후 얘기를 듣지 못해서 아쉽기는 하나 아마도 조국인 대한민국을 위해서 중요한 일을 하는 인재(人才)가 되어있을 것이라 감히 자신한다.

예인이도 더 계속 정진해서 본인과 나라를 위해서 더 큰 일을 할 수 있기를 고대해 본다.

그리고 이 글을 통해 어머니께 늦게나마 양주 선물 감사드리고 더불어서 건강과 행복이 충만하기를 소망해 본다.

"다른 사람들보다 더 빨리
실패를 찾아내고, 수정하고,
학습하는 자가 성공한다."

- 에이미 에드먼슨(Amy C. Edmondson)

"실패나 좌절은
신이 내린 선물이다."

- 프랜시스 X. 프레이(Frances X. Frei)

"혹시 로켓에 올라타고 싶다면
그것이 어떤 자리인지 묻지 마라!
그냥 올라타라!"

- 에릭 슈밋(Eric Schmidt)

4.

브리태니커 백과사전 회사의
사훈(社訓)

세계적으로 유명한 백과사전을 만드는 회사인 브리태니커 백과사전 회사의 사훈은 다음과 같다.

1. 나는 적극적이다.
2. 나는 합리적이다.
3. 나는 부지런하다.
4. 나는 끈기가 있다.
5. 나는 목적이 있다.
6. 나는 나의 능력을 믿는다.
7. 나는 나의 일이 자랑스럽다.
8. 나는 나의 일로 국가에 공헌한다.

브리태니커 백과사전 회사는 영국에서 조그마한 출판사로 시작했다고 한다. 그런데 출판사 사장이 뜻한 바가 있어서 앞에서 언급한 사훈을 정한 뒤 직원들에게 업무 시작과 함께 이를 큰 소리로 복창하게 만들었고 틈만 나면 이 사훈을 수도 없이 반복하게끔 했다고 한다. 그 이후로 놀랍게도 회사는 사훈처럼 날로 번창하게 되어서 미국으로 본사를 이전하게 되었고 급기야는 세계에서 가장 권위 있고 유명한 백과사전 회사이자 출판사가 되었다고 한다. 한때는 고급 양피지에다가 가죽으로 된 이 백과사전 한 질이 우리 돈으로 무려 천만 원 가까이 됐다고 하니 이것을 소유하고 있는 사람들은 부유층이 아니고서는 감히 엄두도 못 낼 그러한 부의 상징인 책이었다. 물론 지금이야 우리나라에서도 한국어판으로 나와 있고 가격대도 100만 원대에 구입할 수 있다.

이 회사의 사훈은 내가 군에서 복무할 때 김태길 교수, 안병욱 교수, 김형석 교수가 군인들을 위해 쓴 『마음의 양식』이라는 책에서 우연히 읽게 되었다. 나에게도 도움이 될 것 같아서 암기하고 있었고 수시로 자아발전을 위해서 마음속으로 읊조리고는 했던 것이다.

학원 수업을 하다 보면 정해진 수업만 해서는 결코 학생들을 원하는 만큼 만족시킬 수 없다는 것을 이 지상에 있는 모든 선생님이 잘 알고 있을 것이다. 그래서 필요한 것이 정해진 수업 준비 말고 '플러스알파'인데, 이 알파의 내용이 중요하다. 그야말로 잘 알려진, 거의 모든 선생님이 항상 쓰는 진부한 내용들을 학생들에게 얘기해 봐야 역효과만 날 뿐이다. 이 '플러스알파'를 찾기 위해 나는 퇴근해서 꼭 잠자기 전의 한두 시간 동안 책을 읽었고 학생들에게 도움이 될 만한 내용은 메모

해 놨다가 적절한 시기에 요긴하게 잘 활용했다. 가장 손쉬운 것은 위인전 국내 편 50권, 국외 편 50권이었다. 아마도 이 책들은 반복해서 백 번도 넘게 읽었고 그래서 학생들에게 틈만 나면 써먹었다. 예를 들어서 나폴레옹이 수업 중 영어 지문에 나오면 "그는 1769년 8월 15일에 태어나서 1821년 5월 5일 52세로 세인트헬레나섬에서 죽었다."라고 설명을 하면 처음에는 학생들이 긴가민가해서 "선생님. 그러면 세종대왕은 언제 태어나셨나요?"라고 역질문 공세를 편다. 그러면 조금 뜸을 들인 뒤에 슬쩍 웃으면서 "1397년 4월 10일에 태어나셨고 1450년 2월 17일에 54세로 돌아가셨으며 부인이 6명이었고 자녀가 18남 4녀, 22명이었단다."라고 답해 준다. 이런 내용들이 거듭되고 확인이 될수록 학생들은 선생님을 다시 보게 되고 선생님을 대하는 태도가 확연하게 달라진다. 이때부터 학생들의 성적이 급상승하게 되고 태도도 눈에 띄게 좋아져서 가정에서도 적극적인 행동으로 바뀌고 언어 사용도 긍정적으로 바뀐다. 이런 태도 변화에 어머니들께서 학원에 방문하셔서 하시는 말씀이 있다. 아이가 학원을 옮긴 지 얼마 안 돼서 우리 아이가 앞으로는 열심히 공부할 것이고 꼭 성공해서 부모님뿐만 아니라 나라를 위해서도 꼭 큰일을 해내겠다고 하니, "혹시 선생님. 학생을 잘 다루는 어떤 특별한 마력이라도 있으신가요?"라고 종종 말씀하시는 것을 듣곤 했었다.

요즘에도 가끔 읽는 책 중에 건강에 관한 책들도 그렇고 동기 부여에 관한 책들도 대부분 '긍정의 마인드'를 중요하게 다루고 있고 성공에 필수 요소인 것처럼 말하는데, 나도 거기에 전적으로 동의하는 바다.

사람은 생각하는 동물이기 때문에 그 사람이 어떤 생각을 가지고 세상에서 생활하느냐에 따라서 성패가 결정된다고 해도 과히 틀린 말은 아니다. 특히 가장 순수하고 천진난만한 청소년 시기에 가정환경뿐만 아니라 공부 환경이 어떠냐에 따라서 그 결과는 천양지차다. 재미있는 예로 굳이 맹모삼천지교까지 안 가더라도 내가 근무했던 강동구 명일동의 이야기를 들 수 있다. 그 동네에서 배재학당을 바로 마주 보고 있는 아파트가 신동아 아파트 1동인데, 그 아파트에 유독 서울대학교에 진학한 학생들이 많이 있었으니 과연 주변 환경들이 얼마나 중요한지 다시 한번 깨닫게 된다. 덧붙여 말하자면 내가 가르친 학생들 중에서도 서울대에 진학한 학생들이 그 아파트에만 무려 열 명 가까이 있었다. 아마도 그 이유는 무엇보다도 학교가 바로 앞에 붙어있기 때문에 학교라는 단어가 생활하면서 가장 많이 떠오르고 무의식적인 상태에서 학교에 관한 생각을 많이 하게 되어서 저절로 공부에 관한 준비가 더 많이 되었기 때문이라고 생각한다.

수업 중에 이렇게 어린 학생들에게는 수업 외적으로 재미있는 얘기도 중요하지만, 상기 내용처럼 교훈이 될 만한 글들을 칠판에 써 놓고 왜 브리태니커 백과사전이 세계에서 유명하고 권위 있게 되었는지 설명한 다음 바로 학생들에게 그 내용을 암기하게 하면 그야말로 3분도 안 돼서 학생들 전체가 다 외우게 된다. 그러면 앞으로 틈만 나면 외워서 꼭 그러한 사람이 될 것을 간곡히 당부한다.

이 브리태니커 백과사전 회사의 사훈 얘기를 한 뒤에 어떤 학생이 상담실에다가 브리태니커 사전 영문판(그 당시에는 한국어판이 안 나왔음)을 한 권 가져다 놓고 한 달 가까이 찾아가지 않았다. 그래서 그 학생이 어떤 학생이고 아빠가 무슨 일을 하시는지 물어봤더니 역시 아빠가 대학교 교수님이라는 답변을 듣고서 나중에 웃으면서 그 학생에게 다시 주면서 책을 돌려보냈던 일이 있었다.

다시 한번 브리태니커 백과사전 회사의 사훈을 면밀하게 분석해 보면, 그 회사 설립자의 신념이 잘 담겨 있다고 생각한다. 그 내용을 분석해 보면 '나는 적극적이다' → '나는 합리적이다' → '나는 부지런하다' → '나는 끈기가 있다' → '나는 목적이 있다' → '나는 나의 능력을 믿는다' → '나는 나의 일이 자랑스럽다' → '나는 나의 일로 국가에 공헌한다'는 식으로, 이 글의 순서가 국어에서 얘기하는 점층법으로 구성되어 있다는 것을 알 수 있다. 만약에 사람이 이런 순서대로 매일 생각이 바뀌고 행동이 바뀐다면 성공하지 못할 사람이 누가 있겠는가! 하물며 학생들에게 조금만 생각을 긍정적으로 바꿔 주고 학습방식을 좋은 쪽으로 바꿔 준다면 성적이 향상되는 것은 그야말로 '누워서 떡 먹기' 식으로 쉬운 일이다.

나는 학원 강사를 하면서 전교 1등을 하는 학생들을 약 1,000여 명 이상 가르쳐 봤고 그중에서 절반은 앞에서 언급한 것처럼 내가 앞장서서 자극하고 동기 부여를 통해서 성적을 향상시킨 학생들이다. 그중에 나의 제자들이 1,000여 명 넘게 서울대학교, 연세대학교·고려대학교(연·고대)에 진학했으니 이렇게 자신 있게 감히 말할 수 있는 것이다.

앞으로도 기회가 된다면 다시 한번 학원이 아닌 더 많은 학생을 대상으로 이러한 수업을 해 보고 싶은 마음이고 실제로 그런 쪽으로 차근차근 준비하고 있다.

1) 브리태니커 백과사전

『브리태니커 백과사전』은 1768년 스코틀랜드 에든버러에서 초판이 나온 이래, 지금까지 영어로 출판되고 있는 백과사전 중 가장 역사가 길고 권위 있는 책이다. 이 백과사전은 영국의 영향력이 전 세계로 퍼져 나감에 따라 세계적인 백과사전으로 발전해 갔다. 그 분량과 내용도 점점 늘어나 초판 3권에서 제2판 10권, 제3판 18권, 제4판 20권, 제7판 21권으로 계속 늘어났다. 현대 지식 기반 사회로 넘어가는 사회에서 중요한 길잡이 역할을 담당해 왔고, 유럽과 아시아 각국에서 자국어 번역판이 생기며 전 세계로 뻗어 나갔다.

이 백과사전 초판의 제목은 이렇게 나와 있다.

'Encyclopædia Britannica; or A DICTIONARY of ARTS and SCIENCES(브리태니커 백과사전 또는 예술과 과학의 사전)'

여기에서 'Encyclopædia Britannica'는 'British Encyclopedia'라는 뜻의 라틴어다. 말하자면, 대영제국의 백과사전이라는 것인데, 제국의 영향력이 전 세계로 뻗어 나감에 따라 『브리태니커 백과사전』도 널리 퍼져 나가 세계의 대표적인 백과사전으로 발전해 갔다.

2) 『브리태니커 백과사전』의 영향

『브리태니커 백과사전』이 240년이 넘도록 그 명성을 유지할 수 있었던 이유를 장경식(2013)은 이렇게 말한다. "지식의 가치에 대한 신뢰는 유지하되, 그 지식을 구조화하는 방식은 시대의 요청에 따라 최적의 방향으로 끊임없이 진화해 왔다는 점에 있을 것이다. 브리태니커에서 독자적으로 기획했던 '매크로피디아와 마이크로피디아', '프로피디아와 인덱스'는 바로 그러한 진화의 다양한 결과물들을 보여 주고 있다. 주제별로 깊이 있게 서술한 것이 '매크로피디아'고, 간단히 내용을 파악할 수 있게 요약한 정보를 제공하는 것이 '마이크로피디아'다. 또한, 한 전집 안에 수록된 다양하고 많은 내용들을 주제별로 검색할 수 있게 한 것이 '프로피디아'고, 특정한 표제어에 해당하는 내용을 검색할 수 있게 한 것이 '인덱스'다. 브리태니커의 이렇게 다중적이고 입체적인 검색 방식은 관련 전문가들에게 '정보 검색의 모든 요소에서 완벽한 기준을 이룩해 더 이상 발전이 불가능할 정도'라는 평을 듣기도 했다."

또한 『브리태니커 백과사전』이 당시 영국인들에게 끼친 영향은 놀라울 정도였다. 이영석(2008)은 이렇게 말한다. "18세기 후반 스코틀랜드 계몽운동의 성취를 단적으로 보여 주는 것이 『브리태니커 백과사전』이다. 사전 편집자들은 당대의 지식을 집대성함으로써 '대브리튼' 문화의 발전에 이바지할 수 있으리라는 믿음을 가졌다. 스코틀랜드의 한 인쇄인이 시작한 사업이 당대 지식의 총화를 집대성하는 작업으로 발전한 것이 바로 『브리태니커 백과사전』이었다. 19세기 영국인들에게 인간과 사회와 세계를 인식할 수 있는 지식과 정보의 보고였다. 중간계급뿐만 아니라 노동계급 상층에 속한 사람들도 이 사전을 중시했으며, 사전을 통해 독학으로 일가를 이룬 사람들도 생겨났다."

『브리태니커 백과사전』은 현대 지식 기반 사회로 넘어가는 길목에서 중요한 길잡이 역할을 담당해 왔다. 그리고 『브리태니커 백과사전』은 프랑스, 스페인, 포르투갈, 그리스, 터키, 일본, 중국, 타이완, 헝가리, 폴란드 등에서 자국어 번역판이 생기며 전 세계로 뻗어 나갔다. 한국에서도 1994년 3월 『브리태니커 백과사전』의 한국어판인 『브리태니커 세계 대백과사전』이 완간되었다.

그런데 디지털 미디어 시대가 본격적으로 도래한 21세기 들어 인쇄본 백과사전의 수용자가 급감하면서 2008년 현재 인쇄본의 출간과 개정 작업은 중단된 상태다. 반면에, 2001년 위키피디아가 대안적 백과사전으로 등장해, 온라인 독자들에 의해 편찬되며 자유롭게 정보를 추가하거나 오류를 교정할 수 있는 새로운 형태의 백과사전 작업이 진행되고 있다.

브리태니커사에서도 1990년대 초에 '브리태니커 전자색인'과 '브리태니커 CD' 등을 내놓았고, 브리태니커 온라인을 개발해 현재 인터넷상(www.britannica.com)에서 독자들이 찾아볼 수 있게 해 놓았다.[1]

---

1 출처: 네이버 지식백과.

5.

저는 절대로
전교 1등 못해요

학원에서 수업한 지 3년 만에 인근에 소문이 나다 보니 제법 공부 잘한다는 학생들이 멀리 다른 지역에서도 오기 시작했다. 그중에 강남의 모 중학교에 다니는 이민영이라는 학생이 내가 근무하는 학원에 왔다. 어머니와 상담을 해 보니 지금까지 전교 2등은 늘 하는데 학원을 이곳저곳으로 옮겨보아도 항상 전교 2등이라서 성적을 올리기 위해서 소문을 듣고 왔다고 한다. 학생 본인도 그의 표현을 빌리자면 "우리 학교에 괴물이 한 명 있는데 중학교 1학년부터 전교 1등을 한 번도 놓친 적이 없는 학생이 있다. 그래서 그 애 때문에 나는 전교 1등을 절대로 못 해요."라고 했다. 이 학생은 본인의 진로에 관해서도 중학생인데도 불구하고 서울대 법대를 목표로 공부하고 있다고 당당하게 말했다. 그런데 막상 수업을 해 보니 역시 똑똑하고 영리한 학생이었는데 뭐랄까, 1% 부족하다고 해야 할까? 그런 학생이었다. 다행인 것은 이민영 학생은 앞에서 언급했던 박민희라는 학생 옆에 앉았고 학원에서 그 학생하고만 친하게 지내게 되었다는 것이다. 그러면서 자연스럽게 박민희 학생이 공부하는 것을 눈여겨보게 되었고 본의 아니게 그 학생하고 경쟁하는 관계가 되었다. 시간이 지난 뒤에 이민영 학생의 남동생도 우리 학원에 다니게 되었는데 그 동생의 말에 따르면 누나가 어느덧 학교에서 전교 1등을 했다고 한다. 전교 1등을 하면 보통 어머니들께서는 학원의 같은 반 친구들에게 떡을 돌린다든가, 아니면 학생들이 좋아하는 피자를 돌린다든가 하는데 그냥 조용히 넘어갔던 것이다. 아마도 그 학생 어머니께서 본인의 딸이 전교 1등을 하는 것이 당연하다고 생각해서 그랬는지도 모르는 일이다.

이민영이라는 학생은 학원에서 책이 한 권 끝나거나 학원 자체 평가고사가 끝나면 우리 학원 인근에 있는, 내 기억으로는 아마 서울에서 강남에 이어 두 번째로 생긴 맥도날드 가게에서 햄버거와 콜라로 내 사비를 들여서 회식을 시켜주곤 했다. 이 학생은 그 가게에 들어가자마자 꼭 햄버거를 두 개씩 집어 들고 다른 학생이 못 먹게 햄버거를 한 입씩 베어 먹고 나서 그다음부터는 천천히 두 개를 다 먹곤 했다. 공부 욕심만 있는 것이 아니라 먹는 것도 욕심이 많았던 학생으로 기억된다. 그 당시에 맥도날드 햄버거는 지금으로 따지면 1인분에 거의 만 원에 가까운 적지 않은 금액이었다. 게다가 학생들 숫자가 30여 명 가까이 됐으니 어지간한 배포 아니면 사비를 들여가며 그런 회식을 시켜줄 수 없는 상황이었다. 다행히 결혼 전이었고 당시에는 주머니 사정이 여유가 있었으니까 기꺼이 즐거운 마음으로 학생들과 함께 햄버거를 종종 먹곤 했었다.

이 학생도 박민희와 같은 외국어고등학교에 진학하였고 무난하게 서울대에 진학했는데 무슨 이유인지는 모르겠으나 법학과가 아닌 경영학과 수석 및 인문계열 수석으로 합격했다는 소식을 다른 학생들을 통해서 듣게 되었다. 아마도 그동안 무슨 심경의 변화가 있었으리라 짐작해 본다. 왜냐하면 서울대 경영학과 수석 합격이면 법대도 무난하게 갈 수 있었으니 말이다.

이 학생들이 학원에 재학할 때는 그렇게 우수한 학생들인 줄 미처 몰랐는데 세월이 지나고 보니 우리나라를 대표할 정도로 우수한 학생들이었다는 것이 아직도 잘 실감이 나지 않는다. 왜냐하면 내 눈에는 그냥 보통의 평범한 학생들로 보였고 특별히 머리가 좋다거나 시험 때면 속된 말로 '4당 5락'이니 해서 잠을 안 자고 공부하고 그랬던 학생들이 결코 아니었기 때문이다.

학원에 처음 와서 "저는 절대로 우리 학교에서 전교 1등 못해요."라고 했던 학생이 시간이 지남에 따라서 자연스럽게 그 말이 무색하게도 전교 1등으로 올라가는 것을 보고서 역시 '어머니의 치맛자락의 힘을 무시하면 안 되겠구나'라는 생각이 불현듯 든다. 속된 말로 '할아버지의 재력', '아빠의 무관심', '엄마의 정보력'이 있어야만 자녀들의 성적이 향상된다고 하니 웃어야 할지, 울어야 할지 모르겠다. 어쨌든 엄마의 극성이든 정성이든, 학교에 대한 정보이든 학원에 대한 정보이든 그러한 정보는 학생의 성적 향상을 위해서 중요하다고 생각한다. 이민영이라는 학생의 어머니는 극성스러울 정도로 학생에 대한 관심이 넘쳤던 분이라 학원에 상담하러 오시면 부담스러워서 적당히 핑계를 대고 일부러 상담을 빨리 끝내곤 했었는데 결국 이러한 어머니의 맹모삼천지교가 있었기 때문에 그런 좋은 결과가 나왔다고 생각한다.

다시 한번 언급하지만, 학생이 공부를 잘할 수 있느냐 없느냐는 무엇보다도 어머니의 역할이 가장 중요하고 두 번째로는 '학생 자신이 얼마나 공부할 준비와 자세가 되어 있느냐?'인 것으로 생각한다.

아무리 학생 본인은 공부를 잘하고 싶고 열심히 하고 싶어도, 가정에서 어머니가 온 정성과 사랑으로 도와주지 않으면 그야말로 우수한 학생이 된다는 것은 어불성설이다. 또한 어머니가 아무리 최선을 다해서 학생의 뒷바라지를 해 주더라도 학생 본인이 공부할 준비와 태도가 갖추어져 있지 않으면 그 결과는 마찬가지로 사상누각이 되고 말 것이다.

그러므로 이러한 우수한 학생이 만들어지는 데는 '어머니-학생-선생님'의 삼박자가 잘 맞아서 시너지 효과가 나타날 때 비로소 가능하다고 본다.

그러니 대한민국 학부모님들이여! 제발 자녀분들에게 공부하라고 잔소리하지 마시고 어머니, 아버지부터 우선 편안하게 자녀분들과 소통할 수 있는 가정환경을 만드시고 그다음에 공부는 전문가들한테 맡기시라. 왜냐하면 질풍노도의 시기인 사춘기 때는 부모가 어떤 좋은 말을 하더라도 자녀들은 이유 없이 반항하기 때문이다.

이런 심리적 이유기 때는 자녀들이 집에 오면 그곳을 편안하게 느낄 수 있도록 해 주는 것이 최상이라고 생각한다.

이런 시기에 공부라는 말로 자녀들에게 중언부언 자꾸 얘기하게 되면 십중팔구는 반항이라는 역효과가 난다고 감히 자신한다. 그럴 때는 차라리 학교 선생님을 찾아가서 상담하거나 이름난 학원을 찾아가서 상담하는 것이 훨씬 효과가 크리라고 본다. 사회가 복잡하고 세분화될수록 그 방면의 전문가들이 필요하게 된다. 공부도 마찬가지로 이런 전문가들에게 맡기고 어머니는 엄마 본연의 일로 돌아가서서 자녀를 뒷바라지하는 것이 이상적이라고 본다.

여담 하나를 추가한다면 이 학생들이 한양외국어고등학교를 졸업한 뒤 수년 후에 그 학교의 모 선생님이 그 학교에 다니는 본인의 자녀를 나에게 보내시면서 이런저런 얘기 중에 "우리 학교 3기생들이 가장 공부를 잘했고 명문대학교 진학률도 좋았습니다."라고 말씀하셨다. 그 3기생들 대부분이 지금 얘기했던 학생들이고 그중에서도 앞에서 언급했던 박민희 학생을 위시한 학생들이 주축이었다. "그 아이들 대부분이 제가 가르친 제자들입니다."라고 말하고 싶었으나 꾹 참고 다른 화제로 넘어갔다.

프레임(Frame) 법칙이란?
똑같은 상황이라도 어떠한 틀을 가지고 상황을 해석하느냐에 따라 사람들의 행동이 달라진다는 법칙이다. 더불어 사는 사회에서 서로 간에 불협화음이 일어나곤 하는 것은 자기의 고정관념에서 나오는 선입견이나 편견 때문으로, 상대방을 배려하지 않고 모든 걸 자기 입장에서 자기중심적으로만 생각하기 때문에 그런 결과가 나오게 되어 분쟁이 생기는 것이다.[2]

---

2 출처: 네이버 지식백과.

즉, 공부도 마찬가지이다. 학생들이 '난 안 돼!', '난 아무리 열심히 공부해도 공부를 잘할 수 없어!'라고 고정관념을 갖고 공부하면 결코 공부를 잘할 수 없다. 역으로 '난 지금부터 얼마든지 공부를 잘할 수 있어. 꼭 잘하고 말 거야!'라고 생각하고 공부하는 학생은 앞의 부정적인 학생보다는 훨씬 공부를 잘할 수 있을 것이다.

가르치는 선생님도 마찬가지다. '저 학생은 아무리 열심히 해도 공부를 결코 잘할 수가 없어!'라는 편견을 갖고 학생을 가르치면 그 학생에게서는 결코 좋은 학습 효과를 기대할 수 없을 것이다. 반대로 '저 학생은 나를 만난 순간부터 공부하는 자세도 바뀔 것이고 머지않아 성적 향상도 반드시 이루어질 것이다.'라고 강한 신념을 갖고 지도한다면 반드시 좋은 결과가 나올 것이다.

6.

2천만 원짜리
콘도 회원권 선물

   생각지도 못하게 학원 강사가 된 지 5년 만에 학원 일이 너무 힘들었고 그로 인해서 건강이 좋지 않게 되어서 조금 쉬었다가 다른 일을 해보려고 학원을 그만두게 되었다. 학원을 그만둔 지 세 달 만에 갑자기 어떤 학부모님한테서 전화로 연락이 왔고 그분이 내 집에 그날 바로 방문하시게 됐다. 잘 아는 학부모님의 소개라 만날 장소도 마땅치 않아서 집으로 오시게 했다. 그분들이 집으로 오신 이유는 자녀분들의 과외를 부탁하러 오신 것이었다. 그분들을 막상 만나보니 당시 중학교 2학년 학생들 두 명의 학부모님들이셨고 한 학생은 성적이 중간 정도 하는 학생이고 나머지 한 명은 그야말로 책가방만 들고 학교에 다니는, 공부에는 전혀 관심이 없는 그런 학생이었다. 그래서 내가 거주하는 집으로 와서 공부하는 것을 조건으로 하여 처음으로 과외라는 것을 하게 되었다.

과외라는 것은 혼자 했을 때 효과가 나는 것이지, 성적이 맞지 않은 학생과 함께하게 되면 그 효과가 반감되기 마련이다. 그럭저럭 2개월 정도 과외 수업을 하다가 마냥 쉴 수가 없어서 다른 일을 알아보는데 함께 근무했던 학원 동료 강사가 학원 일을 함께해 보자고 강권하는 바람에 6개월 만에 동업으로 학원 일을 다시 시작하게 되었다. 그래서 그 학생들의 교육 시간이 마땅치 않아서 과외를 그만두고 학원 정규 수업을 듣도록 했다. 그랬더니 공부를 못하는 학생의 어머니께서 학원을 방문하셔서 자기 자녀만 단독 과외를 해달라고 부탁을 하셨다. "과외는 제가 정규 수업을 해야 하므로 시간이 나지 않아서 할 수 없습니다."라고 정중하게 거절했다. 그랬는데도 불구하고 정규 수업을 피해서 수업을 해 주시라고 재삼, 재사의 부탁을 하셔서 "그러면 정규 수업 전인 오후 4시에 아이를 보내 주시면 해 주겠다."라고 성의 없는 답변을 했다. 왜냐하면 당시에는 보통 학교 수업이 오후 다섯 시에 끝나기 때문에 당연히 그 시간에는 학원에 올 수가 없었기 때문이다. 그러나 그 어머니는 1초의 망설임도 없이 그 시간에 보내겠다고 자신 있게 답변하시는 것이 아닌가! 한참 시간이 지난 뒤에 그 학생 어머니의 지인인 학부모님들이 오셔서 "그 어머니가 누군지 아시냐?"고 물으셔서 당연히 "모른다."고 답변했다. 그랬더니 그 지인 어머니들께서 하시는 말씀이, 그 학생의 어머니가 모 그룹 회장 부인이시라고 귀띔해 주셨다. 이유야 어쨌든 그 학생 어머니께서 학원에 상담하러 오셨을 때는 그야말로 수수하게 평범한 동네 아주머니 차림으로 오셨고 몸에 일체 귀금

속이라든지, 고급 옷을 걸치시거나 하여 위화감을 주는 그런 사치스러운 모습이 아니었기 때문에 나로서는 당연히 보통의 어머니라고 생각할 수밖에 없었다. 그런 대단한 학부모님을 내 입장에서만 생각하고 그렇게 콧대를 세워서 냉정하게 대했으니, 지금 생각해 보면 그 어머니 입장에서는 많이 서운해하셨을 것이라는 생각이 든다. 그리고 그 학생이 오후 4시에 올 수 있었던 것도 그 학생의 아버지께서 직접 그 학교의 이사장님을 찾아뵙고 협조 요청을 해서 가능했다는 사실도 나중에 알게 되었다.

그런 우여곡절 끝에 난생처음으로 그렇게 싫어했던 단독 과외라는 것을 하게 되었고 처음으로 매라는 것도 어쩔 수 없이 사용하게 되었다. 이 학생의 그 당시 실력은 겨우 알파벳을 아는 정도의 수준이었고 전혀 공부라는 것을 어떻게 해야 하는지도 모르는 그런 수준이었다. 학교에서 상위권 학생들만 지도하다가 최하위권 학생을 가르치자니 참으로 많은 인내가 필요했고 지도 방법도 평소 해 오던 방법과는 완전히 다르게 할 수밖에 없었다.

영어 단어도 아는 것이 전혀 없어서, "그러면 네 이름은 영어로 쓸 수 있느냐?"라고 했더니 엉터리 영어로 본인 이름을 썼던 것으로 기억한다. '이런 학생은 수업을 도저히 못 하겠다고 거절해야 하겠다.'라는 마음이 간절했지만, 자식 공부에 대한 어머니의 절실한 심정을 헤아려서 꾹 참고 마침내 인내의 수업을 하게 되었다. 처음에는 하루에 단어 5개씩 암기하게 했고 한 달에 한 과씩 마치는 것으로 계획을 세우고 영어 단어 10개를 외우게 하고 나면 먼저 암기한 단어에서 그중 다섯 개는 다시 잊어버리니 처음부터 다시 반복해서 외우게 해야 했다.

이런 지루한 일을 반복하다 보니, 나도 사람인지라 지금에서야 솔직히 말하는데 무의식중에 옆에 있는 알루미늄 신문철로 그 학생을 몇 대 때렸던 것으로 기억한다. 전혀 의도했던 것이 아니었고 매를 때린 뒤에 한동안은 나의 잘못된 행동에 대해서 죄책감에 시달려야 했고 또다시 그 수업에 대해서 회의감을 갖게 되었다.

이 세상 어머니들이시여! 기억하시라. 공부라는 것은 머리로 하는 것이 아니라 습관이라는 것을…. 나도 모르게 공부 잘하는 학생들에게 길들여져 있어서 감히 내 주제도 모르고 그렇게 배부른 생각을 했다니, 세월이 많이 지난 뒤 지금 생각해 보면 그런 행동들이 미숙했고 부끄럽다는 생각이 든다.

이런 지난한 과정을 거쳐서 겨우 한 달 만에 1과를 끝내고서 그 과정을 테스트하는데, 결과가 100점 만점에 30점에서 40점 정도밖에 나오지 않았다. 이런 결과에 또 꾹 참고 틀린 문제들을 자세히 설명해 주고 똑같은 문제로 시험을 치르면 결코 바로 100점이 나오지 않는다. 겨우 60점 정도 나온다. 왜냐하면 그 학생의 머리에는 그 학습 내용을 완벽하게 받아들일 만큼의 충분한 준비가 되어있지 않기 때문이다. 그래서 다시 한번 인내라는 자기 수양을 하고서 틀린 문제를 더 상세하게 설명한다. 그러면 이번에는 드디어 80점에서 잘 나올 때는 90점도 나오게 된다. 이제는 배우는 학생도 희망이 생겨서 얼굴빛이 달라지고 가르치는 선생님도 가능성이 보여서 조금은 즐거운 마음으로 학생을 다독거리면서 네 번째로 설명을 거듭하고 나서 재시험을 치르면 이제는 드디어 100점 만점이 나오게 된다. 이런 난관을 극복해야만 좋은 성적이 나오는 것인데, 학부모님들께서는 학원에 보내면 저절로 학생의 성적이 오를 것이라고 기대하는 것은 천만의 말씀이다.

어찌 됐건 이런 어려운 과정을 극복하고 4개월 만에 4단원을 완벽하게 복습에 복습을 거듭한 뒤에 중학교 3학년 첫 월말고사 시험을 치르게 되었다. 내가 학원에서 그 학생에게 공부시킨 것은 어느 출판사인지는 기억이 안 나는데 한 출판사의 학습서와 문제집만을 가지고 네 번 반복을 계속해서 시킨 것이다. 학원에서 여러 번 100점이 나왔기 때문에 그 학생의 성적이 충분히 예상되었지만, 그래도 못내 학교 성적 결과가 궁금했고 한편으로는 걱정도 되었던 것은 사실이다. 당시에 수학도 내가 지정해 준 학원 동료 강사한테 과외를 받았고 어떻게 가르쳐야 하는지 내가 코치를 했기 때문에 더불어 수학 성적도 궁금했던 것은 마찬가지였다. 드디어 기다리던 성적 결과가 나왔는데 그 어머니의 표현에 따르면 영어 강사인 나는 '대쪽 같은 분'이라 그 선생님한테는 말씀드리기 어려우니 수학 선생님에게 밖에서 만나자고 해서 나갔다 왔다고 한다. 그 수학 선생이 그 어머니를 만나고 와서 어색하게 나에게 무언가를 살짝 내미는 것이었다. 그 학생 어머니가 "내가 직접 드리면 영어 선생님은 틀림없이 안 받으실 것 같으니 수학 선생님이 말씀 잘 드려서 전해드리시라."라고 했다고 한다. 우선은 학교 성적이 궁금해서 그 결과부터 얘기해 보라고 했더니 다행히 영어는 90점을 넘겼고 수학은 80점대로 나왔다고 어머니께서 감동의 눈물을 흘리시더라고 앞으로도 잘 부탁한다고 하셨다는 얘기를 전했다. 그리고 나서 그 선물을 뜯어보니 '행운의 열쇠 열 돈'이어서 순간적으로 이것을 받지 말아야겠다는 생각이 들어서 다시 그 학생 어머께 돌려주라고 했더니 그 선생님이 자기 입장을 생각해서 재고해 달라고 간청을 해서

"좋다. 생각해 보자."라고 하고 뇌물인지, 선물인지 지금도 혼란스럽지만, 그 큰 선물을 받게 되었다. 그리고 내 할 일은 끝났다고 생각해서 학원 정규 수업뿐만 아니라 학원 운영도 책임을 져야 했기 때문에 더 이상 과외를 안 받아도 되니 정규 수업을 들으라고 설득해서 그렇게 하게 되었다. 당연히 과외를 받다가 정규 수업을 받으니 성적이 조금 내려갈 수밖에 없었다. 그 어머님께서 성적이 더 내려갈까 걱정이 되셨는지 또 과외 부탁을 하셔서 성적이 조금은 떨어질 수는 있으나 옛날처럼 바닥으로 내려가지는 않을 테니까 학원 방침에 따라 달라고 정중하게 부탁을 드렸다. 그 이후에 다행히 성적은 더 이상 떨어지지 않고 중상위권은 유지해서 더 이상의 과외 요구는 받지 않게 되었다.

당시에는 수강료를 카드가 아니고 거의 모든 학생이 현금으로 납부할 때라서 대부분의 학부모님께서 한 달에 한 번씩 직접 학원에 방문하셔서 수강료도 납부하시고 담당 선생님과 과목 상담도 하고 가시곤 하셨다. 나 역시 그런 과정 속에서 그 학생 어머니와 친분이 쌓였는데, 그런 분위기 속에서 자연스럽게 그 어머님이 하신 말씀이 있다. 전국의 유명한 명승지마다 거의 별장 및 콘도가 있으니 말씀만 하시란다. 언제든지 필요할 때마다 별장 키를 줄 테니 마음 편하게 이용하라고. 거기에다가 아버지 회사의 콘도 이용권이 당시에 시가로 2천만 원정도 했다는데 그 회원권도 선물로 주시겠다고 하셨다. 나라는 위인이 원래 이유 없는 공짜를 좋아하지 않는지라 나도 그런 얘기를 듣고 자연스럽게 그냥 웃고 말았던 기억이 난다. 나중에 그 학생의 동생도 학원에 다니게 되었고 동생은 형과 달라서 학업 성적이 상위권이라 굳이 과외 말씀은 안 하셔서 과외 부담에 대한 걱정은 하지 않아도 되었다.

세월이 몇 년 지난 뒤에 갑자기 과외받았던 학생이 오늘 찾아봬도 수 있는지 묻는 내용의 전화가 걸려 왔다. 그래서 학원에 오라고 하고서 그날 수업을 마치고 이제 대학생도 된 그와 인근 식당에 가서 가볍게 식사 겸 술 한잔을 하는데, 이 녀석의 말이 "술도 열심히 마시고 학교도 열심히 다니고 있습니다. 그리고 학교도 서울에 있는 꽤 괜찮은 대학교에 다니고 있고 아버지 덕분에 용돈도 충분히 받기 때문에 친구들도 잘 사귀고 있습니다. 대학 생활을 선생님 덕분에 재미있게 열심히 하고 있습니다."라고 당당하고 자신 있게 말해서 기분 좋게 제자와 모처럼 중학교 때 과외 얘기를 하면서 회포를 풀 수 있었다.

나에게 처음으로 과외를 하게끔 했고 또한 매도 들게 했던 학생이 의젓하게 대학생이 되어서 찾아왔으니 이 또한 기쁘지 않겠는가!

부디 이 제자도 아버지 사업을 잘 물려받아서 무궁한 발전이 있기를 소망한다.

"우리는 누구에게
그 어떤 것도 가르쳐 줄 수 없다.
단지 스스로 자신 안에서
그것을 발견하도록
도울 수 있을 뿐이다."

- 갈릴레오 갈릴레이(Galileo Galilei)

"삶은 호흡하는 것이 아니라
행위를 하는 것이다."

- 장 자크 루소(Jean Jacques Rousseau)

7.

황금
배지

지금은 특목고 시험이 없어지고 내신 성적으로 고등학교에 진학하지만, 20여 년 전에는 특목고 중에 과학고등학교, 외국어고등학교는 대학 입시처럼 입시 시험을 치르고 치열한 경쟁을 통과해야만 진학할 수 있었다.

특히 서울과학고등학교는 입시 경쟁이 더 치열해서 일선의 중학교에서는 서울과학고등학교에 1명만 들어가도 그 학교는 명문 학교로 소문이 나고 그 중학교에 들어가기 위해서 초등학교 때부터 보이지 않는 중학교 진학 경쟁이 심했던 때가 있었다. 서울에서는 잠실에 있는 아시아 선수촌 아파트 안에 있는 아주중학교가 과학고에 진학을 가장 많이 시키는 명문중학교였고 두 번째가 강동구에 있는 배재중학교였다.

배재중학교는 학원 근처라 아이들이 1학년에 진학하자마자 어머니들께서 과학고반 15명을 팀을 짜서 자연스럽게 내가 근무하는 학원에 맡기곤 하셨다. 20년이 지난 지금에도 그 당시에 3월에는 황민석이 전교 1등이고, 4월에는 이형우가 1등이고, 5월, 6월에는 박경환이 1등이었고, 7월에는 심성욱이 전교 1등이었다는 것을 생생하게 기억하고 있다. 그러면 9월, 10월, 11월은 누구였을까요? 1학기 때 전교 1등을 했던 학생이 아니라 과학고반에도 들어가지 못했던 전혀 생소한 학생이 하게 된다. 황지호라는 학생이다. 이 학생이 학원에 온 동기가 참 재미있다. 이 학생 어머니께서 공부 잘하는 학생들이 분명히 학원에 다니고 있는 것 같은데 그 공부 잘하는 학생들을 붙들고 아무리 다니는 학원을 물어봐도 가르쳐주지 않아서 하루는 마음먹고 학교 수업이 끝난 뒤에 학교에서부터 공부 잘하는 학생들의 뒤를 밟았다고 했다. 그래서 내가 근무하는 학원을 마침내 알아내서 어렵게 찾아오셨다고 하셔서 그냥 웃고 말았던 기억이 난다. 이런 정성스러운 어머님의 아들인데 그 아들이 공부를 못할 리가 없지 않은가. 역시 내 비장의 무기는 새벽반이었다. 아이들에게 새벽반 출신 선배들의 성공담을 귀가 닳도록 반복해서 얘기해 주었고 결국에는 이 아이들도 그 힘들다는 새벽반에 본인들이 원해서 스스로 눈을 비비면서 나오게 되었다. 이 학생들은 평일에는 학교에서 정규 수업이 끝나고 저녁 10시까지 특별반을 편성해서 운영하기 때문에 학원에 나올 수가 없었다. 그래서 학원 수업이 가능한 날이 새벽 수업과 주말반뿐이라 그렇게 수업을 진행할 수밖에 없었다. 역시 새벽반 수업을 한 지 얼마 지나지 않아서 황지호라는 학생이 두각을 나타내기 시작했다. 두각을 나타내는 첫 번째 반응은 우선 무엇보다도 지각·결석이 없고 그다음 반응은 한 번 배운 내용을 거의 다 기억하고 수업 중에 배운 내용에 대한 대답을 잘한다는 것이다. 수업 중에 집중해서 수업을 재미있게 열심히 하는데 왜 공부를 잘할 수 없겠는가! 그래서 '아, 이번에도 수제자 한 명 나오겠구나!' 하고 내심 기대를 했고 해당 학교 학생들에게도 "이번 시험에 새로운 스타 탄생이 있을 테니까 두고 보아라."라고 감히 자신했다. 아니나 다를까, 운이 좋아서 한 번 전교 1등을 하는 것이 아니라 내리 연속 세 번씩이나 전교 1등을 하니까 학교에서도 발칵 뒤집어졌다. 그것도 100년이 넘은 배재학당 역사상 최초로 전 과목, 올(all) 100점이라는 경이로운 성적으로 전교 1등을 당당히 하게 되었다. 그 이후로 학교에서는 물론 학부모님들께서도 도대체 황지호가 어떤 학생이며 그 학생이 무슨 특별한 비법으로 공부했기에 갑자기 여름방학 이후에 혜성처럼 나타나서 기라성 같던 친구들을 다 제치고 거푸 세 번 연속 전교 1등을 하는지 뒤늦게 사태를 파악하고자 분주하게 되었다. 당연히 가장 예민한 사람들은 1학기 때 전교 1등을 했던 아이의 학부모님들이었고 급기야는 그분들이 학원에 오셔서 그 학생에 대해서 부러운 듯 조용히 묻고 가곤 하셨다. 그런 학부모님들에 대한 나의 대답은 한결같이 똑같았다. 그저 어머님 아들처럼 평범한 학생인데 지각, 결석 없이 학원 수업을 열심히 들었던 학생이라고… 더 이상 무슨 말을 할 수 있단 말인가. 더 이상 말하면 유식한 말로 췌사(贅辭)가 되지 않겠는가!

그 학생이 두각을 나타낼 수 있었던 것은 가르치는 선생님 입장에서 평가한다면 그저 선생님이 하는 말씀을 액면 그대로 받아들이고 예습·복습을 철저히 하면서 조금 더 노력했다는 것 말고는 특별한 것이 없었다. 오히려 또래 아이들보다 키도 작고 얼굴에 듬성듬성 여드름이 나 있는 극히 평범한 학생이었다.

배재중학교는 당시에 전교 1등을 1년 동안 세 번을 하면 순금 1돈 분량의 배지를 상품으로 줘서 학생의 입장에서는 그 배지를 왼쪽 가슴에 차고 다니는 것을 큰 명예로 생각했었다. 전교 1등을 한 번도 힘든데 내리 세 번 연속해서 했고 황금 배지를 착용했으니 얼마나 우쭐하고 사람들에게 자랑하고 싶었겠는가! 나도 처음에는 인식을 못 했는데 이 학생이 학원에만 오면 본인의 시선이 황금 배지가 달린 자기 왼쪽 가슴을 향하고 있다는 것을 나중에 알게 돼서 웃고 말았다. 속으로는 참으로 대견스럽고 비록 학원 강사이지만 어느 누구 못지않은 큰 자부심과 보람을 그 학생을 통해서 다시 한번 느낄 수 있었다.

이렇게 학교 스타가 되니 샘이 많은 학생이 그 친구가 도대체 집에서 어떻게 공부해서 공부를 잘하는지, 무슨 특별한 시설이나 특별한 비법이 있는지 궁금하여 그 친구의 집에 가고 싶어 하는 학생들이 있었던 모양이다. 그래서 몇몇 친구가 사정사정해서 그 학생 집에 가 본 모양이다. 막상 그를 부러워했던 친구들이 그 학생 집에 가 보았더니 특별히 자기 집보다 공부방이 더 잘 꾸며져 있는 것도 아니고 그저 평범한 공부방의 모습이었다고 한다. 다만 딱 한 가지 다른 점이 있다면 책상 앞에 본인의 직접 쓴 듯한 큰 글씨로 '케네디가의 가훈'이 적혀 있었다고 한다.

중학교 1학년 순수한 학생이 자기도 케네디처럼 훌륭한 인물이 되어야겠다고 굳게 마음먹고 책상 앞에 큰 글씨로 케네디가의 가훈을 써 붙여 놓고서 아침에 눈 뜨자마자 자연스럽게 읽고, 세수하고 와서도 보고, 학교 가기 전에 한 번 더 보고, 학교 갔다 와서 또 보고, 공부가 잘 안될 때도 다시 읽으면서 마음을 가다듬고 나서 차분하게 공부를 하는데 왜 공부를 잘하지 못하겠는가. 오히려 공부를 못하는 것이 비정상일 것이다. 더 재미나는 사실은 학교 과학고반 담임선생님이 그 학교의 과학 선생님인 박 모 선생님이셨는데 이 사실을 뒤늦게 아시고 독자(獨子)인 본인의 아들도 우리 학원에 보내게 되었다는 사실이다. 실은 그분의 아들은 학교 성적이 중상위권인 평범한 학생이었다.

공부 외적인 일을 더 추가하자면 이렇게 전교 1등을 연속 세 번씩이나 하고 나니까 학교 담임선생님께서 학교 선생님들께 선물을 해 주십사 하고 황지호 학생의 어머니께 조심스럽게 부탁을 했던 모양이다. 그래서 지호 어머니께서 천호동에 있는 모 백화점에 가서 선물 30개를 주문했더니 그중에 두 개는 특별히 더 좋은 것으로 보너스로 주었다고 한다. 어느 날 그 어머니께서 학원에 오시자마자 상담실을 통과해서 급하게 교무실로 달려가셨다. 왜 그러시나 하고 궁금해하고 있는데 교무실에 다녀와서 자초지종을 얘기하시면서 그 특별한 두 개의 선물을 학원으로 가져오시게 됐다고 말씀하셨다. 그리고 "우리 지호 잘 가르쳐 주셔서 감사드리고 앞으로도 잘 부탁드린다."라고 당부하셨다. 나중에 선물을 보니 잘 포장된 상자에 아버지께서 특별히 붓으로 손수 감사의 글을 써서 보내셨다. 물론 선물 내용은 오래돼서 잘 기억나지 않는데 종합 조미료 세트였던 것으로 기억한다.

이 학생을 통해서도 알 수 있다시피 공부를 잘하는 것은 결코 지능 지수가 뛰어난 학생만 할 수 있는 일이 아니다. 그저 평범한 보통의 학생이어도 얼마든지 가능하다. 단지 다른 내용이 있다면 그 학생을 뒷바라지하는 어머니의 준비된 자세와 학생이 수업을 잘 받아들일 수 있는 상태가 되어있는지 없는지의 여부가 중요하다. 황지호라는 학생은 그런 준비가 잘 돼서 온 학생이었고 다행히 학원에서 선생님과 호흡이 잘 맞아서 강의 내용을 스펀지처럼 잘 받아들여서 본인의 것으로 철저히 만들었다는 것이 다를 뿐이다.

사람과 사람이 만나는 데 있어서 첫인상이 중요하듯이, 선생님의 입장에서도 당연히 신입생들을 만나면 처음에 공부 잘하는 학생들을 주목하게 되고 그 학생들한테 학교 선생님들의 관심이 집중되고는 했을 텐데, 전교 50등 이하의 학생이 어느 날 갑자기 전교 1등의 주인공으로 신데렐라처럼 나타났으니 놀라지 않을 수 없었으리라 믿는다.

아쉽게도 이 학생들은 특목고에 진학한 것은 알고 있는데 그 이후의 소식은 못 듣고 있다.

부디 이 제자들도 일신우일신(日新又日新) 해서 큰 사람이 될 것을 기원해 본다.

"크고자 하거든 남을 섬겨라."

- 배재학당 교훈

"목표는 행동을 유발하고
결과는 행동을 유지시킨다."

- 스펜서 존슨(Spencer Johnson)

"현명한 부모가 되기 위해서는
완벽한 교육법을 알 때까지
기다리는 것이 아니라
자신에게 옳다고 느끼는 것을
시작해 나가야 한다."

- 스펜서 존슨(Spencer Johnson)

8.

수학만
배우겠습니다

지난번 글에 학원을 그만두고 6개월 정도를 쉰 다음에 학원 일을 다시 시작한 얘기를 했는데, 그 무렵 학원을 개원하고 나서 한 달 만에 무려 30개 반이 마감될 정도로 성황리에 출발하게 되었다. 그때는 대부분의 학부모 상담을 내가 혼자 떠맡다시피 했는데 그 무렵에 김진이라는 학생이 불쑥 찾아와서 "선생님. 저는 아버지가 동사무소의 말단 직원이라 형편이 여의치 않아서 수학만 수강하겠습니다."라고 얘기했다. 나도 모르게 바로 답변했는데, "야, 진아. 오늘 집에 가서 '대학 첫 등록금까지만 부모님께서 내주시면 그다음부터는 제힘으로 대학에 다닐 테니까 우선 제가 부족한 과목을 학원에서 공부할 수 있게끔 해 주십시오.'라고 설득을 해 보거라."라고 말해 주었다. 그랬더니 그 학생의 대답이, "바로 위의 형이 올해 대학에 진학해서 아마 힘들 거예요."라는 대답이었다. 이 학생만 붙들고 한가하게 상담을 할 수 없는 입장이라 다시 한번 "이번에 학원 보내 주시면 정말로 열심히 공부해서 꼭 대학교는 제힘으로 다닐 테니 부족한 과목을 배울 수 있게 해 주십시오."라고 부탁하라고 한 뒤 그 학생을 보냈다. 그 이후에 새로 개원한 학원이라 여러 가지로 업무상 바쁜 관계로 그 학생을 깜박 잊고 있었는데 한 달쯤 후에 보니, 그 학생이 국·영·수 세 과목의 수강료를 내고 학원에 등록하여 다니고 있었다. 그때 나는 고등학생들을 지도하지 않았기 때문에 그 학생을 가르치는 고등부 선생님들께 "중학교 때 내 제자니까 특별히 잘 부탁한다."라고 당부하고 그 이후로는 그 학생을 잊고 지냈다. 그 이후 부득이한 이유로 6개월 만에 그 학원을 그만두고 이제는 동업이 아니라 명실공히 내가 혼자서 직접 운영하는 학원을 다시 개원하게 되었다. 이제는 학원을 개원하면서 학생들한테 연락할 수도 없는 상황이라 당시에 인수했던 학원의 재학생들을 중심으로 수업을 시작할 수밖에 없었는데, 어느 날 김진 학생이 갑자기 찾아와서 "선생님. 왜 학원을 그만두셨어요? 그리고 학원을 차리셨으면 연락을 해 주셔야지요?"라고 질문하기에 "너는 내가 가르치지도 않는데 왜 그런 말을 하느냐? 그 학원에 열심히 다녀서 성적을 올려서 원하는 대학에 들어가면 되는 것 아니냐?"라고 했더니, "제가 그 학원에 다닌 것은 오로지 선생님 때문에 간 것이지 다른 이유는 없습니다. 아무튼 저는 이 학원으로 옮기겠습니다."라고 답했다. 그 일이 있고 난 후에 그 학생은 정말로 내가 운영하는 곳으로 학원을 옮겨서 다니게 되었다. 다행히 우리 학원으로 옮긴 지 1년 만에 1학년 때는 반성적이 20등 안

퓨이던 학생이 반에서 3~4등으로 올랐다고 해서 그 학생을 원장실로 불러 등을 다독이면서 "조금만 더 열심히 해 보거라. 그러면 반드시 성적이 더 올라갈 수 있을 것이고 1년 전에 내가 너한테 부모님을 설득하라고 했던 내용이 현실로 될 날이 반드시 올 것이다."라는 식으로 격려해 주었다. 또 시간이 얼마 지나고 다음 해인 3학년 때는 드디어 내신 성적으로 전교 1~2등을 한다는 소식을 학원 담당 선생님께 들었다. 이 때는 학원이 규모가 제법 커져서 옛날처럼 학생 한 명, 한 명에게 신경 쓸 틈이 없던 시기라 그냥 그 학생에 대해서 생각을 미처 못 하고 있었는데 그 뒤에 그 김진이라는 학생이 공군사관학교에 우수한 성적으로 합격했다는 소식이 담당 선생님을 통해서 들려왔다. 그래서 고등학교 1학년 때 수학만 듣겠다고 했던 말이 새삼 떠올라서 그 학생 부모님과 그 학생이 약속을 지킬 수 있어서 천만다행이라고 생각했다. 왜냐하면 잘 아시다시피 공군사관학교는 학비는 물론 식비도 무료이고 심지어 얼마씩 월급을 받고 학교에 다닐 수 있기 때문이다.

이후 그 학생은 공군사관학교에 진학해서 두세 번 멋진 제복을 입고 학원에 나를 찾아왔고 그때의 멋진 모습을 보고서 학원 교직원들이 전부 다 훌륭한 제자를 두셨다고 칭찬들을 하였다. 그래서 "저 학생이 중학교 때는 저런 멋진 모습이 아니고 얼굴도 우락부락하고 수업 중에 선생님이 무슨 말을 하면 무조건 반대로 삐딱하게 대응하곤 했던 불량 학생이었다."라고 했더니 다들 믿지 못하겠다는 표정들을 지었다. 그래서 웃고 말았는데 실제로 중학교 때 그 학생을 처음 대했을 무렵에는 제발 학원에 나오지 않았으면 하고 생각했을 정도로 수업 태도도 좋지 못했고 언행이나 행동도 썩 좋지 못했던 학생이었다. 그런데도 그 학생이 공부를 잘해야겠다는 마음이 조금은 남아 있었는지 시간이 한참 지났는데도 불구하고 나를 찾아와서 그런 좋은 사제(師弟) 간의 인연을 맺고 서로가 원하는 결과가 나올 수 있어서 흐뭇했다. 지금도 생각하면 어떻게 그 당시에 상담할 때 그런 답변을 할 수 있었는지 나 자신이 무척 궁금해진다. 아마 내공이 쌓인 임기응변의 순발력이 아니었을까…?

그리고 또 시간이 한참 지난 뒤의 일이다. 아직도 기억이 생생한데 1999년 12월 31일, 즉 다음날은 새 천 년이 시작되는 날이어서 그날만은 술을 마시지 않고 집에 일찍 귀가해서 희망찬 2000년을 가족과 함께 구상하면서 맞이하려고 일찍 업무를 마치고 막 학원을 나서는 찰나였다. 그런데 김진이라는 학생이 사복을 입고 들어오는 것이 아닌가! 그 예기치 않은 갑작스러운 모습을 보고서 대뜸 내가 말했다. "너 웬일이냐? 선생님 막 퇴근하려고 한다." 그랬더니, "선생님. 제가 내년 3월에 공군사관학교를 졸업하는데 졸업식에 선생님을 초대하려고 하는데 졸업식에 대통령이 참석하시기 때문에 그전에 선생님에 대한 청와대 경호실의 신원 조회가 필요하다고 해서 선생님께 동의를 구하러 왔습니다."라는 답변이 나왔다. 우선 이런 말을 제자한테 들어서 기분이 너무 좋았고 자랑스러웠다. 그리고 제자의 초대에 응해서 내가 당연히 졸업식에 참석해야 하는데 "3월에는 신학기라서 학교도 그렇고 학원도 신입생들 때문에 바쁜 시기라 부득이하게 참석을 못 할 것 같다."라고 양해를 구하고 나서 퇴근하던 참이라 인근 식당에 가서 저녁에다가 반주로 술도 한잔하면서 그야말로 사제 간의 정을 마음껏 누렸던 기억이 있다. 식사하면서 이제는 성인이라 궁금해서 "너 주량이 어느 정도 되니?" 하고 물었더니 잠시 멈칫거리더니 "군인 정신으로 마시면 소주 7병까지는 거뜬합니다."라고 해서 나는 기껏해야 소주 두 병이 정량이라 그 정도만 마시고 끝마쳤던 것으로 기억한다.

여담을 하나 더 추가한다면 공군사관학교를 졸업한 뒤에 또 어느 토요일에 연락도 없이 불쑥 찾아와서 대뜸 하는 소리가 "학원 국어 선생님하고 결혼하고 싶은데 선생님이 도와줄 수 없겠습니까?"라는 엉뚱한 질문을 했다. 이런 황당한 질문에 그냥 웃어넘기면서 "그 부분은 내가 관여할 상황이 아닌 것 같구나."라고 슬쩍 비껴갔다. 그 미모의 국어 선생님은 당시에 외모가 거의 미스 코리아 급의 수준이었고 강의 실력도 인근에서는 여느 강사 못지않게 뛰어나서 특히 남학생들한테 인기가 최고였다. 이 김진이라는 학생 말고도 중학교 3학년 학생들부터 고등학생들에 이르기까지 열렬한 남학생 팬들이 많이 있었다. 심지어는 국어 선생님 집에 밤늦게 찾아가서 귀찮게 구는 스토커 수준의 학생들이 있다는 소식을 들었을 정도였으니⋯. 그 국어 선생님은 나중에 수년이 지난 뒤에 결국은 8살 연하의 연세대학교 출신 제자와 결혼한다는 소식을 들었다. 직접 참석은 못 했지만, 축하 화환은 보낸 것으로 기억한다.

김진이라는 학생도 부디 우리 대한민국의 영공을 수호하는 멋진 군인이 되기를 기원한다.

＜아이들은 삶 속에서 배운다＞

만일 아이가 비판 속에서 자라면
그 아이는 비난하는 걸 배운다.

만일 아이가 적대감 속에서 자라면
그 아이는 싸우는 걸 배운다.

만일 아이가 두려움 속에서 자라면
그 아이는 걱정부터 배운다.

만일 아이가 동정을 받고 자라면
그 아이는 자신에 대해 슬퍼하는 걸 배운다.

만일 아이가 기이한 행동을 하는 부모 속에서 자라면
그 아이는 부끄러움을 배운다.

만일 아이가 질투 속에서 자라면
그 아이는 시기심을 배운다.

만일 아이가 수치심 속에서 자라면
그 아이는 죄책감부터 배운다.

그러나 만일 아이가 참을성 있는 부모 밑에서 자라면
그 아이는 인내심을 배운다.

만일 아이가 격려 속에서 자라면
그 아이는 자신감을 배운다.

만일 아이가 칭찬 속에서 자라면
그 아이는 감사하는 법을 배운다.

만일 아이가 무엇이든지 허용되는 분위기 속에서 자라면
그 아이는 세상을 사랑하는 법을 배운다.

만일 아이가 자신이 받아들여지는 환경 속에서 자라면
그 아이는 스스로를 좋아하는 법을 배운다.

만일 아이가 인정을 받으며 자라면
그 아이는 분명한 삶의 목표를 배운다.

만일 아이가 나누는 걸 보며 자라면
그 아이는 자비로운 마음을 배울 것이다.

또 만일 아이가 정직함과 공정함 속에서 자라면
그 아이는 진리와 정의가 무엇인가를 배운다.

만일 아이가 다정한 분위기 속에서 자라면
그 아이는 세상이 살아갈 만한 곳임을 배운다.

그리고 만일 아이가 평화로움 속에서 자라면
그 아이는 마음의 평화를 배울 것이다.

당신의 아이들은 지금 어떤 환경 속에서 자라고 있는가?

- 도로시 L. 놀테(Dorothy L. Nolte)

9.

선생님,
틀리셨는데요

"선생님. 틀리셨는데요."

"뭐가 틀렸는데?"

"1.609㎞가 아니고 1.6093㎞이던데요."

위 내용은 수업을 시작하고 어떤 학생이 선생님이 교실에 들어오자마자 큰 소리로 나에게 불쑥 던진 말이다. 0.0003을 붙이지 않았다고 대뜸 여러 학생이 있는 데서 선생님이 틀렸다고 했으니 순간 당황할 수밖에 없었다. 잠시 마음을 가다듬은 뒤, "야, 이 녀석아. 그게 어떻게 틀린 것이냐. 소수 둘째 자리에서 반올림해도 된다는 것을 초등학교 수학 시간에 배우지 않았느냐?" 그랬더니 "선생님께서는 항상 누가 몇 년, 몇 월, 며칠에 태어나셨다고 하시잖아요? 그러면 1마일도 정확히 1.6093㎞라고 하셨어야지요."라는 답이 돌아왔다. 역시 가르친다는 것은 결코 쉬운 일이 아니다. 그것도 학생들한테 정보를 알기 쉽게 정확히 전달한다는 것은 아무리 수업 경력이 쌓인다고 해도 어려운 일이다. 이 학생도 전교 상위 1% 안에 드는 우수한 학생이었기 때문에 영어 수업 중에 상식에 해당하는 내용이라 다른 학생들은 당연히 그냥 듣고 넘어갈 내용인데도 불구하고 집에 가서 백과사전을 찾아보고(그 당시는 지금처럼 인터넷이 보급되지 않았다) 확인한 뒤 선생님께 감히 틀렸다고 지적한 것이다. 중학교 3학년 학생이 이런 태도로 공부하는데 왜 공부를 못하겠는가! 당연히 공부를 잘할 수밖에 없지 않겠는가! 또한 이 학생은 공부뿐만 아니라 외모도 연예인 못지않았다. 그야말로 키도 크고 얼굴은 귀공자 스타일에다가 고위 공직자인 아버지를 따라서 벨기에로 몇 년간 유학을 갔다 온, 엘리트 중에서도 글로벌 엘리트 학생이었다. 선생님에 대한 예절뿐만 아니라 친구들에게도 매너가 나무랄 데 없이 좋아서 친구들 사이에서 인기도 만점이었던 것으로 기억한다. 또한 소풍을 가면 인근 여학생들한테 붙들려서 일일이 여학생들하고 사진을 찍어 줘야만 비로소 뒤늦게 집에 돌아올 수 있는 그런 팔방미인 학생이었다.

이 팔방미인 학생도 무난하게 외국어고등학교에 진학한 뒤 서울대 외교학과에 합격해서 지금은 우리나라 외교 활동의 일익을 담당하고 있으리라 미루어 생각해 본다.

이 학생한테 지적당한 뒤부터는 영어 수업 중에 마일이라는 단어가 나오면 정확히 1마일(mile)은 1.6093㎞라고 설명한 뒤 꼭 이 학생에 관한 일화를 후배 학생들에게 들려주곤 했다.

과연 "훌륭한 선생은 훌륭한 제자가 만든다."라는 말이 틀린 말이 아닌 것 같다. 대한민국의 모든 학생이 앞에 언급한 학생처럼 공부한다면 어떻게 담당 선생님들이 그런 똑똑한 학생들을 가르치는데 철저한 수업 준비를 하지 않고 감히 안일한 마음으로 수업에 들어갈 수 있겠는가! 말 한마디도 가려서 해야 하고 같은 수업 내용도 학교 선생님과는 다르게, 더욱이 경쟁 상대에 있는 타 학원 강사들과는 차별되도록 준비하고 또 준비해야만 무한 경쟁에서 살아남을 수 있을 것이다. 학원이라는 곳은 학교나 다른 학원과의 관계에서 경쟁 우위에 서 있지 않으면 그야말로 냉정할 정도의 세계다. 그다음 달에 학생이 재수강을 하지 않으면 끝이고 그 강사는 학원에 근무할 존재 이유가 없어지는 곳이다. 즉, 어느 곳보다 냉정하게 정글의 법칙이 적용되는 곳이다. 하지만 반대로 이런 치열한 경쟁에서 비교 우위에 서게 되면 학생 수급 문제는 저절로 해결되고 더 나아가서 경제적인 문제의 해결뿐만 아니라 명예도 더불어서 자연스럽게 따라오게 된다. 예를 들어서 학원 강사를 하면서 재미있는 일 중의 하나가 학교 선생님들께서 본인 자녀들의 학업에 관해 상담하러 학원에 방문하시는 경우다. 이럴 때는 처음에는 왠지 상담이 거북해지고 서로 안 하려고 하는 그런 상황이 벌어진다. 그러나 어느 정도 자리를 잡고 이력이 난 강사들은 그런 상담도 자연스럽고 당당하게 하게 된다. 학원 강사가 학교 선생님을 상대로 학습 상담을 하게 되는 재미있는 일들이 일어나는 것이다. 지금도 그림처럼 생생하게 기억나는 분이 한 분 계시는데 그분은 인근 중학교에서 근무하셨던 분이다. 도덕 선생님에서 교감 선생님으로 승진하신 그분이 따님의 학습 상담을 위해 학원에 방문하셨다. 교감 선생님이신지라 연세가 지긋하신 분이었다. 다른 학부모님과는 다르게 그분은 꼭 어머니 대신 본인이 직접 학원에 오셨다. 학원에 오실 때마다 그분보다 나이가 한참 아래인 나한테 예의를 얼마나 깍듯이 차리시는지, 상담이 끝날 때까지 나도 똑같이 정중한 자세로 예의를 다해 상담했던 기억이 생생하다. 다행히 그 선생님의 따님도 학원에 다닌 지 얼마 되지 않아 서 전교 1~2등을 다투게 되었고 무난히 원하는 명문대학교에 들어갔 다. 그 아이가 대학에 진학한 뒤에도 몇 년간은 그분 주위에 있는 학생 들에게 우리 학원 소개를 많이 해 주셔서 학원 발전뿐만 아니라 나도 몸값이 더불어 올라가게 해 주셨던 고마우신 분이었다.

얘기가 엉뚱한 곳으로 흘러가고 말았는데, 어쨌든 나는 수업 중에 이런 식으로 학생들을 통해서 깨우치고, 또한 배우고 준비해서 해를 거듭할수록 더 겸손하게 수업할 수 있었고 성장할 수 있었다.

학원 강사들은 평범한 보통 사람들과는 일과가 완전히 정반대로 되 어 있어서 밤늦게까지 일하고 새벽에 퇴근해서 오전에는 잠을 자야 하 는데도 불구하고, 잠을 줄이면서 교양을 넓히기 위해 책을 찾아 읽어 야 하고 더 나아가서 교재 연구를 해야만 한다.

이런 경험을 통해서 학원 강사로서 내공이 쌓여야만 학생들이 그 강 사의 수업을 찾게 되고 계속 재수강으로 이어져서 안정적인 생활을 할 수 있다. 능력만큼 얼마든지 공평하게 더 대우를 받을 수 있는 곳이 사교육의 현장인 학원이란 곳이다. 물론 공교육이 아니고 사교육이라 드러내놓고 본인의 직장에 대해 말을 못 하는 곳이 당시의 학원이었 다. 어떻게 말하면 그때는 음지라고 표현할 수 있는 사교육 시장인 학 원인지라 학원에 몸담은 강사들은 못내 움츠리게 되고 당당하지 못했던 그런 시절이었다. 지금이야 합법적으로 얼마든지 학원 선전도 하고 옥외 광고도 보란 듯이 하지만, 그 당시에는 그럴 형편이 아니었다. 군사 정권이 계속 이어지면서 마치 사교육을 범죄시하고 대대적으로 학원을 단속하곤 했던 그런 시기였기 때문이다.

그러면서도 사회 지도층 인사들은 남들 모르게 자녀에게 고액 과외를 시키고 팀을 짜서 공부를 시키곤 하는 기형적인 교육 형태가 이루어지던 시절이었다.

또한, 그때는 외국어고등학교가 정식으로 인가받은 학교가 아니고 비인가 학교라서 그 학교에 우수한 성적으로 들어가더라도 졸업할 때는 정식 고등학교 졸업장을 받지 못한 상태에서 대학 진학을 해야 했던 그런 시절이었다. 이런 일이 불과 20여 년 전의 일이라는 것을 생각해 보면 우리나라가 얼마나 빠르게 각 분야에서 급속한 성장과 변화를 겪고 있는지 새삼 깨닫게 된다.

현재 바뀐 정부에서는 특목고뿐만 아니라 자율형 사립 고등학교(자사고) 폐지도 검토하고 있다니 늦은 감은 있으나 한때 교육 현장에 있었던 사람으로서 참 다행한 일이라고 생각한다. 그 이유는 그동안 우리나라의 교육 제도로 인해 신체 발육을 위해서 한참 뛰어놀고 자연과 함께 벗 삼아 가족들과 여행도 다니고 해야 할 시기에 유치원에서부터 조기 영어 교육을 받아야 하고 초등학교 때부터는 특목고 준비를 위해서 밤잠을 설치고 본격적으로 입시 준비에 매달리다가 막상 정말로 학생 본인이 스스로 느끼고 판단해서 열심히 공부해야 할 시기인 대학교에 가서는 공부에 지쳐 버려서 제대로 된 공부를 못하게 되는 심각한 문제를 야기하는 등 백년지대계인 교육의 중요한 큰일을 크게 그르치고 있기 때문이다. 다행히 사회가 전문화·복잡화되면서 다양화되고 있어서 예전처럼 명문고, 명문대를 나오지 않더라도 얼마든지 자기 분야에서 최선을 다해 전문가가 되면 성공할 기회가 있어서 이런 교육 부조화 현상은 시간이 지나면서 서서히 사라지리라고 본다.

결과적으로 우리나라도 경제 대국뿐만 아니라 교육 선진국도 함께 이루어지기를 학수고대해 본다.

10.

산삼
열 뿌리

IMF가 대한민국을 강타한 뒤 특히 소규모로 사업을 하던 사람 중에서 하루아침에 모든 재산을 다 날려 거리에 나앉게 된 사람들이 헤아릴 수 없이 부지기수로 많았다. 내가 운영하는 학원도 예외일 수가 없어서 지금 기억으로는 한 달에 무려 200여 명씩 학생 수가 줄어들게 되었고 학원 운영도 나날이 점점 더 어렵게 되었다. 그때 내 나이가 30대 후반이라서 운영 미숙으로 인한 구조 조정 실패로 3년 만에 학원 운영에서 손을 떼게 되었다. 앞에서도 밝혔듯이, 교직원이 60여 명이나 됐기 때문에 눈 딱 감고 학원을 살리기 위해서 교직원 중 절반은 내보내고 냉정하고 철저하게 구조 조정을 했더라면 학원도 살고 학생들도 방황하지 않았을 텐데, 경험 부족, 운영 미숙으로 그야말로 3년간 학원을 구조 조정하지 않고 방치하다시피 해서 결국은 정리를 해야만 하는 상황으로 치닫고 말았다. 게다가 엎친 데 덮친 격으로 세무 보고 불성실로 인한 국세청 특별 세무조사까지 받게 되었다. 보통 학원 출근은 상담 및 경리 직원 말고는 강사들은 오후에 수업 두세 시간 전에 나오고 원장인 나도 점심 무렵에 출근하는데, 어느 날 상담 실장이 숨 넘어가는 소리로 "원장님. 큰일 났습니다. 국세청 특별 세무조사가 나왔으니 빨리 나오셔야 할 것 같습니다."라고 연락해 왔다. "진정하고 천천히, 자세히 얘기해 봐라."라고 했더니 국세청 직원 7명이 기습적으로 학원에 방문해서 이미 컴퓨터 하드 디스크를 다 복제했고 장부도 다 복사해서 세무조사를 마쳤으며 원장 확인만 남았단다. 그래서 서둘러서 학원에 나가 보니, 조사 나온 공무원들은 할 일이 없는지 느긋하게 의자에 앉아서 웃으면서 서로 잡담하고 있었다. "도대체 우리가 무슨 큰 잘못을 해서 이렇게 많은 직원이 나와서 호들갑을 피우느냐"고 그랬더니 그중의 책임자가 "저희가 무슨 결정권이 있습니까? 저희도 상부에서 시킨 대로 업무를 진행할 뿐입니다. 그러니 협조해 주시면 고맙겠습니다."라고 대답했다. 그런 대답에 마땅히 할 말도 없고 해서 확인란에 서명하고 난 뒤 그들을 돌려보냈다. 그 뒤로도 세무서에 몇 번 찾아가서 학원의 어려운 상황도 읍소해 보곤 했으나 역시 털어서 먼지 안 날 사람 없다고 자료에 의한 세금 추가 납부 금액이 있었다. 처음에는 벌금이 2~3억 원 정도 나온다고 나에게 겁을 주었다. 그래서 실은 학원 운영이 너무 어려워서 학원을 처분 중이라고 사실대로 말했고 그런 읍소가 통했는지 2천만 원으로 최종 확정이 돼서 납부한 기억이 있다.

어쨌거나 더 이상 학원을 운영할 여력도 없었고 심신이 너무 지쳐서 학원을 처분해야겠다고 생각했는데 마침 국세청에서 특별 세무조사를 나온 날 인근 학원의 원장이 내가 운영하는 학원을 인수할 의향이 있다고 해서 연락이 닿은 그 날 바로 만나서 두말하지 않고 그분이 원하는 조건에 학원을 넘기고 말았다.

당시에 강동 아파트가 재건축되기 한참 전이라 그 아파트의 시가가 2천만 원이었는데 내가 학원 운영 미숙으로 인해 손해 본 금액이 20억 원이 넘었으니, 지금 생각해 보면 학원을 운영하지 않고 그 금액으로 강동 아파트 10채만 사 놨으면 지금은 부자가 되어 있을 터라는 쓸데없는 넋두리를 해 본다.

그리고 학원을 정리한 뒤 나도 마찬가지로 가진 것이라고는 아내가 결혼 당시에 장만해 온 조그마한 빌라 달랑 한 채였고 내가 경제 활동으로 모아 놓은 돈은 그야말로 학원을 정리하면서 다 써버리고 한 푼도 없어서 처자식을 부양하려면 무슨 일이든 해야만 했다. 다행히 그 무렵, 전에 내 학원에서 근무했던 수학 선생이 조그마한 강의실 두 개로 과외를 하다가 조금 더 큰 곳으로 가게 됐으니 돈은 천천히 줘도 되므로 관심이 있으면 인수해서 운영해 보란 제의가 들어왔다. 인수 금액이 부담 없는 적은 금액이었으므로 그곳을 두말하지 않고 인수했다. 인근에서 제법 큰 학원의 원장으로만 근무했던 위인인지라 다른 학원에 강사로 갈 수는 없고 해서 그 조그만 학원을 인수해서 자존심을 다 내려놓고 밑바닥부터 하나씩 다시 시작하게 되었다. 학생 수가 1,000여 명, 직원 수가 60여 명에 이르는 학원을 운영하다가 이제는 혼자서 청소에서 복사, 상담, 수업까지 해야 했으니 그때의 마음고생을 글로

쓴다면 책 몇 권은 쓰고도 남을 것이다.

에디슨이 자립할 때 그의 아버지가 에디슨에게 한 말이 있다. "너 자신 말고는 아무도 믿지 말거라."라고 했는데 그 말이 나한테도 현실이 되고 말았다. 학원을 정리할지도 모른다는 소문이 나니까 머리 좋은 특히 수학 선생들이 학생을 데리고 나가서 학원 인근에다 조그마한 학원을 차리고 수업을 했고, 학원에서 중책을 맡은 간부 직원들은 학원을 정리할 때 본인들의 월급을 한 푼이라도 더 받아내기 위해서 눈에 불을 켜고 나를 대했으니 얼마나 스트레스가 심했겠는가! 학원을 처분하고 난 뒤 내가 운영하는 학원을 가려면 수학 선생들이 차렸던 학원 옆을 지나야 했으니 내가 부처님이 아닌 바에야 그곳을 지나갈 때마다 얼마나 마음이 아팠겠는가! 그런 상황에서도 목구멍이 포도청이라 먹고살아야 했으므로 그런 비도덕적인 사람들을 매일 미워하면서 나도 어쩔 수 없이 그 근처에서 수업해야만 했다.

그래서 그야말로 학생이 오면 오는 대로 감사한 마음으로 초심으로 돌아가 한 명씩 놓고 수업을 했었는데 그때 마침 고등학교 3학년 여학생이 과외를 해달라고 해서 마음속으로 안도를 하면서 수업을 했다. 왜냐하면 그냥 보통 수업을 하면 수강료가 얼마 안 되는데, 과외를 하게 되면 수강료를 훨씬 더 많이 받을 수 있기 때문이었다. 학원을 제법 크게 운영할 때까지만 해도 아무리 큰 금액을 제시해도 과외를 하지 않았던 콧대 높은 강사였는데, 역시 처자식 앞에서는 못난 자존심을 내려놓고 이제는 감지덕지한 마음으로 과외를 할 수밖에 없었으니 참으로 사람 마음은 간사하기도 하고 알다가도 모를 일이다.

다행히 과외를 받았던 학생이 선생님이 시키는 대로 잘 따라 하는 모범 학생이라 저절로 시간이 지남에 따라 학생의 성적이 쑥쑥 올라 갔고 표정도 덩달아서 많이 밝아졌다. 고등학교 3학년 수험생들은 수시로 모의고사를 보는데, 처음 몇 달은 성적 이야기를 물어볼 수도 없었고 본인도 아예 그런 이야기는 꺼내지도 않았다. 그러고 나서 6개월쯤 지났는데 그 학생이 학원에 들어오면서 활짝 웃으면서 "선생님. 저 영어 성적 많이 올랐어요."라고 말했다. "얼마나 올랐니?" 그랬더니 "1등급 나왔어요."라고 대답하는 것이었다. "그래, 축하한다. 그러면 이제 과외 안 해도 되겠구나. 정규반에 들어가서 수업을 들도록 해라." 그 이후로 과외 수업이 끝난 뒤에 내가 말한 대로 정규반에 들어가서 수업을 듣는데 아무래도 혼자 과외 수업을 받는 것하고 여러 명이 한꺼번에 하는 것은 학습 효과 면에서 차이가 날 수밖에 없다. 다시 영어 성적이 조금 떨어졌는지 또 과외 부탁을 해서 어쩔 수 없이 재차 하게 되었고 또 정규반으로 내려보낼까 봐 그랬는지, 그 학생이 어느 날 학원에 오면서 허름한 종이 쇼핑백을 나에게 전해주면서 "엄마가 갖다 드리래요."라고 했다. 그 선물을 받으면서 살짝 들여다봤더니 구운 오징어 같아 보여 '이제 별의별 선물을 다 받아 보는구나.'라고 생각한 후 아무 생각 없이 수업을 마치고 그 종이 쇼핑백을 가져다 아내에게 주었다. 그랬더니 아내가 펼쳐 보더니만 "아니, 이건 인삼도 아닌 것 같고 더덕도 아니고… 도대체 뭐지?"라고 했다. 그래서 나도 직접 다시 보니 인삼처럼 생겼으나 인삼보다는 작고 이끼에 싸여 있는 것이 혹시 산삼이 아닐까 해서 아내한테 내일 동네 약재상에 가지고 가서 물어보라고 했다. 아내가 동네 약재상에 갔다 와서 한 말은 역시 아니나 다를까, 그것은 산삼이고 아침 식사 전 공복에 뿌리부터 잎사귀까지 조금도 남기지 말고 꼭꼭 씹어 먹어야 한다는 것이었다. 그 선물 덕분에 양가 어르신들께 한 분당 두 뿌리씩 효도 선물을 하고 나머지는 아내에게 한 뿌리를 주고 세 뿌리는 내가 꼭꼭 씹어서 잘 먹었다. 그 산삼을 먹어서 그런지는 모르겠는데 그 이후로 20년간 감기에 걸리지 않고 건강하게 잘 살고 있다. 아마도 고급 오동나무 상자에 포장해서 선물하면 내가 받지 않을까 봐서 부모님께서 일부러 허름한 쇼핑백에 보내실 정도로 그런 세심한 부분까지 신경을 쓰셨던 것 같다.

그 무렵에는 혼자서 소수의 학생들을 두고 과외와 비슷한 수업을 할 때라 학부모님들께서 오실 때마다 조그마한 음료수를 한 박스씩 사 오곤 하실 때였다. 당연히 나는 그런 비슷한 음료수 선물과 같은 것인 줄 알고 무심결에 받았던 것인데 산삼 열 뿌리라니, 지금 생각해 보면 놀랍기도 하고 약간은 미안하기도 하다. 이로 인해 나는 학원 운영자로서가 아닌 '학원 강사로서는 참으로 행복한 사람이구나.'라고 자위를 할 수 있었다.

산삼 열 뿌리를 선물했던 고맙고 착한 학생은 지금쯤 30대 후반의 현모양처가 되어 있을 것으로 믿어 의심치 않는다. 부디 행복한 가정 꾸려서 잘 살고 있기를 소망해 본다.

"그때 산삼 열 뿌리 고마웠단다."

"당신의 마음과 신념 체계가 바로
지금 당신이 가진 것을 결정하며,
당신의 마음이 당신을 부자로도 만들고,
가난뱅이로도 만든다.
사람은 생각하는 만큼 얻게 되어 있다."

- 앤드류 매티스

"아름다운 꿈을 지녀라.
그리하면 때 묻은 오늘의 현실이
순화되고 정화될 수 있다.
먼 꿈을 바라보며
하루하루
그 마음에 끼는 때를 씻어 나가는 것이
곧 생활이다.
아니, 그것이 생활을 헤쳐나가는 힘이다.
이것이야말로 나의 싸움이며 기쁨이다."

- 라이너 마리아 릴케(Rainer Maria Rilke)

11.

두 시간짜리 수업을 듣기 위해
왕복 네 시간 동안 차를 타고 오는 남매

　수업하다 보면 꼭 웃어넘길 수만은 없는 재미있고 이해하기 힘든 일들이 간혹 생긴다.

　앞에서 얘기했듯이, 나는 IMF 이후에 제법 큰 학원을 정리하고 작은 학원을 운영했다. 이제는 학생이 없으니 오는 대로 수업을 해야 하는 상황에서 어느 학부모님의 소개로 경기도 부천에 사는 고등학교 3학년 남학생과 중학교 1학년 여학생 남매의 어머니가 그 멀리서 과외를 부탁하러 오셨다. 고3 학생은 당장 대학 입학시험이 코앞이라 과외를 부탁한 것이 이해가 갔지만, 거기에 중1 여동생까지 덤으로 잠깐만이라도 수업을 부탁하셔서 난감했다. 그렇지만 멀리서 오셨기 때문에 어머니의 요구대로 그렇게 하기로 했다. 그런데 막상 수업을 해 보니 고3 학생은 심성은 참으로 착하고 고우나 영어 공부는 전혀 되어있지 않았다. 잘 아시다시피 공부라는 것은 기초부터 차근차근 쌓아야지만 좋은 결과가 나오는 법인데, 내일모레 수능 시험을 치러야 할 고3 수험생의 영어 성적이 중간 이하였으니 아무리 노력한다고 하더라도 단기간에 좋은 성적은 기대할 수 없는 그런 안타까운 상황이었다. 그런데도 그 아이들이 두 시간짜리 수업을 듣기 위해서 무려 왕복 네 시간 동안 부천에서 전철을 탄 뒤 또 버스를 갈아타고 오는 것이 가상해서 나름대로 열심히 지도해서 고3 학생이 수능 볼 때까지 3개월 동안의 수업을 무사히 마쳤다. 다행히 우수한 성적은 나오지 않았으나 80점 정도 나왔다니 스스로 어느 정도 선에서 만족할 수밖에 없었다. 잘 아시다시피 영어라는 과목은 충분한 시간, 즉 최소한 6개월 이상이 필요한 과목이다. 그런데 3개월 동안 수업해서 고3 학생이 원하는 점수가 나온다는 것은 어불성설이다. 어쨌든 그렇게 해서 고3 학생의 수업을 마치게 되었는데, 그야말로 오빠 수업 중에 잠깐 교육을 했던 중1 여동생은 성적이 많이 향상되었다. 그래서 오빠의 대입 시험이 끝났음에도 불구하고 그 학생 어머니께서 오빠와 같은 시행착오를 겪지 않기 위해서 계속 여동생의 과외를 부탁하셨다. 고등학교 3학년이 아니고 중학교 1학년인지라 학생 본인이 마음만 제대로 먹는다면 성적 향상은 고3에 비하면 아주 쉬운 일이다. 게다가 이 학생은 여자아이라서 그런지 나이에 비해서 더 성숙하고 선생님이 시키는 대로 잘 따라 준 덕택에 중학교 1학년 기말고사에서 반 1등으로 등수가 올라갔다. 그런데 아무리 목구멍이 포도청이라지만 중1 여학생이 부천에서 무려 네 시간 동안이나 대중교통을 이용해서 수업을 들으러 오는데, 일말의 양심이 있는 강사라면 두 손 들고 말려야 하는 것이 도리라 생각하고 그 학생에게 조심스럽게 이제부터는 인근의 학원을 잘 알아보고 여기 오는 시간을 공부하는 데 투자하라고 설득해서 돌려보냈다. 그랬더니 어머니께서 바로 학원에 오셔서 "학원비가 적어서 그러시느냐? 그러면 더 드리겠다. 제발 조금만 더 가르쳐 달라."라고 간곡히 부탁하셔서 "그러면 겨울방학까지만 지도하겠습니다."라고 타협을 하고 무사히 약속 기간까지 지도해서 수업을 마쳤다. 그 이후로도 그 학생을 소개하신 학부모님으로부터 그 학생의 소식을 종종 듣곤 했다. 다행히 고3 오빠는 집 인근에 있는 대학교에 진학했고, 중학생인 여동생은 무난하게 과천외국어고등학교에 진학하게 되었고 그 이후에도 계속 부모님의 기대에 부응해서 공부를 열심히 해서 연세대학교에 진학했다는 소식까지 들었다. 참으로 고마운 일이 아닐 수 없다.

이 남매 학생들을 처음 데리고 오셨던 어머니의 표정이 지금도 마치 사진처럼 생생하게 기억난다. 그 모습이 너무나 소박하고 꾸밈없는 차림이었고 자식을 위한 애정이 간절해 보였다. 서울의 어머니들처럼 이해타산적이고 계산적인 그런 분이 아니시고 시골 어머니처럼 소박한 분이셨다. 그런 어머니께서 내가 무슨 신적인 남다른 능력을 갖추고 있는 것처럼 기대하고 오신 것 같아서 조금은 부담스러웠지만 참으로 다행스럽게도 여동생의 성적 결과가 좋게 나와서 지금도 가끔 '나라면 내 자녀들을 그렇게 멀리 있는 학원에 보낼 수 있을까?'라고 자문해 보면서 웃곤 한다.

이 학생들 말고도 방학만 되면 지방에서 방학 한 달 동안만이라도 우리 학원에 다니러 오는 학생들이 몇 명 더 있었다. 그중에 기억에 남는 학생은 전라남도 완도에서 온 중학생 남자아이였는데, 그의 누나가 내가 근무하는 학원 근처에 살았다. 누나 본인이 못했던 공부에 대한 아쉬움을 동생에게라도 베풀려는 그런 아름다운 마음에서 동생을 방학만 되면 본인 집에 불러서 숙식을 제공하면서 학원에 보내시곤 하셨다. 방학 한 달 동안만 수업해서 무슨 효과가 나올까마는 아무튼 방학만 되면 씩씩하게 나타나곤 했던 시골뜨기 학생이 지금도 또렷이 생각난다. 공부라는 것은 부모님이 애면글면 바란다고 해서 되는 것도 아니고, 또한 소문난 학원에 보낸다고 해서 저절로 잘하게 되는 것도 물론 아니다. 우선은 부모님의 올바른 교육 태도와 학생 본인의 공부하려는 의욕과 자세 그리고 준비된 학원의 정성 어린 학습 지도, 이 삼박자가 잘 맞아야만 좋은 결과가 나오는 것이다.

앞에서 언급했던 남매 중 오빠는 안타깝게도 시기를 놓쳤던 것이지만, 여동생은 시기를 적절하게 잘 맞추었고 무엇보다도 학생 본인이 공부해야겠다는 의욕이 충만한 상태에서 선생님이 공부 방법에 대한 진로를 잘 설명했으니 시너지 효과가 났던 것이다. 제아무리 비싼 돈 들여서 특별 과외를 시켜 봐야 학생 본인이 공부할 자세가 되어 있지 않으면 효과는커녕 돈 낭비, 시간 낭비를 하고 마는 셈이다.

그러므로 이 글을 읽으시는 학부모님들께서는 이러한 점들을 잘 헤아려서 시기를 놓치지 마시고 자녀들 학습 지도에 참고하시기 바란다.

"좋은 부모란 자신의 자녀들에게 뿌리와 날개를 준다.
뿌리는 가정이 어디에 있는가를 알기 위함이고,
날개는 높은 곳으로 날아 올라가서 자신들이 배운 것을 경험하기 위함이다."

- 조너스 소크(Jonas Salk)

<아이들에 대하여>

너희의 아이는 너희의 아이가 아니다.

아이들은 스스로를 그리워하는 큰 생명의 아들딸이니

저들은 너희를 거쳐서 왔을 뿐 너희로부터 나온 것이 아니다.

또 저들이 너희와 함께 있기는 하나 너희의 소유는 아니다.

너희는 아이들에게 사랑은 줄 수 있어도 너희의 생각까지 주려고 하지는 마라.

저들은 저들의 생각이 있으므로.

너희는 아이들에게 육신의 집은 줄 수 있으나 영혼의 집까지 주려고 하지는 마라.

저들의 영혼은 내일의 집에 살고 있다.

너희는 결코 찾아갈 수 없는, 꿈속에서조차도 갈 수 없는 내일의 집에.

너희가 아이들같이 되려고 노력하는 것은 좋으나

아이들을 너희같이 만들려고 노력하지는 마라.

생명은 뒤로 물러가지 않으며, 결코 어제에 머무르는 법이 없으므로.

너희는 활이요, 그 활에서 너희의 아이들은 살아 있는 화살처럼 앞으로 날아간다.

그래서 활 쏘는 이가 영원의 길에 놓인 과녁을 겨누고

그 화살이 빠르고 멀리 나가도록 온 힘을 다하여 너희를 당겨 구부리는 것이다.

너희는 활 쏘는 이의 손에 구부러짐을 기뻐하라.

그분은 날아가는 화살을 사랑하듯이, 흔들리지 않는 활 또한 사랑하기에.

- 칼릴 지브란(Kahlil Gibran)

두 명사가 말하듯이, 부모는 자식인 학생 본인이 좋아하는 일을 잘할 수 있도록 뒷바라지하고 끊임없이 격려해 주는 그런 역할이어야 한다고 나는 생각한다. 그래서 학부모님들과 상담하면서 시종일관 부탁하는 말이 "저를 만난 이 순간 이후로는 제발 집에서 자녀들에게 '공부'라는 얘기는 아예 입에서 꺼내지 마시고 다른 방법으로 아이를 사랑할 수 있는 방법을 찾으십시오."라는 말이다. 그러면 십중팔구 어머님들에게서 "어떻게 공부라는 말을 안 할 수 있을까요?"라는 답이 자연스럽게 나온다. 이미 집에서도 '공부', 학교에 가서도 '공부', 학원에 와서도 '공부'에 관해 말하는데, 한참 감수성이 예민하고 질풍노도의 반항기인 아이들에게 그런 식으로 접근하면 결코 학부모님들이 원하는 기대는 나오지 않는 법이다. 차라리 더 정성 들여 맛있는 밥을 해 주고, 공부가 아닌 다른 말로 아이와 격의 없이 의사소통하도록 노력하고, 계속해서 다독거리고 껴안아 주고 하면서, 자녀와 함께 여행도 다니고 공부는 전문가들한테 맡기는 것이 자녀들을 공부 잘 시키는 지름길이라고 나는 생각한다. 내가 가르친 학생들 중에 두드러지게 두각을 나타냈던 학생들의 공통점은 하나같이 어머님들과 상담할 때 그런 어머니들과 대화하면 '너무나 편안하다'는 것이다. 학원 선생님한테도 그렇게 편안한 모습인데 하물며 자식들은 얼마나 더 포근하고 편안함을 느끼겠는가! 이런 편안하고 사랑스러운 가정의 분위기에서 자란 아이들이 공부도 잘하고 인성도 훌륭하고 감성도 풍부해서 무슨 일이든지 잘할 수 있다고 본다.

그러니 부디 대한민국 학부모님들이여!

오늘부터 자식한테 "공부하라."는 잔소리를 제발 중단하시고 따뜻한 말과 제대로 된 참사랑을 베푸시라.

그러면 가정도 편안해지고 머지않아 자식도 부모님의 기대에 부응하리라 믿어 의심치 않는다.

12.

망가진 소변기와
세면기

어느 날 화장실에 갔더니 화장실 소변기와 세면기가 산산조각이 나 있고 깨진 소변기는 불결하기 그지없었다. 화장실에 다녀온 뒤에 학원 직원들에게 "누가 화장실 소변기를 망가뜨렸느냐?"라고 물었더니 다 모르겠다고 했다. 그리고 나서 수업 시간이 되어 수업하기 위해 교실에 들어갔는데 학생 중 한 명이 킬킬거리며 웃으면서 "혹시 화장실 소변기 깨진 것 못 보셨나요?"라고 물어서 "누가 그랬니?" 했더니 "몇몇 짓궂은 친구가 박민석이라는 아이를 그 소변기에 빠트려 골탕 먹이려고 그랬답니다."라고 했다. 화장실에 있는 소변기가 고장 나서 소변이 내려가지 않고 흥건하게 차 있는 상태에서 장난으로 그 착한 친구의 발을 오물 속에 빠트리려고 했던 모양이다. 얼마나 그 학생이 그곳에 빠지지 않으려고 세면기를 잡고 몸부림을 쳤으면 잡고 있던 세면기와 소변기가 박살이 났겠는가! 다행히 그 학생이 크게 다치지도 않았고 그 소변기에 빠지지도 않았다고 해서 그냥 웃고 넘어갔다. 나중에 보니 공격을 받았다던 학생이 팔에 깁스를 하고 나타났다. 그리고 그 학생의 어머니께서 그 일이 있고 나서 아이가 학원에 가지 않겠다고 해서 간신히 설득해서 학원에 보냈으니 부디 선생님께서는 모른 체하고 넘어가 주십사 하는 부탁이 있어서 그렇게 했다.

그런데 소변기에 빠질 뻔했던 학생은 그 당시에 찾아보기 힘들 정도로 가정교육을 참으로 잘 받은 모범생 중의 모범생이었다. 한 가지 예를 들자면 대부분의 아이가 자신의 어머니를 '엄마'라고 부르지, 그 학생처럼 '어머니'라고 부르지 않는데 그 학생은 꼭 엄마라 부르지 않고 "'어머니', '아버지'께서~"라고 표현을 하는 반듯한 학생이었다. 선생님한테도 만날 때마다 깍듯이 정중한 인사를 하곤 했다. 이런 모범생을 골탕을 먹이려고 장난기가 심한 못된 친구들이 벌인 사건이었던 것이다.

이 학생도 내가 IMF 때 학원을 정리하고 난 뒤 조그마한 학원에서 수업할 때 어머니께서 학원을 옮겨서 나에게 영어 과목을 맡기셨다. 이제는 전 과목이 아니고 영어만 할 때라 영어 한 과목만 지도하게 되었고 수학은 인근에 있는 잘 아는 선생님을 소개했다. 이 어머니께서는 한 번 학원에 상담하러 오시면 상담 시간이 한 시간은 기본이고 심지어는 두 시간을 넘길 때도 허다했다. 왜냐하면 이 학생만 있는 것이 아니라 그 위에 누나도 있었기 때문에 이런저런 얘기를 하다 보면 별의별 이야기를 다 하게 되었기 때문이다. 심지어는 시골에 계신 할아버지께서 매년 이 손자를 위해 보신탕을 손수 끓여서 보내 주신다는 얘기를 하며 아빠의 자녀에 대한 세심한 사랑 얘기까지 다 했던 기억이 난다. 할아버지의 손자에 대한 변함없는 사랑, 어머니와 아버지의 자식에 대한 올바르고 참된 사랑이 그대로 전해져서 그 자녀도 나무랄 데 없는 그런 모범생으로 자라났던 것이리라 믿는다. 이러한 깊고 올바른 사랑을 받고 자란 아이가 공부를 못할 리가 없다. 학원에 처음에 왔을 때는 별로 두각을 나타내는 그런 학생은 아니었고 성적이 중상위권이었던 것으로 기억한다. 그런데 우리 학원에 온 지 얼마 되지 않아서 상위권으로 치고 올라가더니 고등학교에 가서는 최상위권으로 올라가게 되었고 그 후 당연히 서울대학교 이과 계열에 당당히 합격하게 되었다. 이 아이가 서울대에 들어간 뒤에 어머니께서 학원에 손수 찾아오셨는데 이미 그때는 옛날의 모습이 아니고 이제는 당당한 어머니의 모습이었고 말씀 한마디, 한마디가 자식에 대한 자랑과 긍지로 자신감이 묻어났다. 그리고 주위에 있는 학생들에게 우리 학원 소개를 많이 해 주셨던 것으로 기억한다.

이 어머니에게서도 다시 나타나듯이, 아이가 공부를 잘한다는 것은 그냥 학원에 보내면 저절로 되는 것이 아니다. 자꾸 말하지만, '어머니-학생-선생님'의 삼박자가 잘 맞아야만 최대의 효과를 나타낸다고 새삼 강조하는 바이다. 다행히 장난을 쳤던 친구들도 대부분 원하는 명문대학교에 진학했다는 소식을 들었고 그 소변기 사건은 아직도 재미있는 기억으로 남아 있다.

거듭 강조하지만, 학생이 공부를 잘하는 것은 만고의 진리이자 모든 부모님의 간절한 소망인 것이 주지의 사실이다. 하지만 이는 부모님들이 마음만 먹는다고 되는 것이 아니고 공부를 잘하기 위한 기본적인 환경들이 하나하나, 차근차근 미리 잘 갖춰져 있을 때 가능한 것이다. 그리고 이는 말처럼 그리 쉬운 일이 결코 아니다. 내가 30여 년간 학원 생활을 하면서 배우고 터득한 것은 누가 뭐라 해도 학생이 공부를 잘하는 절대적인 요소는 뭐니 뭐니 해도 '어머니의 역할'이라는 것이다. 어머니가 너무 극성스러워도 안 되고, 너무 잘난 체해도 안 되고, 너무 자식을 방치해도 안 되는, 그야말로 어려운 일이다. 내가 경험한 공부 잘하는 학생들의 어머니들이 가진 공통점은 한결같이 자상하고 부드럽고 편안하다는 것이다. 사람이 무슨 일을 할 때 편안한 상태에서 일이 잘되듯이 공부도 마찬가지라고 생각한다. 마음이 불안하고 불편한 상태에서는 공부뿐만 아니라 무슨 일이든 잘할 수 없다고 본다. 그러니 부디 잔소리보다는 격려와 사랑을 베푸시고 아이가 한창 클 때이므로 잘 먹이도록 하는 것이 아이가 공부를 잘하는 지름길이라고 생각한다. 일례로 어떤 어머니께서는 너무 극성스러워서 학원에 상담하러 오면 모든 담당 강사가 일부러 자리를 피하곤 했던 기억이 있다. 얼마나 극성스러웠냐면, "자기가 재산이 얼마나 많고 애 아빠는 무슨 큰일을 하고 할아버지는 무슨 회사의 회장이고 기타 등등…." 누가 들어도 피하고 싶은 그런 유형의 학부모였다. 나는 운이 좋게도 이런 학부모들이 많지는 않았지만, 간혹 몇 년에 한 분씩 그런 학부모들이 나타나서 상담하는 사람을 곤혹스럽게 했던 일이 있었다. 그런 학부모님들의 자녀들 또한 그들의 부모님과 비슷하게 닮아 있어서 뛰어나게 성적이 향상되는 일은 결코 없었다. 나는 운이 좋게도 학원 생활을 하면서 강동구 명일동이라는 조그마한 동네에서 전국 1등을 10명이나 키워냈고 명문대학교 입학생은 앞에서도 얘기했다시피 천 명 넘게 가르치다 보니 누가 '일만 시간의 법칙'에서 설명한 것처럼 이런 경험이 10년 넘게 쌓인 후로는 학생과 학부모님이 상담실에 들어오는 순간 그 학생의 가정환경은 어떠할 것이며 성격은 어떠할 것이고 성적은 어느 정도일 것인지 대충 저절로 파악할 수 있게 되었다. 심지어 학생들이 반 단체 사진을 가지고 오면 사진을 보고서도 누가 공부 잘할 것인지 지적하면 학생들이 깜짝 놀라면서 "어떻게 아셨어요?"라고 물었으니 직업병이라면 직업병인지도 모르겠다. 마치 한석봉의 어머니가 불을 끄고 캄캄한 방에서 떡을 일정하게 자로 잰 것처럼 잘 썰었듯이, 공부 잘하는 아이들을 주로 가르치다 보니 저절로 그런 아이들이 눈에 띄게 되고 어머니들도 마찬가지로 비슷하게 그런 판단을 내릴 수 있게 되었던 것으로 생각한다.

무슨 일이든 환경이 아주 중요하다고 본다. 학생은 공부를 잘할 수 있는 환경이 중요하고 운동선수들은 운동을 잘할 수 있는 환경이 중요하다. 운동을 잘하려고 하는데 운동할 수 있는 기본적인 환경이 갖춰져 있지 않으면 아무리 마음을 굳게 먹는다고 하더라도 최고의 운동선수가 되는 것은 어려울 것이다.

다음의 예를 통해 극단적인 환경에 처한 사람의 환경을 살펴보도록 하자. 인간이 태어나서 맞이하는 첫 환경이 얼마나 중요한지 적나라하게 보여 준다.

어느 실험 이야기

15세기 때의 일이다. 어느 왕이 사람들이 어떻게 말을 하기 시작하는지 밝혀 내고 싶었다. 사람의 말소리를 듣지 않고도 말을 할 수 있을까 궁금했다. 그래서 아이들을 부모로부터 떼어내어 두 그룹으로 나누었다. 첫 번째 그룹의 아이들은 보통의 부모가 키우듯이 정상적인 방법으로 길러졌고, 두 번째 그룹은 아주 다르게 길러졌다. 즉, 간호사들이 와서 마치 로봇처럼 아기를 먹이고 씻겼다. 간호사들의 방문은 아주 짧았고, 아무 말도 하지 않고 떠났다. 그리고 실험을 위해서 아이들에게 전혀 스킨십도 하지 않았다. 수개월 동안 아이들은 그렇게 홀로 누워 있었다. 물론 아주 잔인한 실험 방법이었다. 첫 번째 그룹은 무난하게 말하는 법을 배웠다. 그러나 두 번째 그룹의 아이들은 그 해가 바뀌기 전에 모두 죽고 말았다. 이 실험에서 알 수 있듯이, 이제 막 태어난 신생아들에게는 엄마의 따뜻한 스킨십이 가장 중요하고 그런 보살핌이 없이 기계적이고 형식적으로 키워진다면 언어를 배우는 것은 고사하고 살아남지 못한다는 것이다.

이와 같은 사례는 사회가 인간 기본 심리 발달 및 생존 환경에 얼마나 중요한 역할을 하는가를 여실히 잘 보여 준다. 인간은 고도로 사회화된 존재이기 때문에 집단에서 완전히 벗어난 상태에서 영유아기를 보내면 인간 고유의 특성이나 지식과 재능이 전혀 발달할 수 없다. 왜냐하면 인간이 태어나서 만 2세까지가 가장 중요한 시기이고 이때 뇌도 거의 다 발달하고 언어도 기본 생활에 필요한 것은 거의 다 배우기 때문이다. 만약 이 중요한 시기를 놓친다면 상기 내용처럼 뇌가 있지만 사고를 할 수 없고, 입은 있지만 말을 할 수 없고, 신경은 있지만 동물적인 반응밖에 할 수 없다. 그래서 인간이 초기 발달 단계에서 격리된다면 인간의 고유 세계로 들어오는 일은 영영 불가능하게 된다.

그러므로 인간이 사람으로 태어나서 성공하려면 특히 청소년 이전까지의 환경이 아주 중요하고, 이때 제대로 된 부모의 사랑이나 인간

으로서의 갖춰야 할 기본 학습이 되지 않는다면 이후에 인간으로서
살아가기는 힘들 것이다.

13.

「7월 4일생」
영화 관람 이야기

꿈 많고 티 없이 맑은 이팔청춘의 소녀들과 수업을 진행하면 재미있는 일이 많이 일어난다. 거기에다 공부도 잘하는 예비 숙녀들만 놓고 수업하면 가르치는 선생님 입장에서는 학습 환경이 금상첨화다. 이런 예쁘고 재기발랄한 예비 숙녀들이 수업 중에 총각 선생님을 놀리는 일도 종종 생긴다. 예를 들면 자기네들 요구 사항을 들어주지 않으면 문을 가로막고 가슴을 앞으로 내밀면서 "선생님. 나갈 테면 나가보세요."라고 하면서 문 앞에서 계속 버티는 경우인데, 이럴 때면 참으로 난감하다. 밀치고 나가자니 불필요한 신체 접촉을 해야 하고, 그렇다고 장난삼아서 하는 것인데 화를 낼 수도 없는 진퇴양난의 일이 벌어지는 것이다. 이런 상황이 오면 어쩔 수 없이 조금 양보해서 그들의 요구 사항을 적당한 수준에서 수용할 수밖에 없다. 지금 얘기할 내용도 이런 비슷한 상황에서 일어난 일이다. 이야기 속에 등장하는 반 아이들은 앞에서도 잠깐 언급했듯이 반 구성 자체가 전교 1등에서 전교 20등까지로 이루어져 있었다. 이런 학생들은 어머니들께서 중학교 1학년 말이 되면 공부 잘하는 학생들로 구성해서 수업을 의뢰한 경우다. 워낙 공부도 잘하고 하는 행동들도 예쁜지라 그런 수업은 내가 기다려지고 수업 준비도 더 잘하게 되고, 옷차림도 더 신경 쓰기 마련인 것은 인지상정이다.

하루는 일과를 마무리하고 퇴근하기 전에 교실을 둘러보는데 어떤 학생의 노트 한 권이 교실 바닥에 떨어져 있어서 주워서 보니 정리 정돈이 너무나 잘되어 있고 글씨도 아주 세련되게 쓰여 있어서 마치 공부 잘하는 대학생의 노트 같았다. 학원에 대학생은 없으니까 고등학생의 노트겠지 하고 그쪽 반 아이들한테 물어보니 자기네들 노트가 아니라고 한다. 그래서 할 수 없이 중학생들 반에 가서 물었더니 중학교 2학년 공부 잘하는 반의 학생이 주인이었다. 역시 정리를 대학생 못지않게 잘해 놓은 그 노트의 주인공은 다름 아닌 전교 1등 학생이었다. 그 학생은 공부만 잘하는 것이 아니고 친구들과의 교우 관계도 원만하게 좋았고 수업 태도도 나무랄 데가 전혀 없었다. 나도 선생님의 입장이었지만 그 학생은 성적뿐만 아니라 인성도 좋았기 때문에 장차 내 피앙세도 저런 유형의 여성이었으면 했을 정도로 완벽에 가까운 학생이었다. 이런 학생들이 나와 약속을 요청하기를, 학교 중간고사가 끝나면 단체로 영화를 보러 가자고 요구해서 "그래, 좋다. 너희들이 열심히 공부하고 이번 학교 시험을 잘 보면 영화를 함께 관람하기 위해 기꺼이 가겠다."라고 약속을 했고 시험이 끝난 뒤에 「7월 4일생」(1989년, 감독 올리버 스톤, 주연 톰 크루즈)이라는 영화를 보러 가게 되었다. 당시 강동구에는 개봉관이 아예 한 군데도 없었기 때문에 잠실에 있는 롯데월드까지 가야만 했다. 그래서 일요일 오전에 영화관 매표소 앞에서 만나기로 하고 약속 장소에 나갔더니 15명이 나와 있었다. 극장표는 선생님인 내가 사비로 구입했고 간식거리는 각자 집에서 장만해 온 아이도 있었고 또 현장에서 구입한 아이도 있었다. 물론 어떤 아이는 어머니가 싸 주셨다고 도시락을 고맙게도 내 몫까지 챙겨서 가져온 정겨운 아이도 있었다. 영화의 내용은 다음과 같다. '론(톰 크루즈)'은 전쟁을 동경하면서 자랐다. 그래서 론은 베트남 전쟁 역시 선의의 전쟁이라 믿고 참전한다. 그러나 그는 전쟁의 참혹한 실상을 전투 중에 적나라하게 목격한다. 또한, 전쟁 중에 동료인 빌리를 적으로 오인해서 실수로 쏘게 되어 그만 그 친구를 죽게 만든다. 그 일로 론은 심한 죄책감에 시달리다 전쟁 중에 그 또한 심각한 부상을 당해 불구가 된다. 퇴역한 론은 자포자기하는 심정으로 인생을 막살게 된다. 어느 날 자신이 쏜 총에 맞아 전사한 빌리의 집에 찾아가 그가 죽은 경위를 설명하고 비로소 빌리 부인의 용서를 받는다. 그 후 론은 진정한 삶을 되찾게 되고 어릴 적 동경하던 전쟁이 허상임을 깨닫는다. 대략 이런 줄거리이다. 그런데 영화 상영 중에 론(톰 크루즈)이 성적(性的)으로 불구가 되어서 자신을 신체적으로 학대하는 장면이 나오는데 그 부분에서 이 녀석들의 반응이 어떤지 보려고 뒤에서 가만히 바라보는데 어쩌면 그렇게 눈을 동그랗게 뜨고 뚫어지라 그 장면을 신중하게 지켜보는지, 내가 보기에 민망할 정도였다. 그 내용을 자세히 설명하자면 론이 성불구자가 되어서 남자 생식기를 인공적으로 만들어서 소변을 보게끔 되었는데 화가 나서 그 도구 부분을 잡고서 내팽개치는 장면이었다. 한창 사춘기 나이인지라 이성에 대한 궁금증이 있었을 것이고 또한 당시에 최고의 인기를 구가하던 세계적인 미남 배우인 톰 크루즈의 연기 모습을 놓치지 않으려고 더 그랬을 것으로 생각해 본다. 어쨌든 그런 일이 있은 뒤로는 함부로 쉽게 학생들하고 영화를 보러 가자는 약속은 하지 않았고 대신 주로 시험이 끝나면 남학생들과는 건전하게 탁구장을 주로 갔었고, 여학생들은 햄버거를 사주거나 가끔은 노래방에 보내 주곤 했었다. 남학생들하고 주로 탁구장을 갔었던 것은 나 자신이 탁구를 좋아했을 뿐만 아니라 자칭 만능 스포츠맨(?)이라는 자부심이 있었기 때문이다. 학생들하고 탁구 시합을 해서 져본 적이 한 번도 없었고 심지어 학원 인근에 있는 탁구장 주인들까지도 내가 다 이길 수 있는 실력이었으니까…? 그래서 탁구장을 학생들하고 더 자주 갔었던 것이다. 그런데 노래방은 내가 워낙 음치라서 노래방까지는 같이 가서 노래방비 계산도 해 주고 음료수도 사 주기는 했는데 노래를 부른 적은 없었다. 여담이지만 내 노래 실력을 액면 그대로 말씀드리자면 학원 교직원들과 회식이 끝나고 자연스럽게 2차로 노래방을 가서 마지못해 내가 노래를 부르면 새로 온 선생님들은 원장 선생님이 얼마나 노래를 하는지 궁금해서 처음에는 호기심으로 자리를 지키고 있으나 그다음부터는 내가 노래를 부를 차례가 되면 하나같이 화장실 간다고 자리를 다 비우곤 했었다. 그래도 어쨌거나 마이크를 잡으면 남들이 웃건 말건 씩씩하게 내 나름대로 최선을 다해서 열창했다.

앞에서 얘기했던 노트의 주인공인 그 학생은 안타깝게도 어머니께서 조금은 사회성이 떨어지고, 뭐랄까 자식에 비해서 많이 부족하다고 해야 할지 모르겠으나 아무튼 그런 학부모님이셨다. 얘기를 들어보니 아버지께서는 책도 많이 읽으시고 자녀들 교육에 남다른 관심을 두고 지도하시는 분이라는 것은 알았는데 가장 중요한 역할을 해야 할 어머니가 필요한 시점에 역할을 하지 못하셔서 우려를 했다. 역시나 다른 학생들은 대부분 속칭 'SKY 대학교'에 진학을 했는데 전교 1등을 했던 이 학생은 이화여자대학교 통계학과에 진학했다는 소식을 나중에 듣고 많은 아쉬움이 남았다. 그 당시에 진심으로 도와주고 싶었고 잘 되기를 바랐었는데 그러지 못해서 안타깝게 생각한다.

역시 학생이 공부를 잘하고 못하고에 있어 결정적인 열쇠는 아빠도, 선생님도 아닌 '어머니'가 쥐고 있다는 사실을 그 학생으로 하여금 새삼 깨닫게 되었다.

14.

5수 만에
의대에 진학하다

　학원 생활을 접고 은퇴하면서 가장 즐겁고 흐뭇한 일 중의 하나는 제자들과 만나서 술 한잔하면서 옛날 학창 시절을 이야기하는 일이다. 지난번에 얘기했듯이 공부를 잘해보기 위해서 새벽반을 해달라고 부탁했던 제자가 사법고시에 합격한 뒤에 찾아와서 중학교 때 학원에 같이 다녔던 친구들의 소식을 전하면서 그 중 박명의라는 친구가 5수를 하는 천신만고 끝에 의대에 들어가서 학업을 마치고 현재 모 대학병원에서 의사로 근무하고 있다고 해서 그의 이야기가 무척 궁금했다. 왜냐하면 일본에서는 동경대 법대에 들어가기 위해서 5수, 7수까지 한다는 얘기는 들어봤지만, 우리나라에서, 그것도 내가 가르친 제자가 무려 다섯 번의 시도 끝에 의대에 들어가서 마침내 의사가 되었다고 하니 무척 그 이야기가 궁금할 수밖에 없었다. 그래서 다음번에는 그 친구도 꼭 함께 오라고 부탁했다. 그렇게 헤어진 뒤 2년 만에 갑자기 올해 5월에 예전에 학원에 함께 다녔던 제자들 6명이 나를 찾아오겠다는 연락이 왔다. 이 녀석들이 15년 만에 어떻게 변했을지 무척 궁금한 마음을 품고 약속 장소에 나갔다. 함께 온 친구들 중에는 연세대학교 교수도 있었고 미국 JP모건사에 근무하는 제자도 있었고, 동시통역사도 있었으며 물론 사법고시에 합격해서 연수원을 마치고 동부지원에서 근무하는 제자도 와 있었다. 이런 제자들은 학원에서 가르쳤을 당시에 공부를 잘하던 아이들이라 그 이후에도 종종 소식을 듣곤 해서 그리 궁금한 점들이 별로 없었다. 하지만 박명의라는 제자는 무려 5수를 하면서 어떻게 의사가 됐는지 무척 궁금했다. 약속한 날이 일요일이었는데 그 제자는 당직근무 중이라 근무지인 청량리에서 강동구로 나를 만나기 위해 잠시 외출을 나온 참이라 조금 늦게 도착했다. 도착하자마자 일어나서 반갑게 인사를 했고 함께 식사하면서 드디어 의사가 된 그 험난한 과정을 듣게 되었다.

처음에는 재수, 삼수를 했는데도 불구하고 계속 의대에 갈 수 있는 원하는 점수가 안 나와서 어쩔 수 없이 모 대학교 이공계열에 진학했다고 한다. 그 뒤에도 계속 의대에 도전했으나 역시 계속 실패하고 나중에는 대학생들이 지원하는 모 대학교 의학 전문대학원에 5번 시도한 끝에 합격해서 졸업한 뒤 지금 전문의 과정을 밟고 있다는 얘기를 들려주었다. 내 기억으로는 중학교 다닐 때 공부를 빼어나게 잘하는 학생은 아니었으나 항상 웃고 밝은 모습으로 학원에 다녔던 것으로 기억을 한다. 또 생각나는 것은 다른 친구들이 대학 진학을 했다고 해서 열 명 정도의 학생이 당시에 근무하는 학원을 찾아와서 잠시 담소를 나누고 난 후 학원 1층에 있는 횟집에 데리고 간 적이 있었다. 학생들과는 처음으로 맛있는 회를 안주로 하여 술을 마시는데 이 녀석이 술을 잘 못 마시는지 금방 술에 취했다. 나중에 얘기하겠지만, 그 자리에는 고등학교 3학년 때 서울대학교 법과대학에 진학하겠다던 녀석이 애니메이션 감독이 되겠다고 갑자기 미술로 진로를 바꾸고 K대 시각디자인학과에 간 제자가 있었다. 박명의가 그 친구를 보고 "야. 너는 재수해서 꼭 서울대 법대에 가야 해."라고 했던 말이 기억난다. 그 자리에 참석했던 제자들은 대부분 속칭 'SKY 대학'에 진학한 제자들이었고 그 두 명만 그곳에 진학하지 못한 제자들이었다. 그 두 녀석도 원하는 대학에 진학했으면 분위기가 더 좋았을 텐데, 그 두 녀석으로 인해서 나머지 친구들이 마냥 즐거운 기분을 표출하지 못했던 것으로 기억한다. 어쨌거나 식당에 있는 다른 손님들이 젊은 학생들과 내가 너무 화기애애한 분위기로 즐겁게 자리를 하고 있으니까 식당 사장님한테 저 팀은 도대체 어떤 사람들이냐고 물었던 모양이다. 그래서 자랑스럽게 "학원 선생과 제자들 사이이고 이번에 좋은 대학에 들어가서 그것을 축하하는 자리입니다."라고 답해 주었다. 그렇게 기분 좋게 술자리를 마친 뒤에 명의라는 녀석이 너무 취해서 친구들과 함께 집까지 택시를 태워서 바래다주고 나도 집으로 갔다. 그리고 나서는 그 제자에 대한 기억은 그 지점에서 중단되었고 그 이후에도 그 제자에 대한 소식은 전혀 듣지 못했었다. 그런데 막상 만나보니 불굴의 의지로 의사가 되어 있었다. 그 모습은 그 옛날 술집에서의 의기소침했던 모습은 온데간데없고 의젓하고 안정감 있는, 그야말로 전형적인 멋진 의사 선생님의 모습이었다. 전문의 과정이 끝나면 의사로서 개업해서 부모님을 모시고 살겠다는 말을 듣고서 '요즘에 찾아보기 드문 효성스러운 젊은이구나.'라는 흐뭇한 생각을 했다. 오랜만에 어렵게 만났으니 더 많은 사연을 듣고 싶었는데 당직 근무 중에 잠깐 외출을 나온 참이라 병원에서 급한 환자가 있다는 연락을 받고서 급히 못내 아쉬운 표정으로 먼저 자리를 떠야만 했다. 아직은 전문의 수료 과정이기 때문에 그 과정을 마치고 조금 더 여유가 있을 때 만나서 어려운 역경을 이겨내고 의사가 된 과정을 더 자세히 들어야겠다. 이 제자처럼 집념을 가지고 끝까지 포기하지 않고 도전하면 반드시 목표는 이루어진다는 것을 제자를 통해서 다시 한번 배우게 됐다.

2002년 월드컵을 우리나라가 성공적으로 끝낸 뒤에 그 경기를 통해서 세계적인 축구 스타로 떠오른 박지성 선수가 했던 말이 기억난다. 어느 스포츠 전문 기자가 박지성 선수에게 "그 선수는 기량은 뛰어난데 왜 축구계에서 성공을 못 했을까요?"라고 물으니 박지성 선수의 대답이 "아마 그 선수는 축구 경기를 하면서 절박감을 못 느껴서 그런 것 같습니다."라는 대답이었다. 나도 박지성 선수의 말에 전적으로 동감한다. 아무리 운동선수의 기량이 뛰어난들 절박감을 가지고 불굴의 의지로 최선을 다하는 것과 그렇지 않은 것은 결과가 천양지차라고 생각한다. 나도 언론을 통해서 알았지만, 박지성 선수는 고등학교 때까지는 운동선수로서 키도 작았고 기량도 다른 선수에 비해서 떨어져서 유명한 실업팀이나 대학팀에 들어가지 못했다는 사실을 알았다. 그리고 박지성 선수의 아버지가 경제적인 여유가 없어서 좋은 음식, 즉 소

제자 박명의 사진(오른쪽 첫 번째 사람)

고기나 돼지고기를 사줄 수 없어서 개구리를 잡아다 먹였다는 내용도
알게 되었다. 경제적인 형편상 여유가 없어서 부모가 자식을 지원해
주지 못했을 때 부모 자신을 원망하거나 탓하지 않고 주어진 환경에서
최선을 다해 뒷바라지한 부모의 정성과 아들의 노력과 의지가 결합해
서 월드컵 전까지는 무명이었던 선수가 월드컵을 통해 세계적인 선수
로 성공했다고 본다.

　의사가 된 이 제자도 우리나라 의료계 정형외과에서 인술을 베풀어
서 장기려 박사나 슈바이처처럼 훌륭한 명의가 되길 빌어본다.

　다음의 명사들이 한 격언과 경험이 나의 경우와 너무 흡사해서 다시
지면을 통해서 되새겨 본다.

"진정한 힘은 물리적인 수단에 있는 것이 아니라 불굴의 의지 속에 깃들어 있다."

- 마하트마 간디(Mahatma Gandhi)

"절대로 그만둬서는 안 된다.

자신의 주변에

에너지로 넘치게 확실한 사고방식을 가지고 있는 사람들이 모이게 해라.

자신의 주변에 야심으로 넘치게 긍정적인 사고를 하는 사람들이 모이게 하라.

주변에 동경하는 사람이 있다면 그 사람에게 조언을 구해라.

네 인생을 헤아릴 수 있는 것은 너 자신뿐이다.

네 꿈이 무엇이건 그것을 향해 가라.

왜냐하면 너는 행복해지기 위해 태어났기 때문이다."

- 농구 스타 매직 존슨(Magic Johnson)

"집안이 나쁘다고 탓하지 말라.

나는 아홉 살 때 아버지를 잃고 마을에서 쫓겨났다.

가난하다고 말하지 말라.

나는 들쥐를 잡아먹으며 연명했고, 목숨을 건 전쟁이 내 직업이고 내 일이었다.

작은 나라에서 태어났다고 말하지 말라.

나는 그림자 말고는 친구도 없었고, 나의 나라는 병사가 10만 명, 백성은 어린애,

노인까지 합쳐도 8백만 명이 되지 않았다.

배운 게 없다고, 힘이 없다고 탓하지 말라.

나는 내 이름도 쓸 줄 몰랐으나

남의 말에 귀를 기울이면서 현명해지는 법을 배웠다.

너무 막막하다고, 그래서 포기해야겠다고 말하지 말라.

나는 목에 칼을 쓰고도 탈출했고,

뺨에 화살을 맞고 거의 죽었다가 살아나기도 했다.

적은 밖에 있는 것이 아니라 내 안에 있었다.

나는 내게 거추장스러운 것은 깡그리 쓸어냈다."

- 칭기즈칸

앞에 언급한 글들에서처럼 포기하지 않고 불굴의 의지, 불굴의 집념으로 본인이 하고자 하는 일에 도전하고 행여 실패하더라도 또 오뚝이처럼 다시 일어나서 포기하지 않고 또 도전한다면 반드시 목적을 달성해서 성공하리라 믿는다.

나는 비록 학원 강사로 일했지만 일하는 동안 어느 한순간도 부정적인 생각을 하기보다는 학생들에게 긍정적이고 진취적인 마인드를 잃지 않을 것을 당부하고 또 당부했다. 왜냐하면 인간은 꿈과 희망을 품고 커다란 목표를 향해 나아가야만 삶에 대한 열정과 의지가 생겨서 하루하루 활기차게 생활할 수 있기 때문이다. 또한 학원 생활을 통해서 수많은 제자를 내 나름대로 분명한 목표를 가지고 최선을 다해서 가르쳤고 다행히 운 좋게도 그 아이들이 대한민국 최고 수준까지 올라가서 지금 조국을 위해서 각 분야에서 맡은 바 임무를 열심히 다하고 있다.

부모님은 부모님 나름대로, 또한 선생님은 선생님 나름대로 자신에게 주어진 일을 소중히 여기고 아이들을 지도한다면 그 아이들도 부모님과 선생님이 인도하는 대로 잘 따라올 것이라 믿어 의심치 않는다. 설령 아이들이 개인차가 있어서 어떤 아이는 조금 늦을지는 모르지만, 끝까지 본인의 목표를 포기하지 않고 도전한다면 그 목표는 언젠가는 반드시 이루어질 것이라고 믿는다.

15.

집에 오셔서
과외 수업을 해 주실 수 없나요?

　광진구에 있는 워커힐 아파트에 사는 학부모님으로부터 어느 날 "저희 집에 오셔서 과외를 해 주실 수 없나요?"라는 전화가 걸려왔다. "저는 가정 방문 과외는 하지 않습니다. 학생을 학원으로 보내셔야 합니다." 그 학부모님과 내가 나눈 대화의 내용이다. 지금은 고급 아파트들이 여기저기 많이 곳곳에 생겨나서 쉽게 볼 수 있으나 20여 년 전만해도 워커힐 아파트는 서울에서 상류층이 사는 아파트로 통하던 시절이었다. 누군가가 "본인이 120평 아파트에 갔는데 자기가 앉은 곳에서 반대편 끝에 앉아 있던 사람이 안 보이더라."라고 표현했을 정도니, 과장을 약간 보탠 그 표현을 내가 직접 지인에게서 들었던 기억이 난다. 그 아파트에 사니까 경제적인 부분은 해결된 가정일 것이고, 문제는 큰애인 아들을 중학교 때부터 고액 과외를 시켰는데도 불구하고 성적은 오르지 않고 중하위권에서 제자리를 맴돌아서 결국에는 나한테까지 연락이 왔던 것으로 생각한다. 그 어머니의 말씀으로는 지금까지 학원이라는 곳은 다녀본 적이 없고 과외 선생님이 가정에 방문해서 수업을 진행해 왔기 때문에 아마도 학원에 가지 않을 것이라고 하셔서 "어떻게 해서든지 학원에 데리고만 오셔라. 그러면 학원에 나오게끔 설득은 내가 하겠노라."라고 말하고 전화를 끊었다. 그랬더니 다음 날엔가 바로 어머니가 손수 운전하셔서 아이를 데리고 학원에 방문하셨다. 학원에 오셔서 하시는 말씀이, "아들이 '학원에 갈 때마다 엄마가 태워다 주고 데리러 와야만 학원에 다니겠다.'라고 으름장을 놓았다."고 했다. 그 이야기를 듣고 나서 "이제부터는 제가 알아서 할 테니 어머니께서는 걱정하지 마시고 마음 놓고 집에 가시라."라고 말씀드리고 그 어머니를 집에 보낸 뒤에 그 학생과 상담을 시작했다. 내가 먼저 꺼낸 말은 다음과 같았다. "동환아(공교롭게도 성은 다르나 이름은 나와 동일했다). 공부는 누구를 위해서 하는 거니? 어머니를 위해서 하는 거니? 너 자신을 위해서 하는 거니?" 그 질문에 학생의 얼굴이 붉어지면서 잠시 머뭇거린 다음에 "저 자신을 위해서 합니다."라는 대답이 나왔다. "그런데 왜 어머니는 이미 고등학교를 졸업한 성인인데도 불구하고 너를 데리고 오고 데리고 가야 하느냐? 네가 직접 할 수 없느냐?" 그런 대화가 오고 간 뒤에, "바로 오늘부터 집에 가는 방법을 알려 줄 테니 혼자 갈 수 있지?"라고 했더니 잠시 머뭇거리다가 마지못해서 "예, 그렇게 하겠습니다."라는 대답이 어렵게 나왔다.

그 학생의 가정은 경제적으로 여유가 있어서인지 당시에 매일 수업을 했었는데 적지 않은 수업료를 일주일마다 선불로 가져왔다. 어쨌거나 수업한 지 한 달 만에 소개한 학부모님으로부터 "도대체 어떻게 지도하셨기에 우리 동환이의 태도가 부정적인 태도에서 완전히 긍정적으로 바뀌고 앞으로 자기가 열심히 해서 꼭 크게 성공할 테니까 잘 지켜보라고 말하게 됐나요?"라는 질문을 받게 되었다. 그리고 덧붙여서 하신 말씀이 "선생님. 학생들을 가르치시는데 무슨 특별한 비법이라도 있으십니까?"라고 물어보셨다. 학생 지도 방법에 있어서 특별한 비법 같은 것은 있을 수도 없고 있지도 않다. 단지 내가 학생들을 가르치는 방법이 다른 선생님들과는 조금 달랐을 뿐이라고 생각한다. 그런 방법 중의 하나는 왜 공부를 해야 하고, 또 왜 열심히 공부해야 하는지를 성실하고 진지하게 경험을 통해서 설명했을 따름이다. 그리고 수업 내용도 방법을 달리해서 학생이 스스로 생각해서 이해할 수 있게끔 접근했다는 것이다.

한 가지 예를 들자면 나는 영어 선생이니까 영어 단어를 공부하고 암기를 해야 하는데, 내가 가장 많이 예로 드는 것이 영어사전에서 가장 긴 단어로 나오는 'pneu-mono-ultra-microscopic-silico-volcano-coniosis', 즉 진폐증(塵肺症)이라는 단어다. 이 단어를 설명하는데 단어와 단어 사이에 하이픈(—) 없이 그냥 칠판에 써 놓고 암기하라고 하면 아마도 십중팔구는 어려워서 대부분의 학생이 중간에 단념하고 말 것이다. 하지만 나는 이 단어를 위에서처럼 중간에 하이픈을 넣고 7개의 단어로 구성되어 있다는 것을 먼저 설명해 준다. 그리고 'pneu'는 '신경'을 나타내고, 'mono'는 '하나'를 뜻하고, 'microscopic'은 '미세한'이라는 뜻이고, 'silico'는 '규석(가루)'이고, 'volcano'는 '화산(재)'이며, 'coniosis'

는 '중세'라는 뜻이라고 천천히, 쉽게 설명해 준다. 그래서 폐 신경세포에 아주 미세한 규석가루나 화산재가 들어가서 주로 광부들에게 생기는 질병이라고 자세히 설명한 뒤에 암기를 시키면 거짓말처럼 학생들은 그 단어의 어원을 이해하고 금방 외워버리는 것이다. 그런 뒤에 몇 명의 학생끼리 경쟁을 시키면 자기도 모르게 서로 승부 근성이 발동해서 불꽃 튀기는 경쟁을 하게 되고 드디어 한 명도 빠짐없이 가장 긴 단어를 순식간에 다 외우게 되는 것이다. 거기에다가 하나 더 보너스로 한자(漢子)도 추가해서 龘(말 많을 절)까지 설명한 뒤에 학생들에게 이렇게 다짐을 받아 놓는다. 지금부터는 이 영어 단어보다 어렵고 긴 단어는 없고, 이 한자보다 더 획수가 많은 글자는 없으니 공부할 때 자신감을 갖고 영어 단어를 공부하라고 당부한다. 가장 긴 한자도 마찬가지다. 조금 더 쉽게 설명을 해야 한다. 가장 획수가 많은 한자인 '말 많을 절' 자는 '용 용' 자 네 개로 구성되어 있는데 용은 상상의 동물이지 실제로 존재하는 동물이 아니다. 그래서 실제 존재하지 않는 동물을 자꾸 네 번씩 반복한다는 것은 말이 많다는 것을 의미하고 그래서 '말 많을 절' 자라고 설명한 뒤에 직접 '용' 자가 16획이라는 것을 칠판에 써서 확인시키고 네 단어이니까 $4 \times 16 = 64$획이라는 것을 증명해 주면 학생들은 비교적 쉽게 이해하고 자연스럽게 받아들이게 된다. 이런 접근 방법으로 학생을 지도하다 보면 학생들의 질문도 달라지기 시작한다. 수업 중에 생긴 일로 또 다른 예를 들자면 "선생님. 재귀대명사는 무엇이고 왜 그런 말을 사용해서 공부를 어렵게 만드나요?"라는 질문을 예로 들 수 있다. 그러면 내 대답은 다음과 같다. "영어 표현으로 'I like me.'는 틀린 표현이고 'I like myself.'라고 써야 올바른 표현이란다.

여기서 'I'는 주어이고 'me'는 목적어인데, 똑같은 주어에 똑같은 목적어를 쓸 수 없기 때문에 만들어진 것이 재귀대명사(再歸, 대명사를 대신하다)라는 표현을 쓰게 된 것이지."라고 설명하게 되면 여태까지 학교나 다른 학원에서 들었던 수업 내용과는 완전히 다르고 또한 이해도 쉽게 돼서 저절로 외우지 않고 자연스럽게 받아들이게 되는 것이다.

동환이라는 학생은 처음 만났을 때 악수를 하자고 손을 내밀었더니 순간 당황해하면서 마지못해 왼손을 내밀었다. 알고 보니 오른손 엄지손가락이 태어날 때부터 선천적으로 약간 문제가 있어서 보여주고 싶지 않았던 것이다. 그런 신체적인 콤플렉스 때문에 더욱더 밖으로 나가지 않으려고 했고 과외도 집에서만 할 것을 고집했을 것이라고 미루어 생각한다. 다행히 지도한 지 3개월 만에 동환이의 태도는 전에 말했듯이 완전히 긍정적이고 적극적인 마인드로 바뀌었고 그 뒤 뉴질랜드로 유학을 떠나게 됐다. 동환이의 어머니가 하시던 말씀이 아직도 기억에 생생하다. "우리 동환이가 똑같은 학원을 본인이 스스로 나서서 다시 다니겠다고 하는 곳은 '옥스퍼드(당시 학원 이름)'가 처음이에요."라는 표현이었다. 완전히 공부에 대한 사고방식이 바뀐 것이다. 그 이후에 외국으로 유학을 갔으니 잊고 있었는데 다시 3개월 만에 이번에는 어머니를 대동하지 않고 동환이 혼자 불쑥 나타나서 토플 수업을 부탁해 왔다. 방학 동안만 수업을 부탁해서 토플 수업을 다시 했고 수업을 마치고 뉴질랜드로 돌아갔다가 다음 해 방학 때 또 나타났는데 동환이의 변한 모습을 보고 깜짝 놀랐다. 이 녀석이 머리를 노랑머리로 온통 염색하고 자신에 찬 모습으로 당당하게 나타난 것이다. 그래서 외모의 변화에 대해서 자초지종을 물었더니 본인이 손수 나서서 학교에서 밴드 서클을 처음으로 만들었고 자기가 리더를 맡게 되었다고 한다. 그래서 뭔가 "자신에게 획기적인 변화를 주기 위해서 그렇게 했노라."라고 답했다. 글쎄, 그 모습은 아마도 그 학생이 가진 자신감의 표현이라고 생각한다. 그래서 나는 "그 자신감의 표현을 외모로만 표현하지 말고 네 능력을 조금 더 높고 큰 곳으로 가서 표현을 해 봐라. 네가 어차피 유학을 간 것이니까 시야를 조금 더 넓혀서 미국으로 가라."라고 권유했고 내 충고를 따라서 그 해가 끝날 무렵에 미국으로 유학을 갔는데 그다음부터는 나도 학원 장소를 옮긴 터라 아쉽게도 연락이 끊긴 상태다. 부디 동환 학생도 본인이 하고자 하는 일에 열정을 다해 꼭 성공해서 잘 살고 있으리라 의심치 않는다.

동환이의 예에서도 알 수 있다시피 학생을 가르치고 변화시키는 것은 고정된 환경에서는 절대 쉽지 않다. 다행히 나하고 좋은 인연이 닿아서 고정된 사고방식, 즉 소극적인 것에서 적극적인 것으로, 또한 부정적인 마인드를 긍정적인 마인드로 바꿀 수 있도록 내가 도와줄 수 있었고 그것을 본인이 잘 수용했던 것이다. 이렇게 한 단계 발전해서 결국 미국 유학까지 갔으니 가르치는 선생님 입장에서도 학생을 통해서 보람과 긍지를 느끼게 되는 것이다.

"'넌 일본에서 최고야. 반드시 위대한 인물이 될 거야.
너를 보고 있자니 네가 천재일지도 모른다는 생각이 드는구나.'
아버지는 주위의 시선 따위는 아랑곳하지 않았고
과장된 몸짓으로 칭찬을 아끼지 않았다."

- 손정의

"인간이 가진 본성 중 가장 깊은 자극은
'중요한 사람'이라고 느끼고 싶은 욕망이다."

- 존 듀이(John Dewey)

"우리는 삶의 대부분을
실수와 어리석은 행동으로 허비해 버리고,
수많은 시간을 아무 일도 하지 않은 채 그냥 흘려 버린다.
그리고 우리는 거의 평생 아무짝에도 쓸모없는 일만 하고 산다."

- 세네카(Seneca)

"새벽 세 시간을 얻으면 또 하나의 인생을 가질 수 있다.
잠자리를 박차고 일어나라.
새벽 시간을 잘 활용하면 인생은 다른 세상으로 펼쳐질 것이다.
처음엔 다소 무리가 따르겠지만 참고 기다려라.
그대는 새벽 세 시간을 얻으면 또 하나의 인생을 가질 수 있다.
다만 자기 전에 너무 많은 고민을 안고 있지 마라.
자기 전의 고민은 수면을 방해할 뿐 문제에 도움이 되지 않는다.
잠을 완벽하게 자고 난 뒤
새벽에 의외로 좋은 생각이 떠오르는 수도 있다."

- 발타자르 그라시안(Baltasar Gracian)

16.

너, 그 눈물 흘리면
한 대 더 맞는다

　나는 학원 강사로 근무하면서 초기 5년 정도는 매를 들지 않고서 수업을 진행했다. 물론 매를 들 필요도 없을 만큼 학생들 또한 나를 잘 따라주는 우수한 학생들이었다. 그런데 앞에서 얘기했듯이, 행운의 열쇠 열 돈을 선물한 학생을 지도하면서 나도 모르게 매를 들게 되었고 그 뒤로도 가끔은 본의 아니게 매를 들 수밖에 없었다. 지금은 학생들에게 체벌이 법으로 금지되어 있으니까 어린 자녀를 둔 학부모님들께서는 이해가 안 가시겠지만, 그 당시에는 매를 많이 드는 학원들이 잘 가르친다고 소문이 나서 학생들이 그쪽으로 몰려가는 그런 기현상들이 잦았다. 호랑이 담배 피우던 시절의 이야기다. 심지어는 학부모님들께서 체벌을 해서라도 자녀가 공부를 잘하게 해달라고 일부러 부탁하는 경우도 비일비재했다. 물론 나는 지금도 체벌을 통한 스파르타식 교육은 반대하는 입장이다. 그런데도 체벌을 할 수밖에 없었던 경험을 얘기하고자 한다. 혼자서 하는 조그마한 학원을 운영할 때 인근에 사는 바로 손위 누나의 아들 녀석이 중학교 2학년이었는데 내가 운영하는 학원에 다니게 되었다. 조카 녀석이 처음에는 학원에 몇몇 친구하고 같이 왔는데, 조카 녀석도 그렇고 그의 친구들도 공부하고는 담을 쌓은 그런 놀기 좋아하는 녀석들이었다. 공부에 관심이 없는 그런 조카 친구들까지 지도하는 것은 도저히 감당할 자신이 없어서 그 친구들은 다른 학원에 다니라고 잘 타일러서 돌려보냈다. 그 뒤로 조카 녀석을 가르쳤는데, 이 녀석이 전혀 공부하는 습관이 되어 있지 않았다. 기본적인 단어 암기 같은 숙제도 해오지 않아서 몇 번의 경고 끝에 매를 들게 되었는데 이 녀석이 나를 선생님이라고 생각하기보다 친근한 외삼촌이라고 여겼는지 매를 맞더니 눈물을 흘리는 것이 아닌가! 그래서 "너, 그 눈물이 떨어지면 한 대 더 맞는다."라고 말했다. 그랬더니 매는 맞기 싫었는지 눈물이 거짓말처럼 중간에서 딱 멈췄다. 학생이 공부를 못한다는 것은 공부하는 습관이 안 되어 있고 공부를 어떻게 해야 하는지 공부하는 방법을 모르기 때문이지, 머리가 나빠서 공부를 못하는 것이 결코 아니다. 이 녀석도 공부를 전혀 해 보지 않았기 때문에 평소대로 안일하게 생활하다가 학원에 올 수밖에 없는 그런 상황이었던 것 같다. 이제는 학생도 몇 명이 안 되고 관리를 내가 직접 손수 제대로 철저히 할 수 있는 상태라 이 조카 녀석이 쉽게 빠져나가지 못하고 숙제를 안 해오면 그날은 숙제를 다 할 때까지 학원에 붙들려서 바로 내 옆자리에 앉아서 그날 공부를 끝내야만 집에 갈 수 있었다. 뭐든지 처음 한 달이 힘들지, 아무리 힘든 일도 한 달이 지나면 그 일이 몸에 차차 익숙해지고 습관이 들어서 그 뒤로는 그렇게 생각처럼 힘들지는 않은 법이다. 이렇게 해서 두세 달이 지나니 조카 녀석은 공부하는 습관이 조금씩 잡혔고 이제는 숙제도 제대로 해오는 모범생으로 한 단계 발전하게 되었다. 그래서 그 뒤에 수학도 내가 잘 아는 선생님께 특별히 부탁했고 다행히 수학적인 머리가 있었는지 수학 선생님 말씀에 따르면 수학을 곧잘 따라 한다고 칭찬까지 받았다. 조카 녀석이 만약에 처음 한 달간 선생님이 시키는 대로 따라주지 않고 공부를 포기해 버렸다면 공부하는 습관을 바로잡을 수 있는 시기는 영원히 놓치고 말았을 것이다. 이 조카 녀석은 그 이후로 조금씩, 조금씩 성적이 향상되어서 고등학교 때는 반장도 맡고 성적이 상위권이 되다 보니 자연스럽게 학교 친구들도 내가 운영하는 학원으로 나오게 되었다. 이 조카 녀석이 친구들을 한 명씩 데리고 오면서 학원도 더불어서 안정을 찾게 되었다.

또 재미있는 일이 한 가지 있었다. 조카는 고3 때도 여전히 공부를 제법 잘해서 무난하게 연·고대는 진학할 실력이 되었다. 그런데 한창 공부에 전념해야 할 시기에 그 녀석의 친구들 말에 의하면 조카가 여자 친구를 사귀고 있었고 얼마 전에 그 여자 친구하고 헤어졌다는 소식을 듣게 되었다. 그때 마침 미국에서 5년이나 살다가 온 예쁘고 똑똑한 여학생이 수능 영어 시험에서 3문제 정도 출제되는 문법 문제 때문에 1등급이 안 나와서 영어 1등급을 맞기 위해 내가 운영하는 학원에 다니게 되었다. 그래서 자연스럽게 공부 잘하는 반에 합류하게 되었는데, 그 반이 공교롭게도 내 조카 녀석하고 같은 반이었다. 비교적 키가 작은 여학생이라 그 여학생은 제일 앞에 앉고 조카 녀석은 뒤에 앉아 있었는데, 이 여학생이 온 뒤부터 조카 녀석은 화가 잔뜩 난 표정으로 수업 중에 공부에 집중하지 못하고 그 여학생만 잔뜩 노려보고 있었다. 그래서 수업이 끝난 뒤에 조카 녀석의 친구들에게 물어보았더니 바로 그 여학생한테 며칠 전에 절교를 당한 것이라고 했다. 고3 수험생이 수능 시험에 전력을 기울여야 할 형편에 첫사랑 여학생에게 실연을 당했고 하필이면 그 여학생이 조카 녀석이 다니고 내가 운영하는 학원에 오게 됐으니, 이제는 공부는 뒷전이고 오로지 실연당한 것에 대한 배신감에 사로잡혀서 도무지 공부할 수 없는 심각한 상황에 처하게 된 것이었다. 조카 녀석의 친구들 말에 의하면 그 여학생한테 절교당한 뒤에 심지어 한강에 가서 뛰어내리려고도 했다니, 이 문제를 풀어나갈 방법이 참으로 난감했다. 남녀 간의 이성 문제에 관해서는 당사자가 아무리 내 조카이지만 내가 나서서 개입할 그런 문제가 아니라는 생각이 들어서 조심스럽게 지켜보고 있었는데 누가 중간에 나서서 중매 역할을 했는지 그 여학생하고 교제를 다시 시작했다는 얘기를 듣게 되었다. 그래서 '아, 조카 녀석의 이번 대입 시험은 물 건너갔구나.'라고 걱정했다. 아니나 다를까, 조카 녀석은 그해 대입 시험에 실패하고 말았다. 남녀노소를 막론하고 어느 누가 욕심이 없겠는가! 공부도 잘하고 싶고 연예도 잘하고 싶은 것은 인지상정이련만, 내 조카 녀석이, 그것도 고3 수능 시험을 목전에 앞두고 청춘사업에 빠져버렸으니 결과는 명약관화한 일이었고 내가 어찌할 수 없는 그런 난처한 상황이었다. 결국 그 녀석은 어쩔 수 없이 재수를 하게 되었다. 재수생은 지도해 본 적이 없었는데 조카 녀석 때문에 처음이자 마지막으로 재수생반을 만들어서 수업을 하게 되었다. 한 해 늦었지만, 재수 후에 다행히 본인이 원하는 대학의 건축학과에 진학하게 되었다. 군대를 다녀와서는 더 열심히 공부해서 줄곧 장학생으로 한양대학교를 졸업하고 내가 권하는 대로 미국 명문대학교 대학원으로 유학을 가서 지금은 두바이에 세계 최고의 호텔을 설계한 유명한 미국 건축회사에 근무 중이고 결혼도 해서 미국에서 잘 살고 있다. 이유는 모르겠으나 고3 때 사귀었던 그 여학생하고 결혼한 것이 아니라 다른 멋진 파트너를 만나서 잘 살고 있다.

이 조카 녀석이 고등학생 때는 아무 부끄럼 없이 본인은 중학생 때 거의 반 꼴찌였다고 친구들한테나 다른 친지들한테도 자연스럽게 얘기를 하곤 했었다. 물론 공부를 못하는 학부모님들께서는 못 믿으시겠지만, 우리처럼 현장 경험이 많은 강사 입장에서는 얼마든지 그런 일이 가능한 일이라 여겨진다. 부모님과 선생님, 학생이 혼연일체가 되어서 노력한다면 내 조카와 같은 결과를 충분히 얻을 수 있으니 잘 참고하셔서 때를 놓치지 마시고 귀한 자녀들의 학습 지도 시에 써먹기 바란다.

이 조카 녀석이 한양대학교 건축학과에 진학한 뒤 그 녀석 아빠가 건축에 관한 일을 하셨는데 아들한테 힘과 용기를 얻고서 사업을 더 열심히 하셨고 그 결과로 사업이 일취월장하여 지금은 제법 규모가 있는 중견 건축 회사를 운영하고 계신다.

자꾸 반복하는데, 학생이 성적을 올릴 수 있는 절호의 기회는 현장 경험이 많은 내가 보기에는 중학교 2학년이 가장 좋고 중학교 3학년 때도 괜찮다고 생각한다. 사춘기가 한창 진행 중인 중학교 2학년 자녀를 두신 학부모님들께서는 너무 걱정하지 마시고 주위에 공부 잘하는 학부모님들께 조언을 구하시거나 또한 발품을 파셔서 경험이 있고 실력이 있는 강사들을 찾아서 맡기시면 반드시 좋은 결과가 있으리라 믿어 의심치 않는다.

<내 조카가 대학교 때 후배들에게 쓴 편지>

중학교 반 42명 중 30등, 전교 300명 중 250등,
고등학교 반 10등, 7등, 4등….
사실 이런 사례는 그렇게 대단한 사례라고 생각하지 않습니다.
하지만 제가 당당히 말할 수 있는 것은
성격의 변화와 제 미래에 대한 생각입니다.
저는 중학교 때까지만 하더라도 소극적인 성격에 꿈도 없고,
별 볼 일 없던 학생이었습니다.
하지만 저에게 심경의 변화가 있고 난 후,
고등학교에서는 성격이 활발해지고,
반장도 하고, 추진력도 생기고 꿈도 구체적으로 변했습니다.
지금은 제가 한양대학교에서
어릴 적부터 꿈꿔왔던 건축가의 꿈을 키우고 있습니다.
이런 변화의 중심엔 옥스퍼드 학원의 양동환 원장님이 계셨습니다.
물론 학원이라는 곳은
단순히 학생의 성적만 올려주는 곳이라고 생각할 수 있습니다.
하지만 제 생각엔 성적 향상 이전에 학생에게 할 수 있다는 자신감과
용기를 심어줄 수 있는 학원이 무엇보다도 중요하다고 생각합니다.
양동환 원장님은 제게 그런 용기와 자신감을 심어주셨고
항상 하면 된다는 동기 부여를 해 주셨습니다.
그 이후로 저는 희망을 품고 열심히 공부할 수 있었고
그 이후로 꾸준히 성적이 향상해서 오늘의 제가 될 수 있었습니다.
학생 여러분, 늦지 않았습니다. 꿈과 용기를 가지십시오.
반드시 꿈은 이루어질 것입니다.

- 한양대학교 건축공학과 1학년 이완정 드림

"삶에서 정말 중요한 것은
당신이 갖고 있는 소유물이 아니라
당신 자신이 누구인가 하는 것이다.
나는 그 사람이 어떤 사람이냐,
어떤 행위를 하느냐가
인생의 본질을 이루는 요소라고 생각한다.
단지 생활하고 소유하는 것은
장애물이 될 수도 있고 짐일 수도 있다.
우리가 가지고 있는 것이 아니라
그것으로 우리가 어떤 일을 하느냐가
인생의 진정한 가치를 결정짓는 것이다."

- 스콧 니어링(Scott Nearing)

17.

공부
조금 하는데요

학원을 운영하다 보면 별 희한하고 웃지 못할 일들이 종종 일어난다. 어느 토요일 오후에 어떤 어머님께서 몹시 격앙된 목소리로 학원에 전화하셔서 "왜 우리 아이를 학원 버스에 태워 보내지 않으셨나요?"라고 묻는 사건이 있었다. "어머님, 무슨 말씀이십니까?" "우리 아이가 동네 불량배 아이들한테 돈을 빼앗기고, 매도 맞아서 코피를 흘리면서 집에 왔어요. 다음부터는 꼭 학원 버스에 태워서 보내 주세요." 이 어머니께서는 매 맞고 코피를 흘리고 들어오는 아들을 보고서 얼마나 화가 나셨는지 해당 경찰서에 전화해서 치안에 대해 항의하셨고, 담당 교육구청에도 전화해서 항의하시고도 분이 안 풀려서 청와대에도 전화했는데 통화가 안 됐다고 하셨다. 그리고 나서도 화가 안 풀려서 홍

분된 상태에서 학원에 항의 전화를 하신 거였다. 그런 일이 있고 나서 그 학생이 학원에 나온 날 자초지종을 물었더니 씩 웃으면서 마치 다른 친구의 사건 얘기를 하듯이 그때 상황을 설명해 주었다. 귀가하다가 동네 불량배 형들한테 붙들렸고 그들이 "너 돈 가진 거 다 내놔. 만약에 숨기고 다 안 내놓고서 나중에 더 있다는 것이 발각되면 그땐 더 혼날 줄 알아."라고 말했다고 한다. 그래서 가진 돈 몇천 원을 꺼내서 다 주었더니 주머니를 확인한 뒤 돈이 더 이상 없자 그중 한 명이 "너 공부 좀 하냐?"라고 물었다. 그래서 이 학생이 "예, 공부 조금 하는데요."라고 퉁명스럽게 대답했는데 또 그것을 구실로 몇 대 더 때리더란다. 만약에 그때 조금 불쌍한 표정으로 "저, 공부 못하는데요."라고 했으면 때리더라도 조금 약하게 때렸을 텐데, 이 학생은 원래 무뚝뚝한 표정에다가 겁에 질려 인상을 잔뜩 찌푸리고 그런 식으로 대답했으니 그 못된 불량배 놈들이 그냥 보낼 리가 없었던 모양이다. 그런데 이 학생이 이 상황을 설명하는데 마치 남의 일 얘기하듯이 재미있게 얘기를 해서 같은 반 아이들은 즐거워하면서 그 얘기를 들었고 지금도 나에게는 재미있으면서도 웃지 못할 해프닝으로 선명하게 기억되고 있다.

이 학생이 학원에 온 것은 내가 학원 동업에 뜻이 맞지 않아 그 학원을 그만두고 인근에 있는 학원을 인수해서 일을 시작한 지 얼마 되지 않았을 때의 일이다. 이 학생도 어머니께서 무려 네 번이나 상담을 한 끝에 학원에 어렵게 보낸 아이였다. 아마도 새로 시작한 학원이라 믿음이 가지 않으셔서 그렇게 하신 것 같다. 그렇게 어렵게 학원에 나온 이 아이는 당시 중학교 3학년이었고 어머니께서 아이의 학교 성적이 잘하면 반에서 4등이고 조금 못하면 7~8등까지 내려간다고 몇 번이나 강조하서서 20년이 지난 지금도 그 상담 내용을 선명하게 기억하고 있다. 그 반은 학원을 시작한 지 얼마 되지 않았기 때문에 남학생 2명, 여학생 1명을 놓고 종합반 수업을 시작했다. 학생이 몇 명 안 되다 보니까 그야말로 개인 지도 수업을 진행할 수 있었고, 비교적 수월하게 성적을 올릴 수 있었으며, 그 학생도 바로 다음 학교 시험에서 반 1등으로 올라갔다. 아들의 성적이 오른 뒤 이제는 어머니께서 학원에 대한 믿음이 생기셨는지 누나도 함께 학원에 보내셨다. 함께 공부했던 다른 남자아이는 원래 공부를 잘하는 아이라 전교 최상위권에 들어간 학생이었고 나머지 여학생은 중상위권 학생이었던 것으로 기억한다. 그 여학생 아버지께서 비아그라가 막 개발이 돼서 우리나라에 시판되었을 때 그 제약 회사의 상무로 근무하셨고, 그 여학생의 아버지가 해외로 출장을 가실 때는 회사 임원들끼리는 같은 비행기를 함께 타지 않는다는 것도 그 여학생을 통해서 알게 되었다.

동네 불량배들한테 매 맞은 그 학생은 공부시켰던 방법도 무슨 특별한 비법이 있었던 것이 아니고 학교 시험에 대비하면서 첫 번째는 교과서 위주의 설명을 진행했고 그다음부터는 그 단원에 따른 충분한 문제 풀이를 만점이 나올 때까지 계속 반복을 시켰다. 학생이 여러 명이면 관리 소홀로 확인 학습이 제대로 안 되는 경우가 있는데 그때는 학생이 불과 3명밖에 안 됐으니까 철저하게 반복된 학습 지도를 할 수 있었고 바로 전교 상위권으로 만들 수 있었던 것이다. 그 뒤로는 어머니께서 학원에 학생들 소개도 많이 해 주셨고 자주 오셔서 상담하면서 얘기하다 보니 아이의 교육 상담뿐만 아니라 어머니 가정에 대한 경제적인 상황 등도 듣게 되었다. 아이의 아빠가 은행에 근무하시는데 어디, 어디로 전근을 가서 근무했고, 양천구 목동에 아파트를 사두었다는 등의 별의별 얘기를 다 하시곤 했다.

이 학생도 그 이후로도 계속 공부를 제법 잘했고 공부에 대한 자신 감이 학교생활에도 긍정적으로 영향을 끼쳤는지 고등학교에 가서는 1학년 때부터 줄반장을 도맡아 했고 그럼으로써 공부 잘하는 그의 학교 친구들도 데리고 와 제법 많은 인원이 학원에 오게 되었다. 그 이후로도 계속 고3 때까지 학원에 다녔고 무사히 대학 입학시험에서 우수한 성적을 받은 뒤 연세대학교 경제학과에 진학하게 되었다. 학원 초기에 함께 공부했던 아이는 고려대학교에 진학했고 이 학생은 군대 가기 전까지 학원에 종종 들려서 학원에서 같이 공부했던 친구들 근황을 얘기해 주곤 했는데 이 친구의 말에 의하면 그 동네 불량배들한테 매 맞았던 친구가 대학에서 만날 때마다 여자 친구가 바뀌었다는 재미있는 얘기를 전해 주었다.

학생이 학원을 선택하는데 학부모님이 무려 네 번씩이나 학원 원장과 직접 상담을 하고서 어렵게 보냈는데 학원이 충분한 준비가 되어있지 않으면 학생이 아무리 많이 온다고 할지라도 결과는 명약관화하다. 즉, 사상누각이 되고 말 것이다. 내가 학원을 옮기지 않았으면 내 수업을 쉽게 들을 수도 없었을 것이다. 심지어 어떤 학생들은 1년 넘게 기다려도 내가 수업하는 반의 정원이 항상 차 있기 때문에 끝내 듣지 못하고 어쩔 수 없이 다른 강사의 수업을 들어야 했던 학생들도 부지기수였다. 그러나 학원을 두 번 옮기면서부터는 그야말로 새로운 상태에서 한 명의 원생부터 시작해야 했으니 나부터 우선 겸손해야 했고 학부모님들께서 학생을 맡기면 실력으로 증명을 해야 했던 것이다. 학원 강사라면 학생들이 배우는 교과서만 통달해서는 안 되고 수많은 실수와 시행착오를 통한 살아있는 경험을 통해서 학생 개개인에게 맞도록 케이스 바이 케이스(case by case)로 접근해서 최적의 학습 지도를 했을 때만 원하는 좋은 결과가 나오는 법이다. 그래서 끊임없이 독서를 통해서 수업 외적인 실력을 쌓아야 하고 또한 현장 경험을 통해서 부족한 점들을 그때마다 시정 및 보완해야 한다. 이렇게 더 성장하려고 하는 부단한 노력을 통해서 내공이 쌓인 후에야 비로소 학원 강사로서 경쟁 우위에 설 수 있다고 본다.

학부모님들께서 자녀들을 학원에 처음 맡길 때는 이 학원, 저 학원 등을 다 알아보고 난 뒤에도 몇 번씩이나 방문해서 그 학원이 신뢰가 가는지 확인한 다음에야 학생을 맡기기 때문에 학교에서처럼 관리해서는 학원의 존재 이유가 없다. 학교보다 학생 지도 방법이 더 앞서 있어야 하고, 다른 학원보다 경쟁 우위에 있어야만 그 학원이 살아남을 수 있고 발전할 수 있는 것이다. 다행히 나는 학원 강사로서는 운이 좋아 대한민국의 누구보다도 더 훌륭한 제자들을 키울 수 있었고, 그런 학생들을 통해서 무한한 보람과 긍지를 느끼면서 강사 생활을 마칠 수 있어서 참으로 다행스럽게 생각한다.

학원이라는 곳은 '무한 경쟁'에서 살아남아야 존재할 수 있는, 그야말로 처절한 적자생존의 법칙이 적용되는 곳이다. 무슨 일이든지 비슷하겠지만 특히 학원이라는 곳은 그런 치열한 생존 경쟁인 정글의 법칙에서 살아남아야 하고 그렇지 않으면 하루아침에 쉽게 도태되는 그러한 곳이다. 우선 학원 강사 채용만 하더라도 실력이 있는 강사들은 대부분 이미 자리를 잡고 있고 그런 실력이 있는 강사들을 만나기는 '하늘의 별 따기'처럼 쉽지가 않다. 또한 막상 강사 채용 광고를 보고 오는 강사들은 이곳, 저곳에서 잘 적응하지 못한 분들이 대부분이고 개성도 보통 까다로운 것이 아니다. 그런 강사들을 채용하여 훈련시켜서 이제 막 써먹으려고 하면 다른 학원으로 이직을 하거나 인근에 학원을 차려 나가기 때문에 어지간히 강한 인성이 아니고서는 학원을 운영하기가 그렇게 쉽지 않다. 이런 지난한 과정을 거쳐서 더 큰 학원으로 성장해야만 그나마 오래 버틸 수 있는 것이고 그런 대형 학원들도 지금 돌아보면 거의 다 시나브로 사라지고 없는 실정이다. 자고로 우리나라 학교 교육이 정상화되어서 학원에 보내지 않고서도 얼마든지 대학에 갈 수 있는 날이 하루빨리 오기를 고대한다.

"어린아이는 자기 자신에 대해
스스로 좋게 생각할수록
여러 분야에서 더 많은 성취를 이뤄낸다.
하지만 더 중요한 것은
어린아이 스스로
인생을 더 즐거운 것으로 생각하도록
이끌어 주는 일이다."

- 웨인 다이어(Wayne Dyer)

"누구든지 국가와 인류에게 공헌할 수 있는
가장 위대한 방법은
훌륭한 가정을 만드는 것이다."

- 조지 버나드 쇼(George Bernard Shaw)

〈엄마가 아들에게 주는 글〉

아들아. 난 너에게 말하고 싶다.
삶은 나에게 수정으로 된 계단이 아니었다는 걸.
그 계단에는 못도 떨어져 있었고
가시도 있었다.
그리고 판자에는 군데군데 구멍이 났지.
바닥에는 양탄자도 깔려 있지 않았어.
전부 맨바닥이었다.

그러나 난 지금까지 멈추지 않고
그 계단을 걸어 올라왔다.
층계참에도 도달하고
모퉁이도 돌고
때로는 전깃불도 없는 캄캄한 곳까지 올라갔다.

그러니 아들아. 넌 돌아서지 말아라.
계단 위에 주저앉지 말아라.
왜냐하면 넌 그것이 다만
약간 힘든 것일 뿐이라는 걸 알게 될 테니까.

지금 무너져 내리면 안 된다.
왜냐하면 애야. 난 아직도 그 계단을 올라가고 있으니까.
난 아직도 오르고 있다.
그리고 삶은 나에게 수정으로 된 계단이 아니었지.

- 랭스턴 휴즈(James Mercer Langston Hughes)

18.
왜 어느 대학에 들어갔는지
안 물어보셨어요?

어느 날 수업을 마치고 잠깐 쉬는 동안에 제자들한테 전화가 왔다고 해서 전화를 받았더니 어느 학생이었다. 그가 대뜸 하는 소리가, "선생님. 왜 저희한테 어느 대학에 진학했는지 안 물어보셨어요. 서운해요. 그래서 선생님께서 저한테 주면서 쓰지 말고 잘 간직하라고 하셨던 돈으로 속상해서 술 마시고 전화하는 거예요."였다.

수업을 하다 보면 꼭 내가 하고 싶은 수업만 골라서 할 수만은 없는 경우가 있다. 어머니들께서 공부 잘하는 큰아이의 동생들을 간곡하게 부탁해서 마지못해 맡게 되었을 때, 큰아이와는 다르게 둘째 아이는 전혀 성격도 다르고 공부 취향도 상반된 아이들이 있는 경우가 종종 있다. 이러한 제자들 중에 한 아이의 오빠는 줄곧 전교 1등을 하고서 서울대 법대에 진학했고, 다른 아이들도 대부분 비슷한 경우의 학생들이었다. 나는 이렇게 큰아이들과는 다르게 공부를 썩 잘하지 못했던 동생들도 종종 가르치곤 했다. 그런 아이들이 학원을 마치고 고등학교를 졸업한 뒤에 학원 선생님이 생각나서 3년 만에 찾아와서 일어났던 일이다. 대학 진학을 했다고 구두를 신고 화장도 하고 약간은 어색한 숙녀 차림을 한 다섯 명의 학생들이 학원 선생님께 인사차 학원에 찾아왔던 것이다. 오랜만에 만나서 이런저런 대학 신입생의 일상적인 얘기를 나누었는데, 공부를 썩 잘했던 아이들이 아니라서 물어보면 아이들한테 실례가 될까 봐 어느 대학에 진학했는지 몹시 궁금했지만 차마 물어보지 못하고 보냈다. 나는 제자들이 찾아오면 선물로 주려고 항상 만 원권 지폐를 신권으로 여러 장 준비하고 있다가 제자들이 올 때마다 한 장씩 주면서 "이것은 쓰지 말고 가끔은 이 지폐를 보고서 이 선생님을 기억해다오."라고 하면서 주곤 했었다. 그랬던 것을 본인들 대학 진학에 관해서 묻지 않았기에 속상했는지 그 돈으로 술을 마시고서 항의 전화를 했던 것이다. 그래서 내가 "미안하구나. 오히려 내가 너희들이 어느 대학에 진학했는지 물어보면 너희들이 속상해할까 봐 못 물어봤다. 지금이라도 어느 대학교에 들어갔는지 말해다오."라고 말했더니 한 명은 숙명여자대학교에 진학했고, 한 명은 국민대학교 의상학과에 진학했으며, 쌍둥이 자매는 덕성여자대학교에 진학했다고 했다. 그러면서 국민대 의상학과에 들어간 학생은 전화로 "제가 대학 졸업하기 전에 꼭 선생님 양복을 손수 만들어 드리겠습니다."라고 했다. 물론 아직까지 양복을 선물로 받지는 못했다.

사실 고백하건대, 성적이 우수한 아이들을 가르치는 것보다 조금 성적이 부족한 아이들의 수업을 진행하는 것이 더 재미가 있다. 왜냐하면 공부를 잘하는 반은 수업 중에 수업 외적인 농담을 했을 경우에 싫어하는 아이들이 종종 있기 때문이다. 아무리 성적을 올리기 위해서 학원을 보냈다고 하지만 수업 중에 시종일관 수업만 하다 보면 수업 자체가 무미건조해져서 지루해지기 십상이다. 그런데 중간층의 학생들은 오히려 수업보다는 수업 외적인 유머라든지 재미있는 이야기를 더 좋아하고 자주 요구하기도 한다. 예를 들자면 사춘기의 짓궂은 아이들은 가끔 성적인 농담을 하면서 선생님을 놀리곤 하는데, 그럴 때는 내가 가끔 써먹는 역사 얘기가 있다. 그 이야기는 일연이 쓴 『삼국유사』에 나오는 신라 제22대 지증왕에 관한 이야기이다. 지증왕이 왕 대신 마립간이라는 용어를 사용했고, 국호를 신라로 사용했다는 얘기를 먼저 하고 나서 그다음에 학생들이 가장 관심 있어 하는 성적(性的)인 얘기를 하게 된다. "지증왕은 지철로왕이라고도 하는데, 거시기가 너무 컸다고 전해진다. 그 크기가 무려 1척 5치여서 장가를 못 갔단다."라는 얘기이다. 그러면 남자아이들은 지어낸 얘기라 하고 그렇게 클 수가 없다고 하면서 손짓으로 대충 크기를 표현하면서 킥킥거리고 웃는다. 물론 여자아이들도 소리 없이 얼굴을 붉히면서 웃곤 한다. 그러면 다시 분위기를 가라앉힌 뒤에 이 내용의 출처를 상세하게 설명해 준다. 고은 시인의 「지철로 왕」 시 내용에서도 나오듯이, 거시기가 커서 장가를 못 간 그 왕이 장가를 가기 위해서 부하 관리를 민가에 보내 신붓감을 알아보고 다녔는데 어느 시골에 있는 사람의 커다란 인분을 보고서 그 주인을 찾아봤더니 그 동네 상공의 딸인 처녀였고 마침내 그 처녀와 결혼해서 법흥왕을 낳았다는 얘기이다. 이런 얘기를 해 주고 나서 얼마 후에 어떤 여학생이 쉬는 시간에 내 사무실에 조용히 나타나더니 "선생님. 정말이던데요. 엄마가 그렇게 크면 옷도 커야 된다고 하셨어요. 하하."라고 한 적이 있다. 수업 중에는 못 들은 척하던 얌전하고 다소곳한 여학생이 난데없이 조용히 선생님을 찾아와서 그런 얘기를 하면 아무리 선생님일지라도 조금은 민망하다. 그 여학생은 집에 가서 선생님 말씀이 사실인지 아닌지 『삼국유사』라는 책을 통해서 확인하고 그런 행동을 했던 것이다. 아무리 농담이라 하더라도 조금만 신경 쓰면 이렇게 사실에 근거하고 역사 공부도 되는 재미있는 이야기들을 얼마든지 찾을 수 있다. 물론 그렇다고 해서 본질적인 목적을 잊어버리고 수업 중에 농담에 치중하다 보면 자칫 삼천포로 빠지는 수가 있으니 주의가 필요하다.

나중에도 비슷한 이야기를 할 기회가 있겠지만 이렇게 가르친 아이들이 비록 학원 선생님이지만 3년 만에 몸소 찾아와서 대학 진학에 관한 얘기를 해 주니 나는 여러모로 운이 좋고 복이 많은 학원 선생님이었다고 자부한다.

아마도 이런 나의 제자들도 사회에 없어서는 안 될 중요한 일원으로서 잘 살아가고 있으리라 믿어 의심치 않는다.

지철로왕 이야기가 궁금하시면 부디 『삼국유사』를 읽어 보시기를 권한다. 결코 내가 지어낸 이야기가 아니므로….

19.
칠성이
학원에 데려올까요?

　어떤 학생이 수업 중에 난데없이 "선생님. 칠성이 학원에 데려올까요?"라고 물었다. 나는 "아니. 전교 1등 한다는데, 다니는 학원 계속 다니도록 해라."라고 대답했다. 종합반 학원을 정리하고 난 뒤 혼자서 조그마한 학원을 운영할 때 당시 고등학교 1학년 학생이 했던 말이다. 칠성이라는 학생은 중학교 2학년 때 처음 만났고 당시에는 학교 성적이 보통의 학생이었다. 내 기억으로는 전교 200등 안팎의 성적이었던 것으로 기억나는 학생이다. 말없이 조용한 성격에 학원에서 시키는 대로 잘 따라 하는 학생으로만 생각했지, 전교 1등까지 할 것이라고는 미처 생각하지 못했었다. 종합반 학원을 정리한 뒤에 그 학생을 잊고 있었는데 다행히도 계속 성적이 향상되어서 고등학교에 가서 전교 1등을 한다니, 기특하기도 하고 미안하기도 해서 차마 내가 있는 학원에 오라고 할 자신이 없었다. 그런데 그 학생이 고등학교 2학년까지는 전교 1등을 했으나 3학년 때 가서는 전교 1등을 못 한다는 소식을 들었고 마침 그 무렵에 칠성이 어머님께서 아이의 성적 때문에 걱정이 많이 되었는지 학원에 방문하셨다. 그래서 "무조건 내일부터 학원에 보내십시오. 수강료도 받지 않겠습니다."라고 상담을 끝내고 어머님을 보내 드렸다. 대학 입시를 목전에 앞둔 고3 수험생이라 얼마나 초조하고 불안했으면 중학교 때 선생님을 찾아왔겠는가? 어머니가 가시고 나서 그다음 날부터 그 학생이 바로 학원에 다니게 되었고 다행스럽게도 학원에 다닌 지 한 달 만에 고3 1학기 기말고사에서는 다시 전교 1등을 하게 되어 마음속으로 안도의 한숨을 쉬게 되었다. 아마도 학생 본인의 불안한 마음이 나를 만남으로써 해소가 되었고 자신감도 회복되어서 그러한 좋은 결과가 나왔을 것으로 추측해 본다. 수강료를 받지 않았던 것은 미안한 마음도 있었고 그 당시에는 학원이 안정되어서 얼마든지 그러한 장학 혜택을 줄 수 있는 여유가 있었기 때문이다. 칠성이 본인한테 직접 들어보니 계속 학원에 다닌 것이 아니고 집에서 혼자 공부를 했는데 학교 성적은 그럭저럭 전교 상위권을 유지했으나 전국 학생들이 치르는 모의고사 성적은 학교 성적만큼 썩 잘 나오지 않았다고 했다. 그래서 수능시험을 치르고 지원해야 하는 정시는 생각하지 않고 내신이 반영된 수시로 대학을 진학해야 하는데 반영률이 가장 높은 성적이 고등학교 3학년 성적인데 고등학교 1, 2학년 때보다 성적이 좋지 않으니 걱정이 많을 수밖에 없었던 모양이다. 이 학생은 의대를 목표로 하는 학생인데 내신만으로 서울대나 연·고대 의대에 진학하는 것은 그야말로 하늘의 별 따기만큼이나 어려웠다. 그러니 어쩔 것인가! 하향 지원을 해서라도 의대를 가야 했으니 하는 수 없이 지방에 있는 원광대학교 의대를 내신으로 지원해서 합격했다. 그리고 같은 학교에서 고등학교 1~2학년 때 칠성이보다 공부를 잘하지 못했던 친구는 계속 성적이 올라서 급기야는 서울대학교 의대를 정시로 가게 되었으니, 참으로 우리나라 교육 시스템이 정당하지 못하다는 생각이 들었다. 3년 중에서 1년 조금 밀렸다고 해서 지방대 의대를 가야만 했던 그 학생이 안타까울 수밖에 없었다. 우리나라도 교육 시스템을 미국처럼 바꿔서 공부만 잘하는 학생이 명문대학교에 가는 일은 없었으면 하는 바람이다. 공부보다 더 중요한 것이 인성이요, 학생의 숨어 있는 잠재력인데 그것을 무시하고 단지 학교 성적만으로 속칭 명문대에 진학하게 되니 많은 문제점이 일어나고 그에 대한 부작용들이 많이 생겨서 아쉬울 따름이다. 그래서 아직까지 공부만 아주 잘해서 간 서울대 법대나 의대 출신의 인물들이 우리나라 대통령을 못 하는 것이 아니냐는 생각을 하게 된다.

얘기하다 보니 말이 샛길로 빠지고 말았는데, 내가 생각하기에는 교육 중에 가장 선행되어야 할 과제가 인성 교육이고 그다음이 적성 교육이라고 본다. 그리고 마지막이 학교 교과 성적이라고 본다. 만약에 내가 교육계 수장이라면 이런 순서로 학생을 선발할 것이다.

다시 본론으로 돌아가서, 칠성이의 중학교 때로 돌아가서 그 학생이 성적을 올린 이야기를 하고자 한다. 보통의 성적을 가진 학생들의 성적을 올리기 위해서는 우선은 동기 부여와 지속적인 자극이 필요하다.

그런 신선한 자극은 가르치는 사람의 의지로만 되는 것이 아니고 많은 준비와 노력이 수반되어야 한다. 나는 영어 선생인데, 예를 들어 숫자를 영어로 표현하는 것부터 다른 선생님들과는 확실히 다르게 준비하고 아이들을 가르친다.

예를 들면 다음과 같다.

'one-ten-hundred-thousand-million-billion-trillion-quadrillion-quintillion-sextillion-septillion-octillion-nonillion-decillion~'

① bi-: 2라는 뜻이고, 여기서 billion은 million의 다음으로 두 번째인 10억이라는 뜻이다.
② tri-: 3이라는 뜻이고, 우리가 많이 쓰는 trio나 triple 등처럼 trillion은 million의 세 번째란 뜻이다.
③ qua-: 4라는 뜻이고, million의 네 번째라는 뜻이다.
④ quin-: 5라는 뜻이고, million의 다섯 번째라는 뜻이다.
⑤ sex-: 6이라는 뜻이고, million의 여섯 번째라는 뜻이다.
⑥ sep-: 7이라는 뜻이다. 예를 들어 september에서 사용되고, million의 일곱 번째라는 뜻이다.
⑦ oct-: 8이라는 뜻이고, 예를 들어 octopus(문어: 다리가 8개)에서 사용되며, million의 여덟 번째라는 뜻이다.
⑧ no-: 9라는 뜻이고, million의 아홉 번째라는 뜻이다.
⑨ dec-: 10이라는 뜻이고, 예를 들어 decade(10년)에서처럼 million의 열 번째라는 뜻이다.

이처럼 상세하게 단어의 어원을 설명하게 되면 학생들도 금방 이해하게 되고 더불어서 사고의 폭이 커지게 된다. 이것을 배우고 난 뒤에 몇몇 짓궂은 아이들은 학교 영어 선생님을 테스트해서 골탕을 먹

이는 못된 애들도 더러 있었다. 앞의 내용을 더 추가해서 설명하자면 'september'는 왜 9월인데 7이냐고 묻는 학생들이 더러 있다. 그러면 또 비장의 무기를 꺼내야 한다. 우리가 지금 쓰고 있는 달력은 시저 (Julius. Caesar, B.C. 100 ~ B.C. 44)가 만들었고 만든 사람을 기리기 위해서 달 이름 중간에 시저의 이름을 따서 June, July 두 개의 달이 들어감으로써 두 칸씩 밀린 것이라고 설명을 해 준다. 그러면 선생님에 대한 학생들의 태도는 예전과는 다르게 확연히 달라진다. 거기다가 시저에 대한 보충 설명을 곁들인다면 금상첨화다. 예를 들어서 시저하고 클레오파트라가 연인 관계였고 둘 사이에 '카이사리온'이라는 아들이 태어났는데 시저가 죽고 나서 시저의 후계자인 옥타비아누스한테 죽임을 당했다는 설명을 추가하면 선생님의 주가는 한층 업그레이드되는 것이다. 덧붙여서 "클레오파트라의 첫 남편은 누구였을까요?"라고 물으면 당연히 대답이 없을 수밖에…. 그러면 조금 뜸을 들인 다음에 그녀의 첫 남편은 그녀의 남동생인 프톨레마이오스 13세이고 왕족들이 남매끼리 결혼하는 것은 이상한 일이 아니라 피가 섞이지 않게 하기 위한 그 당시의 전통이었고 우리나라도 신라 시대에는 김춘추 전까지는 그런 유사한 일이 있었다고 설명하면 분명히 선생님의 실력은 학생들에게 인정받을 수밖에 없는 것이다. 거기에 더해서 클레오파트라는 기원전 69년에 태어나서 기원전 30년에 39세로 죽었고, 양귀비는 719년에 태어나서 753년에 37세로 죽어서 미인박명(美人薄命)이라고 설명해 준다. 이렇게 하는데 어떻게 학생들이 그 선생님을 믿고 존경하지 않을 수 있겠는가! 선생님이라면 이러한 것들 말고도 끊임없이 질(質) 높은 수업에 대해 준비해야 한다. 열거하자면 수학에서 제일 어려운 페르마의 정리라든지, 'Rome(로마)'은 어떻게 만들어졌는지, 상대성 이론인 $E = MC^2$에서 C는 Celerity, 즉 빛의 속도를 의미하는 것이라는 등을 알고 있다가 수업 중에 그런 단어가 나올 때마다 부연 설명을 해 주면 학생들의 태도는 달라지고 선생님에 대한 믿음도 커져서 교육에 대한 효과도 더불어 커지게 마련이다.

결론은 학생뿐만 아니라 선생님도 쉬지 않고 부단한 노력이 필요하고 아울러서 겸손이 뒷받침되어야만 둘 다 성공할 수 있다고 본다.

칠성이라는 학생을 수강료를 받지 않고 학원에 다니게 했더니 칠성이 어머님께서 홍삼 세트를 선물로 보내셨고 칠성이 누이동생을 학원에 보내 주셔서 그에 대한 대가는 하셨다고 본다.

20.

고등학교 3학년 때 애니메이션 감독이 되겠다고 서울대학교 법대에서 미대로 진로를 갑자기 바꾼 학생

당시에 수능 모의고사를 보면 400점 만점에 항상 390점을 넘겼고 학교 내신도 전교 1등이라 서울대 법대에 가는 데 별 무리가 없었던 학생이 고등학교 3학년 때 갑자기 애니메이션 감독이 되겠다고 미대로 진로를 바꿨다는 소식을 듣고 몹시 당황했던 적이 있다.

이 학생도 중학교 2학년 때부터 내가 지도해왔던 학생이라 어떤 학교 선생님보다 학생에 대해서 속속들이 잘 파악하고 있었다. 이 제자도 앞에서 얘기했던 새벽반 출신이었는데, 그 당시에는 썩 공부를 잘했던 학생은 아니었다. 새벽반에서 학생들과 공부하다 보니 자연스럽게 좋은 학습 분위기에 어울려서 공부도 잘할 수 있게 되었고 더불어

이 학생은 공부뿐만 아니라 외모도 연예인 뺨치는 멋진 학생이었다. 어느 정도였나 하면 학교에서 소풍을 가면 제시간에 집에 돌아오지 못할 정도의 학생이었다. 그 이유는 인근에 소풍 온 여학생들이 그를 붙들고 놓아 주지 않아서 한 명씩 사진을 함께 찍어 주고 나서야 비로소 집에 올 수 있었기 때문이다. 또한 지능지수도 천재 수준인 160이었고 인성도 좋은, 그야말로 팔방미인이었다.

지금이야 사람들의 사고방식이 많이 전문적으로 다양하게 바뀌어서 그렇지, 20년 전만 해도 공부를 잘하는 학생이라면 문과는 거의 서울대 법대에, 이과는 서울대 의대에 지원하던 시절이라 이 학생처럼 고등학교 3학년 때 갑자기 진로를 180도 바꾼다는 것은 특히 부모님한테는 놀라움을 지나 경악을 금치 못할 만한 사건이었다. 하지만 어쩌겠는가! 자식 이기는 부모 없다고 했다….

아무리 예능에 대한 적성과 감각이 뛰어나다 할지라도 서울대 법대를 위한 준비를 중학교 때부터 5년간 계속해 온 학생이 고등학교 3학년의 1년 동안 준비해서 서울대학교 미대나 홍익대학교 미대에 진학한다는 것은 거의 불가능한 일이다. 이 학생도 당연히 본인이 가고자 하는 대학교의 미대에는 탈락하고 말았다. 그래서 들어간 학교가 국민대학교 시각디자인학과였다. 그런데 막상 대학에 가서 보니 본인의 생각과 아주 달라서 적응을 못 하고 계속 방황하게 되어 그의 부모님께서 그 학생을 휴학시킨 뒤에 머리도 식히고 견문도 넓히라고 세계 여행을 보내셨다는 얘기를 그의 친구들을 통해서 듣게 되었다.

그 이후로는 그 제자에 대한 소식을 거의 못 들었고, 중학교 때 새벽반을 요구했던 학생이 사법고시에 합격했다고 인사차 찾아온다고 해서 만난 자리에서 다른 친구는 얘기하지 않고 이 학생의 이후 소식이 몹시 궁금해서 다음에 올 때는 꼭 함께 오라고 내가 부탁을 했다. 그래서 마침내 10여 년 만에 몹시 보고 싶고 소식이 궁금했던 그 제자와 만나서 참치회 가게에서 회포를 풀게 되었다. 이 애니메이션 감독이 되겠다던 제자는 이미 결혼해서 모 자동차 회사 디자인팀의 실장으로 근무를 하고 있고 조금 후에 독일로 공부를 더 하기 위해 유학을 떠날 것이라고 했다. 모처럼 기분 좋게 젊은 제자들과 한잔하는데 이 녀석들은 술도 잘 마시고 또한 노래도 잘해서 그날의 만남은 내 인생에 있어서 멋진 추억의 한 페이지가 되었다.

그리고 올해 학원에 다녔던 제자들이 찾아왔을 때 이 제자도 오기로 했는데 갑자기 일이 생겨서 나오지 못했다. 나중에 그 이유를 물어보니 무슨 대형 예능 프로젝트를 준비하고 있어서 부득이하게 못 나온다고 했다고 한다. 그런 뒤 얼마 후에 그날 찾아왔던 제자 중에 동시통역사로 일하는 제자 한 명이 결혼하게 되어서 식장에 갔더니 그 프로젝트 준비 때문에 모임에 나오지 못했던 제자가 자기 처와 함께 와 있었다. 자연스럽게 연회장에서 동석하게 되었고 그 자리에서 그 프로젝트에 대해서 간략한 설명을 들을 수 있었다. 올해 가을에 국내에 큰 행사가 있는데, 그 제자가 그 행사의 예술 감독을 맡게 된 것이었다. 지금은 준비에 여념이 없고 그 행사 때 나를 초대하겠다고 해서 당연히 초대에 응한다고 했고 기분도 참으로 좋았다. 또 한 번 제자에 대한 보람과 자긍심을 한껏 느낄 수 있어서 행복했다.

나한테는 항상 어린 학생으로 내 뇌리에 깊게 자리하고 있는데 벌써 30대를 넘어서 결혼도 하고 중요한 행사를 책임질 만큼 성장했다니,

생각만 해도 가슴이 뿌듯하고 자랑스러운 일이 아닐 수 없다. 요즘 나의 큰 행복은 이런 제자들이 훌륭하게 성장해 가고 있는 모습을 지켜보는 것이고 일 년에 한두 번 만나서 술 한잔하면서 즐겁게 학창시절의 얘기를 나누면서 보내는 것이다.

학교도 아니고, 학원 선생님을 어떤 학생들이 얼마나 자주 찾아오겠는가! 나는 진심으로 그런 면에서는 행운이 많이 따랐던 사람이고 제자들 복이 많은 사람으로 자부하고 있다.

주위에 학원으로 돈을 많이 번 사람들도 몇 명 있는데 나는 그런 사람들이 조금도 부럽지가 않다. 나는 오로지 학생들에게 최선을 다해서 지도했고 되도록 학생들에게 좋은 혼을 심어 주려고 했으며 다행히 그런 노력을 제자들이 잘 받아들여 지금은 우리나라의 동량지재(棟梁之材)로서 요소요소에서 맡은 바 일을 잘하고 있어서 이런 제자들을 생각만 해도 가슴이 뿌듯하고 기분이 좋아진다.

또한 어떤 제자의 결혼식장에 갔더니 어떤 학생이 "어머니들께서도 식장에 오셨다."라고 했다. 그래서 어머니들이 모여 계시는 테이블에 가서 동석해서 오랜만에 서로 반갑게 인사를 나누었다. 학원에 다니는 학생들의 어머님들께서는 중학교 때부터 학원에 다니는 아이들을 중심으로 모임을 만들어서 지금까지 매달 20년 가까이 만나고 있다고 하셨다. 학원 새벽반에서 만난 인연이 학생들의 어머님들까지도 한마음으로 뭉치게 했고 20년이 되어가는 데도 즐겁게 만나고 계시다니, 이 또한 얼마나 기쁜 일인가! 지금은 중년을 넘어 60세 이후의 나이가 되셔서 대부분 할머니의 모습들이었지만, 표정은 자식들에 대한 자긍심으로 넘쳐서 편안하고 당당해 보이셨다. 그러면서 하시는 말씀이 언젠가 어머님들의 모임에 나를 초대하시겠다고 해서 "언제든지 초대에 응하겠노라."라고 흔쾌히 답했다.

사람은 살면서 시절인연이라는 것을 맺고 살아가는데, 이런 기분 좋은 인연은 삶의 활력소이고 하는 일에 자신감으로 작용하는 내 영혼의 비타민이다.

부디 이 제자도 우리나라 예술 분야에 한 획을 긋는 멋진 인물이 되길 소망해 본다.

오늘 뉴스[3]를 통해 이 제자가 현대차그룹 '미디어아트 공모전'에서 당당히 대상을 받았다는 소식이 전해졌다. 상금도 무려 3,000만 원이라니, 생각만 해도 자랑스럽고 뿌듯하다. 실은 이 책 표지 디자인도 이 제자가 해 주기로 했는데 이미 대작가가 되어있고 너무 바쁜지라 그 기대는 접어야 할 것 같다.

제자 서민수 사진

---

3   연합뉴스. 2019년 2월 21일 자.

"인생에 있어서 가장 중요한 때는 오직 현재다.
현재라는 것은 순간을 말한다.
순간에 사는 것이 인생을 경험하는 것이며
이 순간 속에서 영원을 발견하는 사람이
인생을 극복하는 사람이다.
현재 이 순간을 떠나서는 우리라는 것도 없고,
세계도, 인생도 없다.
이 현재의 순간을 놓쳐버릴 때,
그것은 바로 인생을 놓쳐버린 것이 된다.
그리고 다시 돌이킬 수 없는
영원한 것을 놓쳐버린 것이다."

- 성 아우구스티누스(Aurelius Augustinus)

"내가 걷는 길은 험하고 미끄러웠다.
그래서 나는
자꾸만 미끄러져 길바닥 위에 넘어지곤 했다.
그러나 나는 곧 기운을 차리고는
나 자신에게 이렇게 말했다.
'길이 약간 미끄럽긴 해도 낭떠러지는 아니야.'"

- 에이브러햄 링컨(Abraham Lincoln, 상원의원 선거에서 낙선한 뒤)

〈그대는 인생을 사랑하는가?〉

그대는 인생을 사랑하는가?
그렇다면 시간을 낭비하지 말라.
왜냐하면 시간은 인생을 구성하는 재료니까.
똑같이 출발했는데
세월이 지난 뒤에 보면 어떤 사람은 뛰어나고
어떤 사람은 낙오자가 되어 있다.
이 두 사람의 거리는
좀처럼 접근할 수 없는 것이 되어 버렸다.
하루하루 주어진 시간을 잘 이용했느냐,
이용하지 못하고 허송세월하였느냐에
인생의 성공과 실패가 달려 있다.

- 벤저민 프랭클린(Benjamin Franklin)

21.

다 큰 중학교 남학생을
매일 목욕시켜 주는 어머니

학부모님들과 상담을 하다 보면 가끔 이해하기 힘든 재미있는 일이 종종 일어난다. 지금 얘기하고자 하는 어머님께서도 그런 분 중의 한 분이시다. 이 어머니는 외모도 아름다우셨지만, 교양도 남들보다 뛰어 나셔서 상담할 때마다 나도 거기에 맞추려고 무척이나 노력했다. 남편 도 서울대 출신이고 어머니께서는 이화여대 출신이라는 사실까지 다 른 학부모님으로부터 들어서 익히 알고 있었다. 말씀도 얼마나 세련 되고 우아하게 하시는지, 그분과 상담을 하고 나면 나 자신도 더불어 서 세련되어진 그런 느낌이 들 정도였다. 그런데 상담하면서 학생에 대 한 이러저러한 얘기를 하는 도중에 우연히 중학교 2학년인 다 큰 아들 을 매일 목욕을 시켜준다는 얘기를 듣게 되었다. 듣고서 속으로는 "이제는 그러시면 안 됩니다."라고 말씀을 드리고 싶었지만, 그 학생의 어머님께서는 아직도 아들을 귀여운 어린아이로 보시는지 "아들이 그저 귀엽고 예쁘다."라고 표현하시는 바람에 차마 직접 그 어머니께는 말씀을 못 드렸다. 하기야 부모 입장에서는 환갑이 넘은 자식도 어린아이로 보인다니, 중학생 아들을 그렇게 보시는 것도 어쩌면 당연한 일인지도 모르겠다. 하지만 내 생각은 다르다. 왜냐하면 그분의 아들은 신체가 아주 성숙해서 나보다 체격이 더 컸고 이미 사춘기를 지나 성인의 몸 형태를 하고 있었기 때문이다. 그래서 어느 날 조용히 그 학생을 불러서 "너, 정말 매일 어머니가 목욕시켜 주시니?" 하고 물었더니 얼굴을 붉히다가 계면쩍게 웃으면서 "예."라고 대답했다. 그 대답을 듣고서 진지하게, 쉽게 예를 들어가면서 설명해 주었다. "동물들은 새끼가 태어나서 성장할 때까지 암수가 한 우리에 계속 자라게 되면 나중에 한 우리에 있는 동물하고는 번식 능력을 가질 수가 없단다. 그러니 이제 너도 신체는 어른이 다 됐으니까 선생님 생각으로는 혼자 목욕하는 것이 좋을 것 같다."라고 조언했고 그 학생도 집에 가서 내 말을 들은 뒤로는 어머니가 매일 시켜주는 목욕을 혼자 하겠다고 거절했던 모양이다. 어머니께서는 아들의 그런 갑작스러운 태도에 실망하셨는지, 그 내막의 자초지종을 캐묻고서 거절 원인이 나 때문에 그렇게 된 것을 아시고서는 항의 방문을 하셨다. 이런 경우에는 참으로 난처하다. 당시에 나도 30대 초반의 젊은 나이라서 경험도 부족하고 아직은 학부모님들보다 상황 대처 능력도 떨어지는지라 난감할 수밖에 없었다. 그래도 어쩌겠는가! 내 마음에 있는 그대로 솔직하게 객관적인 입장에서 "저는 이렇게 생각합니다."라고 설득할 수밖에 없었다.

학원은 학교 성적을 올리기 위해 존재하는 곳이지 이런 공부 외적인 인생 상담까지 맡아야 하는 곳이 아니다. 그런데도 내가 주제넘게 나섰던 것은 그 학생의 어머님께서 상담에 임하는 태도가 아주 진지하셨고 그 학생도 나무랄 데 없는 모범생이라서 더 애정을 가졌던 것이다. 이제 와서 생각해 보니 다정한 모자 관계에 괜히 나서서 내가 태클을 걸었던 것이 아닌가 하는 생각이 든다.

이 제자도 중학교 3학년 때 전교 회장으로 선출되어서 학업뿐만 아니라 학생들을 이끄는 리더십도 아주 훌륭하게 잘 발휘했고 무난히 고등학교를 마친 뒤 명문대학교에 진학하게 되었다.

나중에 학교 선생님께 들은 얘기가 있다. 그 학생에게는 누나가 있었는데 이런 빈틈없는 부모님 밑에서 자라서 그랬는지 학교생활에 적응을 잘하지 못했고 학교 성적도 부모님이 원하는 만큼 나오지 않아서 극심한 스트레스로 병원 치료를 받고 있다는 얘기를 들었다. 자녀들이 두 명 이상이 되다 보면 둘 다 부모님 뜻대로 잘 성장해 주면 좋으련만, 그러지 못한 것 같아서 안타까웠다.

부모님들께서는 자기 자식들이 부모님의 생각대로 무조건 따라 주기를 은연중에 바라시는 것 같고 또 그렇게 훈육하는 분들이 많이 계신다. 이 학부모님처럼 엘리트 출신들은 그 정도가 더 심해서 만약에 본인들의 기준에 도달하지 못하면 그 자녀들의 스트레스는 말로 표현할 수 없을 정도로 심하다. 공부도 잘하고 교우 관계도 좋고 예체능도 잘하는 팔방미인의 아이들이 세상에 얼마나 있겠는가! 그냥 자녀들이 건강하게 잘 자라고, 자녀들이 어느 특정 분야에 소질이 있고 좋아하는 분야가 있다면 그것을 찾아서 그쪽으로 지원해 주고 그 분야에서 전문가로 성장할 수 있도록 도와주는 것이 더 바람직하고 현명하다고 생각한다.

무척 안타까운 예를 하나 들자면, 내가 알고 있는 분 중에 대학교수 부부가 있는데 그분들 사이에 무남독녀인 외동딸이 한 명 있었다. 그 딸은 부모님의 기대에 걸맞게 공부를 잘해서 무난히 지방 대학교 의대에 진학하게 되었고, 대학에 들어간 뒤 처음으로 남자 친구도 사귀었던 모양이다. 그런데 부모님들께서는 하나밖에 없는 자식이라 빨리 대학 공부를 마치고 의사가 된 뒤에 이성 친구를 사귀어야 한다고 하시며 적극적으로 자녀의 이성 교제를 반대했던 모양이다. 그래서 딸은 부모님의 뜻대로 남자 친구와 헤어지게 되었는데 그로 인해 우울증이 생겨 극단적인 결정을 내리게 된다. 이런 극단적인 결정을 하기 전에 고등학교 때 반 친구들 몇 명에게 연락했던 모양인데, 연락을 받은 친구들은 학교 다닐 때 친하지도 않았기 때문에 누구도 그 친구를 만나주지 않았고, 또한 관심도 갖지 않았으며, 도와주지도 않았다고 한다. 그래서 학교도 부모님 몰래 휴학하고서 혼자 걱정하다가 우울증이 점점 심해져서 끝내는 아파트에서 투신하고야 말았던 것이다. 지금 생각해도 참으로 안타깝고 애통한 일이다. 이 아이가 극단적인 결정을 할 수밖에 없었던 것은 무엇보다도 부모님들께서 성적 지상주의에 편승하셨고, 이 아이는 그 기대에 맞게 사회성이 결여된, 즉 공부만 열심히 잘하는 아이로 성장했기 때문일 것이다. 그래서 본인이 어렵고 힘들 때 도와줄 친구들이 없었고 본인도 도움을 청할 데가 아무 데도 없었던 것이다. 한마디로 공부만 잘했지, 사람이 살면서 그것보다 더 중요한 인간관계라든지 등의 사회성이 전혀 준비되어 있지 않았던 것이다.

공부보다는 친구 관계가 원만하고 건강한 것이 우선이지, 공부가 우선이다 보니 이런 어려운 상황에서 본인이 헤쳐나갈 도움이나 방법을 찾지 못하고 최악의 선택을 할 수밖에 없었던 것이다.

무엇 때문에 우리나라가 성적 지상주의가 되어서 이런 아까운 젊은이들이 꽃을 피워보지도 못하고 중간에 시들게 하는지, 우리 모두 깊게 반성하고 그에 따른 해결책을 찾아야 할 때라고 생각한다.

그 부모님들은 본인들이 눈 감을 때까지 무슨 행복을 누리고 살겠는가! 자식이 죽은 다음에 땅을 치고 후회해 봐야 무슨 소용이 있단 말인가!

인간의 욕심은 끝이 없는 것인가? 한 발짝만 뒤로 물러나서 나를 조심스럽게 돌아보면 어떻게 사는 것이 잘 사는 인생인지 보일 텐데, 참으로 안타까운 일이다.

다시 강조하지만, 사람은 무엇보다도 인성이 가장 중요하고, 그다음이 건강이고, 마지막으로 공부를 통한 성공이 중요한 것이다. 사람이 사람답지 못하고 탐욕으로 자기 눈을 가린다면 어느 순간 그 탐욕의 노예가 되고 말 것이다.

우리가 익히 알고 있는 톨스토이가 늙은 나이에 가출해서 어느 시골 역사에서 초라하게 객사한 것도 톨스토이 부인의 끝없는 허영과 탐욕 때문이다. 그 허영과 탐욕이 톨스토이를 그런 비참한 죽음에 이르게 한 것이다. 오죽했으면 톨스토이가 본인이 죽더라도 부인이 자기 시신 가까이에 오지 못하도록 했을까?

대한민국의 학부모님들이시여!

지금 당장 자녀들에게 공부보다는 먼저 훌륭한 인성을 갖추도록 신경 쓰시라.

제발 공부 얘기만 꺼내지 마시고….

톨스토이의 죽음에 관한 이야기

1910년 10월, 어느 날 러시아의 시골 마을 정거장 대합실에서 한 노인이 차가운 시신으로 발견되었다. 시신을 확인하는 과정에서 놀랍게도 그가 바로 러시아의 대문호 톨스토이라는 것이 밝혀졌다. 그는 숨지기 며칠 전에 부인과 심하게 싸운 뒤에 다시는 집에 들어오지 않겠다고 선언하고 가출하였다. 부인을 피해 멀리 떠난다고 하였다고 한다. 그의 나이 83세였다. 우리가 알고 있는 대문호가 그렇게 쓸쓸하게 아무도 임종을 지켜보지 않은 상태에서 숨을 거두었다는 것이 믿겨지지 않는다. 그는 잘 알다시피 『전쟁과 평화』, 『안나 카레니나』, 『부활』, 『이반 일리이치의 죽음』 등 불후의 명작을 많이 남겨 세계문학사에 길이 빛나는 큰 업적을 남긴 대작가이다.

그런데 문학에 천착하다가 삶에 크게 깨달은 바가 있어서 부와 명예를 멀리하고 또한 귀족 출신으로서 많은 유산을, 특히 농토를 경작하는 소작인들에게 무상으로 분배하는 등 선행을 많이 베풀었다. 톨스토이 본인도 직접 시골에 내려가 손수 농작물을 경작해서 자급자족하면서 소박한 생활을 하게 된다.

그러나 경제적인 여유 속에 부와 사치를 누리면서 살아온 부인은 톨스토이의 그러한 생활에 동의할 수 없었고 그런 부분에서 부부간의 갈 등이 점점 악화되어서 결국에는 부부싸움 끝에 부인이 히스테리로 "죽어버리겠다."고 협박하자, 그 협박을 뒤로하고 가출을 감행한 것이다.

톨스토이가 죽기 전에 본인이 죽게 되면 자기 부인이 본인 시신 곁에도 오지 못하도록 자식들에게 부탁했다고 한다.

톨스토이 부인도 악처의 대명사로 유명한 소크라테스의 부인 크산티페 못지않았던 모양이다.

소크라테스는 어느 날 아내가 소크라테스에게 호통치며 물벼락을 안기자, "저것 봐. 천둥 뒤에는 항상 소나기가 쏟아지는 법이야."라고 하면서 시치미를 뗄 만큼 지혜로웠는데 톨스토이는 그렇지 못했던 것 같다.

톨스토이의 부인도 죽기 전에 자녀들에게 뒤늦은 참회를 했다고 하나 이미 남편은 죽고 없었으니 참으로 안타까운 일이 아닐 수 없다.

이런 위대한 인물들도 이런 어두운 부분이 있었다는 것이 쉽게 믿기지 않지만 아마도 그분들도 사람들이기 때문에 그럴 수도 있겠다는 생각이 든다.

부디 이 글을 읽는 여성분들께서는 지성과 지혜를 겸비한 현모양처가 되실 것을 부탁드린다.

세상을 지배하는 자는 남자일지 모르지만, 그 남자를 지배하는 사람은 여성들이니까….

우리 모두 새삼 어떻게 사는 것이 참다운 삶인지 다시 한번 되새겨보고 자신을 냉철하게 성찰해야 한다고 본다.

그리고 소중한 자녀들이 부모들의 잘못된 탐욕 때문에 희생되는 일이 없도록 각별히 신경을 써야 한다고 생각한다.

22.

우리 아이,
연대 가면 안 될까요?

학원 초창기에 중학교 때만 가르쳤던 학생이 있었다. 그 학생의 어머니께서 3년이 지난 뒤에 학원에 전화하셨는데, 전화 내용이 "우리 민경이, 연대 보내면 안 될까요?"였다. "아니, 무슨 말씀이세요. 혹시 성적이 서울대에 갈 만큼 안 나왔나요?" "아니요. 서울대에 갈 만큼 충분히 나왔는데요. 제가 생각하기에 아무래도 여자아이라 나중에 결혼 문제도 있고 해서 서울대보다는 연대가 더 나을 것 같아서요." 다른 학부모님들이 들으시면 부럽고 질투가 날 만한 그런 전화 내용이었다.

이 학생의 부모님들께서도 소위 말하는 명문대학교를 나오신 분들이다. 이 민경이라는 학생도 중학생 때 새벽반 수업을 하루도 빠지지 않고 나왔고 중학교 성적도 우수해서 무난하게 대원외국어고등학교에 진학하게 되었다. 고등학교에 진학한 뒤에는 소식이 끊겼는데 잊지 않으시고 무려 3년이나 지났음에도 불구하고 학원 선생한테 대학 진학 상담을 하시다니, 얼마나 고마운 일이겠는가!

이 정도의 여유와 교양을 가지고 계신 학부모님들인데, 당연히 자녀들도 인성뿐만 아니라 학업 성적도 우수해서 명문대에 진학할 수 있는 능력을 갖추는 것이고 나아가서 더 폭넓은 생각까지 하는 것으로 생각한다.

전화 내용을 처음부터 끝까지 다 듣고 나서 나도 자연스럽게 "어머님 의견을 존중하나 당사자인 민경이의 의견이 더 중요하다고 생각하니 잘 들어보시고 결정하십시오."라고 대답할 수밖에 없었다. 아쉽게도 민경이가 서울대로 진학했는지, 아니면 어머님의 의견에 맞게 연대에 진학했는지는 기억이 안 난다. 아마도 부모님 의견과 민경이의 의견을 잘 조합해서 현명한 결정을 내렸을 것이고 지금쯤 어디선가 국가를 위해서 중요한 일을 하고 있으리라 믿어 의심치 않는다.

이 어머님은 내가 전에 근무했던 첫 학원을 건강상의 이유로 그만두고 쉬고 있을 때, 나에게 개인 과외를 하라고 최초로 권하셨던 분이시다. 다른 분이 소개하고 권하셨더라면 정중히 사양했을 텐데, 워낙 인품이 훌륭하신 분이고 내가 존경했던 분이라 과외 권유를 사양할 수가 없었다. 그 뒤로도 학원이 어려울 때마다 여러모로 학생 소개뿐만 아니라 그 외적인 부분까지도 많이 도와주셨던 참으로 고마우신 분이다. 그 과외 학생은 앞에서 언급했던 내가 최초로 매를 들고 가르쳐서 성적이 바닥이었다가 4개월 만에 90점으로 끌어올렸던 학생이다.

인연이라는 것은 참으로 묘해서 내가 원한다고 좋은 인연이 만들어지는 것도 아니고 원치 않는다고 해서 안 좋은 인연이 만들어지지 않는 것도 아니다. 아마도 이 어머니께서는 내가 두 번째로 학원을 운영할 때 학생을 가장 많이 보내주셨던 분이시고 학원 선전도 좋은 쪽으로 아무 대가 없이 해 주셨던 분이다. 그런 고마운 도움에도 불구하고 나는 아무 보답도 해 드리지 못했으니 송구스러울 뿐이다. 지금이라도 연락이 된다면 꼭 작은 보답이라도 하고 싶다. 혹시 이 글을 읽으신다면 언제든지 연락을 주십시오. 즐거운 마음으로 도움에 대한 보답과 예의를 갖추고 싶습니다.

부디 우리가 사는 세상이 이런 학부모님들처럼 사랑이 넘치고 작지만 남을 도울 수 있는 따뜻한 정이 오가는 그런 여유 있는 사회가 되었으면 하는 작은 소망이다.

나는 이렇게 좋은 인연이 더 좋은 인연으로 이어지고 발전한다면 세상은 지금보다 한층 더 밝고 살기 좋은 아름다운 세상이 될 것이라고 굳게 믿는다.

우리 모두가 앞으로 자녀들에게 공부보다는 사랑을 가르치고 경쟁보다는 양보와 배려를 가르쳐서 우리 사회를 더 건강하고 건전한 사회로 만들어 봅시다.

23.

암사동에 사는 애들은
공부 잘한다

나는 30대 초반에 결혼하고서 신혼집을 강동구 암사동에 마련하게 되었다. 그 당시 암사동은 인근 지역에 비해서 여러모로 많이 낙후된 곳이었다. 내가 살던 곳도 한 쪽 이면도로는 포장이 되어 있지 않아서 비만 오면 진창이 되는 그런 곳이었다. 또한 월세가 10만 원인 달동네도 있었고 동네 공터에는 심지어 부랑자들도 몇 명 살고 있었다. 이곳과는 다르게 내가 근무하는 학원은 아파트 동네라서 지역 주민들의 생활 수준 차이가 암사동과는 제법 났었던 것이 사실이다. 이런 낙후된 지역에서 우리 학원에 다니는 학생이 한 명 있었는데, 아파트에 사는 아이들에 비해 늘 약간 주눅이 들어 보이고 표정도 밝지가 않아서 내 나름대로는 그 아이의 사기를 북돋아 주려는 차원에서 그 아이 반에만 들어가면 "암사동에 사는 아이들은 공부를 잘한다."라고 주문처럼 말하곤 했다. 교육 심리학적으로도 상당히 긍정적인 효과가 있다고 알려진 일종의 '로젠탈 효과'를 이용한 것이다. '로젠탈 효과(Rosenthal Effect)'란 하버드대 심리학과 교수였던 로버트 로젠탈 교수가 발표한 이론으로, 칭찬의 긍정적 효과를 설명하는 용어다. 그는 샌프란시스코의 한 초등학교에서 20% 정도의 학생들을 무작위로 뽑아 그 명단을 교사에게 주면서 지능지수가 높은 학생들이라고 말했다. 8개월 후 명단에 있던 학생들이 다른 학생들보다 평균 점수가 높았다. 교사의 격려가 큰 힘이 되었기 때문이다. 로젠탈 효과는 '피그말리온 효과'와 일맥상통하는 용어다.

새벽반 수업을 할 때는 가끔 같은 동네라서 그 아이를 내 차에 태우고 가기도 하면서 "기죽지 말고 열심히 해야 한다."라고 격려도 따로 해주곤 했다. 이 학생은 워낙 얌전하고 차분한 여학생이라 지각이나 결석 없이 학원을 잘 나왔고 선생님이 가르친 대로 잘 따라 주었다. 자꾸 반복하지만, 중학교 2~3학년 아이들이 6개월 정도 새벽반에서 훈련이 되면 학생 본인도 모르게 학교 성적은 물론이거니와 일상적인 하루 생활 습관이 적극적이고 여유 있게 바뀜으로써 이전과는 전혀 다른 학생으로 바뀌게 된다. 왜냐하면 새벽반에 나온 학생들에게는 지속적이고 반복적으로 사람이 왜 일찍 일어나야 하고 열심히 살아야 하는지 거의 매일 반복해서 교육시키기 때문이다. 거기다가 일어날 때 "어머니가 깨워서 나오는 아이들은 학원에 나오지 마라."라고 당부를 하고, 잠자리에서 일어나서도 "특급 호텔에 처음 들어갔을 때 침대 이부자리가 잘 정돈되어 있는 것처럼 보기 좋게 잘 정돈을 하고 학원에 나와야 한다."라고 지속적이고 반복적으로 얘기해 준다. 그러면 얼마쯤 지난 뒤에 어머님들께서 학원에 상담하러 오셔서 "도대체 어떻게 지도하셨기에 우리 아이가 스스로 일어나고 이부자리도 깔끔하게 정돈하고 언어 사용도 부정적인 언어에서 긍정적으로 변하도록 하셨는지 궁금해요."라고 말씀하시게 된다. 마치 내가 무슨 마법이나 비장의 무기라도 있는 것처럼 말씀하시는데 그런 비장의 무기 같은 것은 사실 전혀 없다. 단지 우선은 선생인 내가 한순간도 흐트러진 모습을 보이지 않으려고 노력했고, 수업하는 데도 조금 더 신경을 써서 되도록 교육적으로 유익한 내용을 전달하기 위해서 부단한 준비를 했을 뿐이다. 새벽반 수업은 일어나자마자 눈을 비비며 나온 학생들이라 아이들의 머리 상태가 마치 '명경지수(明鏡止水)'처럼 맑고 깨끗한 상태이기 때문에 오후나 저녁보다 훨씬 수업 효과가 뛰어나다. 또한 그렇게 머리가 맑고 진지한 상태이기 때문에 수업도 시종일관 농담 없이 질 높은 수업을 할 수가 있는 것이다. 이런 식으로 수업이 진행되는데 왜 중학교 2~3학년 아이들을 긍정적이고 발전적으로 변화시킬 수 없겠는가! 물론 소수의 몇몇 아이는 어머님들 성화에 억지로 나온 터라 졸고 있는 학생이 간혹가다가 한 명씩 나오기도 했다. 그러나 대부분의 새벽반 출신들은 부모님이 원하는 것보다 훨씬 좋은 결과를 냈다.

이 암사동에서 학원에 다니는 여학생도 처음에는 지켜보는 선생님인 입장에서도 조금은 걱정도 되고 우려도 되었지만, 3개월 정도 지나면서 반 1등을 하게 되었고 더 나아가서는 얼마 지나지 않아서 전교 1등도 하게 되었다. 그래서 '전교 1등 제조기'라는 명칭이 내 별명으로 어머니들 사이에서 한동안 유행했었다.

말콤 글래드웰(Malcolm Gladwell)이 『아웃라이어(Outliers)』에서 '하루에 세 시간씩 10년간, 즉 10,000시간을 어느 한 분야에 집중적으로 매진하면 그 분야에서 전문가가 될 뿐만 아니라 큰 성공을 이룰 수 있다고 했듯이, 새벽반 수업을 10년 넘게 하다 보니 새벽반 수업에만 해당하는 고유한 장점이 저절로 생겼고 또한 말로는 표현이 안 되는 공부를 잘할 수밖에 없는 그런 분위기가 형성되었던 것 같다. 꼴찌에서 전교 1등으로 올라간다는 것은 말이 쉽지, 그렇게 간단하게 이루어지는 일이 결코 아니다. 보이지 않는 숨은 노력이 반드시 따라야 하고 많은 유혹과 충동들로부터 빠져나올 수 있는 조건들이 갖추어지지 않으면 결코 이루어질 수 없는 일이다.

지난번에도 얘기했다시피 고등학교에 가서는 중학교 때처럼 성적을 비교적 쉽게 올리는 것은 거의 불가능하다. 왜냐하면 학년이 올라갈수록 공부의 양도 많아지고 무엇보다도 학생의 공부 습관이 어느 한쪽으로 고착되기 때문에 그것을 극복하기가 중학교 때처럼 말만큼 쉽지가 않은 것이다. 그러니 부디 중학교 학부모님들께서는 이런 점들을 참고하셔서 성적을 올릴 수 있는 최적의 시기, 즉 중학교 2~3학년 때를 놓치지 말기를 간곡히 부탁하는 바이다.

암사동에서 온 여학생이 전교 1등을 한 뒤로 고등학교 1학년 학생인 오빠도 뒤늦게 학원에 왔는데 역시 동생처럼 성적이 오르지는 않았다.

어느 분야에서나 성공한 사람들은 반드시 성공할 만한 이유가 있기 마련이다. 말콤 글래드웰(Malcolm Gladwell)이 『아웃라이어(Outliers)』에서 예를 들었듯이 빌 게이츠가 그 분야에서 성공할 수 있었던 이유는 초등학교 때부터 10년 넘게 컴퓨터 학습을 통해 다진 꾸준한 준비와 노력이 있었고, 비틀스도 무명 시절에 독일 밤무대 업소에서 하루에 몇 시간씩 끊임없는 연습과 노력으로 큰 성공을 이룬 것이지, 운이 좋아서 '어느 날 아침에 깨어나 보니 성공해 있더라.'라는 신데렐라 같은 성공은 결코 있을 수가 없다.

우리 역사에서도 비슷한 예를 찾을 수가 있다. 우리가 잘 알고 있듯이 한석봉의 어머니께서는 아들을 금강산에 계시는 유명한 선생님께 무려 20년간 공부를 시킨 뒤에 우리 역사상 길이 빛나는 명필을 만들 수 있었다.

일만 시간의 법칙을 일찍이 실천하신 분이 우리나라에 계셨던 것이다. 한석봉은 20년간 매일 세 시간이 아니라 온종일 글쓰기 연습을 했을 테니까 아마도 1만 시간의 수십 배는 됐을 것이라고 짐작해 본다. 하지만 학생들의 학업 성적을 올리는 것은 굳이 1만 시간이 필요하지 않다고 생각한다. 내 경험과 지식으로는 중학교 때 1~2년간 집중적으로 전문가가 잘 지도한다면 훨씬 적은 시간 안에 부모님들이 원하시는 좋은 결과를 얻을 수 있을 것이라고 생각한다. 그런 결과가 나오려면 중언부언 자꾸 얘기하지만, 그 선행 조건으로 가정에서, 특히 어머니가 자녀들에게 편안한 분위기 연출을 해 주셔야 한다는 것이다. 그러고 나서 공부는 전문가에게 맡기신다면 그 효과는 금방 나오리라고 자신한다.

24.

좋아요, 선생님.
바지 벗고 올라오세요!

내가 30대 초반에 경험은 부족하고 의욕은 충만한 상태에서 강사 생활을 할 때 수업 중에 일어난 일이다.

공부를 아주 잘하는 아이들만 주로 가르치다가 학원 규모가 커지면서 종합반의 보통반 아이들 수업도 선생님들의 건의에 따라 맡게 되었다. 그런 반에 들어가면 학생들이 수업보다는 수업 외적인 부분에 주로 관심을 더 갖고, 재미없는 공부보다는 시간이 잘 가는 재미있는 쪽으로 분위기를 유도하려는 경향이 다분하다. 특히 덩치가 큰 남학생들 중에는 자꾸 수업 외적인 재미있는 일로 분위기를 끌고 가려고 하는 애들이 있기 마련이다. 그 당시 이렇게 수업 외적인 얘기로 분위기를 이끌려고 하는 남학생들에게 습관처럼 내가 하던 말이 "너, 수업 끝나고 웃통 벗고 옥상으로 올라와. 혼내 줄 테니까."였다. 당시에 내 체격도 키 177㎝, 몸무게 85㎏의 당당한 몸이었기 때문에 그런 말을 하면 아무리 남학생들이 체격이 좋다 하더라도 주눅이 들기 마련이어서 그런 말을 한 다음에는 수업을 계속 진행할 수가 있었다. 그런데 하루는 예쁜 중학교 3학년 여학생이 선생님께 자꾸 수업 말고 재미있는 얘기를 해달라고 고집을 피워서 습관처럼 이 여학생한테도 위에서 언급했던 말을 아무 생각 없이 사용했더니 내 말이 끝나자마자 곧바로 "좋아요, 선생님. 바지 벗고 올라오세요!"라는 대답이 바로 불쑥 튀어나왔다. 그 말이 나온 순간 학생들에게서 순식간에 폭소가 터져 나왔다. 어떤 아이들은 책상을 치고 웃는 아이들도 있었고, 심지어 어떤 학생은 웃음을 참지 못하고 책상 밑으로 들어가서 뒤집어지면서 미친 듯이 웃는, 그야말로 포복절도의 아수라장이 벌어졌다. 이런 갑작스러운 돌발 상황을 어떻게 해서든지 진정시키고 수업을 진행하려고 해도 도무지 수업을 진행할 수가 없었다. 짓궂은 남학생들이 계속 반복해서 "선생님. 바지 벗고 옥상으로 올라오시래요." 그러면 또 모든 학생이 요절복통, 박장대소하는 통에 결국에는 수업을 포기하고 중간에 나오고야 말았다. 그 이후로도 얼마 동안은 그 수업만 들어가면 남학생들이 계속 똑같은 말로 선생님을 놀리곤 해서 곤욕을 치러야 했다. 별생각 없이 무심코 했던 언어 실수로 몇 달간 학생들한테 그 일로 몹시 시달려야 했으니, 그때 생각만 하면 지금도 낯이 붉어지고 아찔하다. 그런 반응은 그 여학생이 선생님이 본인한테 그런 말을 쓰기만 하면 바로 대꾸하려고 미리 준비하지 않고서는 그와 같은 표현이 나올 수 없다. 그 말을 한 여학생은 외모도 아주 예뻤기 때문에 예기치 못한 반응이 훨씬 더 컸던 것 같다.

그다음부터는 다시는 이런 말을 사용한 적도 없었고 그 일을 교훈 삼아 더욱더 언어 사용에 주의를 기울이게 되었다. 언어는 그 사람의 인격을 대변하듯이 말 한마디에 세심한 주의를 기울이고 신경을 써야 하는 것이다.

사람이 태어나서부터 완성된 인격을 갖춘 사람이 없듯이, 올바른 인간이 되기 위해서는 죽는 순간까지는 부단히 노력하는 수밖에 없다고 본다. 그래서 주변 환경이 중요한 것이고 그런 좋은 환경을 만들기 위해서 노력하고 내가 그런 환경을 만들 수 없으면 다른 곳에 가서 찾아서 배워서라도 더 나은 환경을 만들어야 한다고 본다.

이 예쁜 여학생은 티 없이 맑고 명랑한 성격의 학생이었고, 부모님 두 분 다 약사로서 인근에서 따로 약국을 운영하고 계셨다. 그야말로 화장을 안 해도 어여쁜 이팔청춘 16세 소녀의 입에서 그런 말이 나왔다니, 함께 공부하던 남학생들한테는 얼마나 큰 충격이고 재미있었겠는가! 교육 현장에 있는 선생님들도 이와 같은 수많은 시행착오와 실수를 통해서 조금씩 성장해 가고 발전해 나가는 것이리라 생각한다.

학생은 공부를 통해서 자기 자신을 표현해야 하고 선생님은 강의로써 자기 실력을 표현해야지, 그 외의 말로는 아무리 떠들어 봐야 남들이 인정해 주지 않는다. 선생님 역시 사람인지라 수업을 하다 보면 가끔 실수를 하게 되고, 심지어는 잘못 가르칠 수도 있다. 그런 경우에는 그 실수를 인정하고 이해를 구하는 데 대단한 용기가 필요하다. 선생님이 학생에게 실수를 인정하고 번복한다는 것은 특히 자존심이 강할수록 어려운 법이다. 그러나 실수를 인정하지 않고 슬쩍 넘어간다면 그 선생님은 아마도 학생들에게 인정과 존경은 받지 못할 것이고 나아가 교사로서의 생명력이 오래가지 못할 것이라고 감히 단언할 수 있다.

나도 비슷한 경험이 있다. 나는 군대를 전역하고서 그해에 복학이 안 되어서(전역한 달이 5월이었다) 복학하기 전인 그 이듬해 2월까지 8개월 동안 학원에서 아르바이트를 했었다. 그 학원의 원장 선생님이 내가 재수할 때의 은사이신지라 특혜를 베푸셔서 여러 가지 수업을 듣게 해 주셨는데 그중의 하나가 공인중개사 1회 자격시험을 볼 수 있도록 해 주신 것이었다. 나는 쉬는 시간에 칠판을 닦아가면서 그 수업을 들었고 우수한 성적으로 그 시험에 무난하게 합격했다. 또 하나의 수업은 속독법 수업이었는데 그 수업을 들어보라고 권하셔서 나중에 공부하는 데 도움이 되리라고 생각하고 그 수업을 듣게 되었다. 그런데 속독법 수업 첫날에 그 속독법 선생님께서 여러 가지 좋은 얘기를 하시면서 이런 말씀을 하셨다. "벤저민 프랭클린은 가정환경이 어려워서 초등학교밖에 안 나왔지만 틈나는 대로 수많은 독서를 통해서 크게 성공해서 미국 대통령까지 되셨으니 여러분도 속독법을 잘 배워서 많은 독서를 통해 벤저민 프랭클린처럼 꼭 성공하기 바랍니다." 나는 속독법 선생님의 이 말씀을 듣고서 깜짝 놀라지 않을 수가 없었다. 왜냐하면 다른 선생님도 아니고 독서를 가르치는 속독법 선생님께서 완전히 틀린 정보를 전달했기 때문이다. 벤저민 프랭클린은 나도 개인적으로 좋아해서 그가 쓴 『후회 없는 나의 생애』라는 자서전을 두 번씩이나 읽었던 터라 그분에 대해서는 누구보다 잘 알고 있었다. 벤저민 프랭클린은 초등학교를 졸업하지도 못했고 기껏해야 3년 정도 학교에 다닌 것을 최종 학력으로 꼽을 수 있다. 또한 공직도 대통령이 아니라 영국 대사를 역임한 것이 유일하다. 그리고 출판업으로 크게 성공했으며 우리가 잘 알고 있는 번개에 대해서 연으로 최초로 실험을 하시기도 한 분이다. 그래서 수업이 끝난 뒤에 원장 선생님께 그 사실을 말씀드렸더니 "그 선생, 공부 좀 하라고 했더니 내 말을 안 듣는구나. 네가 너 그렇게 이해를 해라."라고 말씀해 주셨다. 글쎄요. 독서를 지도하는 선생님이 그런 실수를 하다니, 아니, 그것은 실수가 아니고 아예 속독법 선생님 자격이 없다고 보는 것이 옳을 것 같다. 이런 사실을 알았으니 어떻게 그 선생님 수업을 들을 수 있었겠는가!

특히 학원에 다니는 학생들은 학교 수업도 들어봤고, 또한 다른 학원 수업도 들어보고 온 아이들이기 때문에 그 아이들이 공부를 잘하건 못하건 상관없이 지금 자기를 가르치는 선생님이 실력이 있는지 없는지는 귀신처럼 바로 알아낼 수 있다. 그래서 특히 학원 강사들은 부단히 노력해야 하는 것이고 그렇지 않으면 내내 어렵게 살 수밖에 없는 곳이 학원이란 곳이다. 학원 생활하면서 안타까운 것 중의 하나가 서울대 출신의 강사들이 학원 생활에 적응하지 못하고 이곳저곳으로 이직하는 것을 보는 것이다. 그럴 때면 참으로 보기 안 좋다. 그 이유야 여러 가지가 있겠지만 내가 봤을 때는 아마도 일류대를 나왔다는 알량한 자존심 때문에 수업 준비도 충분히 하지 않은 데다가 겸손하지도 못한 데서 그런 안타까운 결과가 나온다고 본다.

학원 강사들이여, 부디 노력하고 또 노력해서 꼭 성공하시라!

25.

일주일에 한 번씩
선물을 가지고 오는 학생

엄마와 딸이 친한 오누이처럼 다정하게 얘기하면서 다니는 모습을 보면 참으로 아름답다. 국화영이라는 여학생도 여기에 해당했던 학생이다. 이 학생은 내가 학원을 작은 규모로 운영할 때 초창기에 왔던 학생이었다. 그때는 학생이 몇 명 되지 않을 때라 거의 개인 수업처럼 했었고 아이들이 게으름 피우지 않고 잘 따라 주어서 금방 원하는 만큼의 결과를 낼 수 있었다. 나 역시도 학생들이 소수이다 보니까 관리를 철저하게 할 수밖에 없었고 그날 정해진 만큼 공부를 하지 않으면 다 할 때까지 집에 보내지 않아 그것이 싫으면 집에서 공부해올 수밖에 없도록 했다. 그야말로 가족처럼 단란하게 학생들을 가르칠 때라 가장 오붓하고 소박한 보람과 행복이 있었던 것 같다. 이 국화영이라는 학생은 거의 일주일에 한 번씩 도자기로 된 그릇과 화분 종류를 계속 선물로 가지고 와서 부담스럽기도 하고 궁금하기도 해서 어느 날 그 학생에게 물어보았다. "얘, 화영아. 왜 도자기 선물을 이렇게 자주 가지고 오니?" 그랬더니 이 학생의 대답이, "저희 아빠가 이천에서 도자기를 만들어요."라는 것이었다. "그래, 고맙구나. 그런데 이렇게 자주 가지고 오면 부담스러우니 이제는 그만 가져오도록 해라. 그리고 부모님께 꼭 고맙다고 전해드려라."라고 답했다. 이 학생은 어머니하고 얘기할 때도 그렇고 통화할 때도 꼭 어머니에게 깍듯이 존댓말을 사용했고 어머니도 딸에게 얘기할 때 거의 존댓말 수준의 언어를 사용했다. 다른 자식이 있는 것이 아니라 그 딸 한 명뿐이라서 그랬는지는 모르겠으나 사랑이 넘치는 모녀의 모습은 참으로 보기 좋았다. 이런 집안의 학생인데, 성적을 올리는 것은 여반장처럼 쉬운 일이었다. 그동안은 공부하는 방법을 잘 몰랐던 것이고 또한 부모님들께서도 너무 공부에 대해 집착하지 않으시고 오히려 아이의 인성이나 건강에 대해서 더 신경을 쓰셨던 것 같았다. 그런 상황에서 학생 본인이 열심히 공부하기로 결심하고서 학원을 보내 달라고 했으니 성적 올리기가 쉬울 수밖에 없었다. 이 학생도 다행히 학원에 다닌 지 얼마 되지 않아서 성적이 중상위권에서 상위권으로 진입하게 되었고 성적이 상위권이다 보니 학교에서 특목고 진학을 권유해서 그 이후로 열심히 공부한 끝에 무난히 인근에 있는 한영외국어고등학교에 진학하게 되었다. 특목고에 진학하게 되면 주말이 아니면 시간을 낼 수가 없어서 평일에는 학원에 다닐 수가 없었다. 나도 결혼한 뒤에는 토요일까지는 수업을 했으나 일요일은 수업을 하지 않고 쉬었다. 그리고 특목고에 진학할 정도의 아이들은 특히 영어는 더 이상 가르칠 것이 없다. 이미 특목고에 진학하기 전에 고등학교 과정을 거의 마치고 들어가기 때문이다. 그래서 그 학생의 어머니께서 나에게 주말반 수업을 부탁하셨으나 정중히 사양하였고 고등학교에 가서도 열심히 공부한 끝에 어렵지 않게 명문대에 진학할 수 있었다. 나중에 대학교 진학 소식을 어머니께 직접 들었는데 연세대 국제학부에 들어갔다고 들었다.

내가 평상시에 막연하게 꿈꾸어 왔던 가정에서의 부모와 자식 간의 애정 어린 모습을 이 모녀가 보여 주었고 지금도 아름다운 모습으로 그 모습을 선명하게 기억하고 있다.

이 모녀처럼 다정다감하고 항상 편안해 보이는 가정에서 생활하는 자녀들은 정서적으로 안정이 되어 있어서 무슨 일이든지 잘할 수 있다고 생각한다. 학생들을 대하다 보면 늘 웃고 말도 곱게 하고, 편안해 보이는 아이들이 성적 향상도 그렇지 못한 아이들보다 이른 시간 안에 훨씬 좋게 나왔다. 그래서 그런 학생의 가정에 대해서 자세히 알아보면 할아버지, 할머니와 함께 자란 아이들이 의외로 많이 있었다. 어려서부터 내리사랑을 듬뿍 받고 자란 아이들은 확실히 표정도 밝고, 언어 사용도 정중하고 무엇보다도 다정다감하다. 당연히 친구 관계도 원만해서 학교에서도 인기가 많다. 공부보다는 먼저 이런 사랑이 넘치는 가정이 먼저고 그다음이 학교고 학원이라고 생각한다. 아무리 공부만 잘해 봐야 그 학생이 나중에 어떻게 사회생활을 제대로 할 수 있으며 큰일을 할 수 있겠는가!

참으로 나는 운이 좋게도 이런 학생들을 주로 만나서 가르쳤고 이런 학생들과 함께 성적 향상을 통한 성취감과 행복감을 서로 만끽했으니 행복한 학원 생활이었다고 스스로 자부한다.

　이 글을 읽는 학부모님들께서도 부디 이 부분을 잘 참조하셔서 훌륭한 자녀로 키우시기를 소망한다.

　다음은 내가 가끔 비망록에 적어놓고 읽곤 하는 간디의 손자에 관한 이야기다.

간디의 손자에 관한 이야기

　아룬 간디는 우리가 잘 알고 있는 마하트마 간디의 손자이다. 마하트마 간디는 20세기 최고의 성인 가운데 한 사람으로 추앙받는 인물이다. 그는 자신이 평화적으로 이룩한 위대한 업적에 대해 매우 겸손했다.

　아룬 간디는 할아버지에게서 겸손과 평화를 사랑하는 방법 등을 보고 배웠으며 또한 할아버지의 국가에 대한 조건 없는 봉사와 헌신에 대해서도 많은 것을 배워서 큰 인물로 성장한다.

　그런데 이런 아룬에게도 청소년이었을 때 아버지하고 한 약속을 어기고 거짓말을 했던 일화가 있다. 그 결과로 그에 대한 아버지의 깊은 사랑에서 나온 지혜로운 대응 방식에 대해 많은 것을 배우고 깨우치게 된다.

　다음은 그에 관한 내용이다.

　아룬이 17세 때 아버지하고 자동차를 몰고 사무실에 가고 있는데 차가 문제가 있어서 덜컹덜컹하는 소리를 냈다. 그러자 아룬의 아버지는 아룬에게 자동차를 수리해서 자신의 사무실로 오후 다섯 시까지 돌아오라고 부탁했다. 그래서 아룬은 자동차를 몰고서 자동차 수리점에 갔는데 직원이 보고서 금방 고쳐주면서 다시 타고 가라고 했다. 오후 다섯 시까지는 시간이 많이 남아 있어서 아룬은 인근의 영화관에 가서 동시 상영 중인 두 편의 영화 중 한 편만 보고 가야겠다고 마음먹고 영화관에 들어갔다. 그런데 영화가 너무 재미있어서 시간 가는 줄 모르고 두 편을 다 보고 말았다. 영화를 다 보고 나와서 보니 아버지하고 약속했던 시각이 이미 지나 있어서 부랴부랴 자동차를 몰고 아버지의 사무실을 향해 갔다. 사무실에 도착해 보니 아룬의 아버지께서 사무실 밖에 서 계시다가 걱정하는 모습으로 아룬에게 물었다. "무슨 일 때문에 이렇게 늦었니? 혹시 사고라도 났니?" 그 물음에 아룬은 "그 자동차 수리소 직원들이 늑장을 부리는 바람에 이렇게 늦었어요. 죄송해요. 얼른 타세요. 집에 가셔야죠."라고 대답했다. 그러자 아룬의 아버지는 인상을 약간 찌푸리면서 아룬에게 "차를 타고 너 먼저 집에 가거라. 나는 걸어서 집에 가겠다."라고 대답했다. 아룬의 아버지는 아들이 늦게 오자 걱정돼서 자동차 수리소에 전화해서 차 수리가 어떻게 됐는지 물어보고 모든 상황을 이미 알고 있었던 것이다. 그런데 아룬은 아버지가 왜 그런 행동을 하시는지 모르고 아버지에게 계속해서 거짓말을 하면서 차를 타고 함께 가자고 했던 것이다. 이런 아들의 행동을 보고서 마침내 아룬의 아버지가 말했다. "아들아. 나는 너를 잘 가르치고 키웠다고 생각했는데 네가 오늘 아버지한테 거짓말한 것을 보고서 아버지가 너한테 무엇을 잘못 가르쳤는지 반성하면서 집에 걸어가겠다." 그리고 무려 다섯 시간이나 걸려서 집으로 걸어갔다. 아버지는 밤늦게 집에 도착해서 조용히 씻고서 식사도 거른 채로 잠자리에 들었다.

이런 일이 있은 다음부터 아룬은 자기의 잘못을 크게 깨달았고 그 이후로는 일체 어떠한 거짓말도 하지 않고 성실하게 열심히 살았다. 그 결과 할아버지, 아버지처럼 훌륭한 인물이 되었다는 얘기다.

26.

연예인 제자
이야기

1) 이야기 하나

KBS 청소년 드라마 「학교」라는 프로에서 주인공을 맡았던 김민욱이라는 제자가 있었다. 이 제자는 본인이 다니는 성당에 예배를 보러 가는 날인 일요일마다 인근 중·고등학교의 여학생들이 그의 사인을 받기 위해 2㎞ 이상 줄을 서서 기다리는 상황이 벌어져 경찰이 출동해서 교통정리를 해야 했을 정도로 한때는 높은 인기를 구가했었다. 그런데 한창 잘나가고 있을 때 CF 촬영을 한답시고 그 드라마의 녹화를 펑크낸 적이 있었던 모양이다. 그런 일이 있으면 당연히 제작진에게 사과하고 다시는 그런 일이 없도록 해야 하는데 하늘을 찌르고도 남을 듯한 본인의 인기에 취해 사과는커녕 또 비슷한 일을 반복했고 급기야는 인기리에 방영되던 그 드라마에서 중도 하차를 하고 말았다. 그 이후로는 거의 TV에서 안 보이다가 「카이스트」라는 드라마에서 잠깐 얼굴을 비추고는 TV에서는 영영 볼 수가 없었다. 참으로 안타까운 일이다. 본인이 막 인기가 오르고 있을 때 더 자세를 낮추고 겸손한 마음으로 임했으면 지금까지도 장수하고 있을 텐데 그 제자를 생각할수록 아쉬움이 많이 남는다.

이 학생은 중학교 3학년 때 내가 운영하는 학원을 1년간 다녔는데 그때도 공부에는 관심이 없었고 공부 외적인 일에 주로 관심이 많았던 학생이었다. 학원에 다닐 때도 또래 아이들을 몰고 다니면서 공부와는 상관없이 재미있고 즐겁게 학원에 다녔다. 하루는 어떤 학생이 학원으로 전화를 해서 다급한 목소리로 "선생님, 큰일 났어요. 얼른 내려오세요."라고 말하여 학원 건물 밖으로 내려가 보니 같은 건물에 있는 독서실에 다니는 재수생이 학원 버스를 발로 차면서 차 안에 있는 학생에게 나오라고 고함을 지르고 있었다. 그래서 상황을 진정시킨 뒤에 자초지종을 물어보니 버스 안에 들어가 있는 김민욱이라는 학생과 재수생 간에 싸움이 일어났던 모양이다. 김민욱이라는 학생도 중학교 3학년이지만 체격이 좋아서 당당한 성인 체형이었고, 그 재수생도 불량기가 있어 보이고 어깨가 딱 벌어진 건장한 체형이었다. 이 재수생이 한참 후배인 민욱이라는 학생이 평소에 약간 눈에 거슬렸는지, 공원에 데리고 가서 혼을 내려고 손찌검을 하려는 순간 중학교 3학년인 민욱이가 바로 방어를 하고 순식간에 재수생을 때려눕혔던 모양이다. 그러고 나서 학원 버스를 타고 귀가하려고 했는데 재수생이 따라와서 그 소란을 피웠던 것이다. 그 재수생은 말이 독서실에 나오는 것이지, 매일 독서실 앞에서 담배를 피우면서 오가는 우리 학원생들을 곱지 않은 눈으로 쳐다보는 것을 나도 평소에 못마땅하게 생각하고 있었던 참이었다. 그런 일이 있고 나서 바로 다음 날부터 독서실 주위에 불량해 보이는 재수생 친구들이 수십 명 정도 포진하고 있었다. 다행히 민욱이라는 학생은 마침 여름방학이라 해외여행을 한 달간 떠나서 국내에 없었다. 민욱이라는 학생이 학원에 나오지 않았기에 망정이지, 나왔으면 아마도 무슨 일이 나고 말았을 것이다. 민욱이가 여행을 떠난 뒤에 이제 한 달이 다 되어갈 무렵에 민욱이 어머니께서 학원에 보내는 일이 걱정돼서 거의 매일 학원에 나오다시피 하면서 나와 함께 다시 학원에 다닐 수 있는 대책에 대해 의논하게 되었다. 그래서 하루는 그 재수생을 불러서 잘 다독거리면서 민욱이가 오면 사과를 하게끔 할 테니까 어지간하면 사과를 받아달라고 부탁했다. 그랬더니 재수생이 대뜸 하는 말이, "그놈 배에는 칼이 안 들어간대요?"라고 하지 않겠는가! 재수생이 한참 후배한테 맞았다는 사실이 무척 자존심이 상했을 것으로 생각해서 그 이후에도 몇 번 더 부탁했고 드디어 민욱이가 학원에 다시 나오는 날이 되었다. 민욱이를 불러서 정중하게 그 재수생에게 사과하라고 얘기한 뒤에 두 녀석을 옥상으로 올려보냈다. 그리고 혹시 만약의 사태에 대비해서 건장한 남자 교직원들을 바로 아래층에 대기시키고 있었는데 올라가자마자 민욱이라는 녀석이 씩 웃고 내려오는 것이 아닌가! 그래서 "민욱아. 잘 해결했니?"라고 물었더니, "예, 얘기 잘 끝냈어요. 걱정하지 마세요."라고 싱겁게 답을 했다. 민욱이 어머니께서도 그 말에 안도의 한숨을 쉬고서 집으로 돌아가셨다. 그런 일이 있고 나서 한참 뒤에 민욱이의 친구들을 통해서 들은 얘기인데 민욱이 누나가 고3 학생이었는데 그 누나의 남자친구가 그 지역을 주름잡고 있는 소위 일진의 대장이었고 그쪽에서 압력이 들어갔던 모양이다. 마치 초등학교 1학년이 엄마, 아빠는 안 무서워해도 바로 선배인 초등학교 2학년 선배들을 제일 무서워하듯이 그 불량 재수생도 자기보다 강한 주먹을 가진 친구한테는 바로 고개를 숙였던 것이다.

민욱이라는 제자도 늦었지만 본인이 하는 일에 소중함을 느끼고 열심히 살았으면 하는 바람이다.

2) 이야기 둘

지금 40대 이후의 어머님들께서는 아마도 다 기억하시고 계실 것이라 여기는데 모 지상파에서 방영했던 「은실이」라는 드라마가 공전의 히트를 친 적이 있었다. 그 드라마가 한창 인기리에 방영되고 있을 때 은실이 역을 맡은 아이가 학원에 나타났다. 그래서 알아보니 오빠가 우리 학원에 다니고 있고 그 오빠한테 물건을 건네주기 위해서 잠시 학원에 왔던 모양이었다. 드라마에서는 시골 초등학생 역으로 나와서 약간 촌스러운 모습이었는데 실제 모습은 초등학생이 아닌 중학생이었고 얼굴도 아주 예쁘고 나이에 비해 키도 컸다. 모처럼 스타 연예인이 학원에 왔기 때문에 간단히 음료수를 대접하고서 학원에 다니는 학생들에게 나누어주기 위해서 A4 용지 한 묶음을 주면서 사인 좀 해 달라고 부탁을 하고 난 뒤 나는 수업에 들어갔다. 수업을 마치고 나와 보니 A4 한 묶음 중에서 30여 장만 사인이 되어 있고 은실이는 온데간데없었다. 사인을 몇 장만 부탁해도 스타 연예인에 대한 예의가 아닐 텐데,

감히 200장이나 되는 종이를 주고서 사인을 해 달라고 했으니 무리일 수밖에 없었을 것이다. 그 뒤로는 은실이가 학원에 온 것을 보지 못했다. 아마도 내가 스타 대접을 제대로 못 했기 때문이라고 생각한다.

3) 이야기 셋

'욘사마'로 잘 알려진 배우 B 씨가 연예인 생활 초기에 우리 학원 근처에 살았다. 그래서 나도 가끔 학원 1층에 있는 비디오 가게에 들리는 B 씨를 바로 옷깃이 스칠 정도의 근거리에서 몇 번 본 적이 있다. "B 씨~" 하고 정식으로 인사를 한 것은 아니고 그가 지나갈 때 내가 알아봤던 것이다. 그 당시는 그가 「젊은이의 양지」에서 인기를 얻은 뒤라서 톱스타는 아니었고 막 인기가 오르고 있는 상황이었다.

내가 근무했던 지역은 강동구 명일동으로, 전국에서 보면 아주 조그마한 동네인데도 불구하고 이런 스타 연예인들이 무려 세 명씩이나 배출되다니 명일동이 지(智)와 예(藝)가 병존하는 살기 좋은 동네인 것 같다는 생각이 새삼 든다.

여기에 덧붙이자면 「전원일기」의 일용이 아들도 우리 학원에 다녔고, 몇몇 아역 배우 출신들도 있었다.

사족을 하나 덧붙인다면 나는 학원을 정리한 다음에 정든 강동구를 떠나서 송파구로 이사를 왔다. 학원을 그만두었기 때문에 시간적으로 여유가 있어서 내가 사는 집 주변에 있는 올림픽 공원에 주로 산책하러 나갔다. 가는 길목에는 주택 두 채가 나란히 지어져 있었는데 조금 이상했다. 왜냐하면 주택이라면 보통 창문도 있고 출입구도 있고 해야 하는데 이 집들은 창문도 없고 건물 출입구도 없으며 주차장 문만 덜 렁 굳게 닫혀 있어서 인근 주민들에게 무슨 집이냐고 물어보니 유명 배우인 C 씨의 집이라고 하는 것이었다. 그 이야기를 듣고서 아무리 인 기 있는 연예인이지만 마치 공포영화에 나오는 집처럼 창문도 없고 출 입구도 없어서 오로지 자동차를 타고 바로 주차장으로 들어가야 하는 집에 산다는 사실이 나로서는 쉽게 이해되지 않았다. 그래서 인터넷에 검색해 보니 정말로 그 집이 그 배우의 집이었다. 내가 다니는 병원의 직원이 그 사실을 한 번 더 확인해 주었는데, 그분이 재미있는 일화를 하나 들려주었다. "C 씨가 집 근처 약국에 약을 사러 왔는데 아주머니 약사께서 말로만 듣던 유명 미남 배우를 직접 보니 손이 너무 떨려서 약봉지에 글씨를 못 썼다."라는 이야기였는데, 이 이야기를 듣고서 나 도 웃고 말았다.

연예인 얘기가 나왔으니 다음은 내가 좋아하는 오드리 헵번이 했던 말을 인용해 본다.

아름다운 입술을 가지고 싶으면 친절한 말을 해라.
사랑스러운 눈을 갖고 싶으면 사람들의 좋은 점을 봐라.
날씬한 몸매를 갖고 싶으면 너의 음식을 배고픈 사람과 나누어라.
아름다운 머릿결을 갖고 싶으면
하루에 한 번씩 어린이가 손가락으로 너의 머리를 쓰다듬게 하라.

아름다운 자세를 갖고 싶으면 결코 너 혼자 걷고 있지 않음을 명심하라.

사람들은 상처로부터 복구되어야 하며, 낡은 것으로부터 새로워져야 하고,

병으로부터 회복되어야 하고, 무지함으로부터 교화되어야 하며,

고통으로부터 구원받고 또 구원받아야 한다.

결코 누구도 버려서는 안 된다.

기억하라. 만약 도움의 손이 필요하다면 너의 팔 끝에 있는 손을 이용하면 된다.

더 나이가 들면 손이 두 개라는 걸 발견하게 된다.

한 손은 너 자신을 돕는 손이고, 다른 한 손은 다른 사람을 돕는 손이다.

– 오드리 헵번(Audrey Hepburn)

27.

야,
이상해!

중학교 3학년 학생들이 11월에 특목고 시험을 치르면 불과 일주일 만에 합격자 발표를 받고서 3년간의 성적에 대한 결과로 바로 희비가 엇갈린다. 학원에서도 그 무렵에는 3학년 학생들의 학습을 마무리하고 신입생을 받을 준비를 하게 된다. 내가 맡은 중학교 3학년 아이들은 다행히도 20명 중에 한두 명 빼고는 대부분 과학고, 외국어고등학교에 합격했다. 그 당시에는 내신으로 시험을 보는 것이 아니고 직접 신입생 선발 고사를 보고서 치열한 경쟁을 통해 합격해야만 특목고에 진학할 수 있었다. 그때는 서울에서 과학고등학교는 한 군데뿐이고, 외국어고등학교도 두 군데밖에 없어서 특목고에 합격하면 그야말로 본인의 영광뿐만 아니라 학교의 자랑이고 학원의 자랑이던 시절이었다. 그런 시절에 한 학원에서 20여 명 가까이 합격시켰으니, 그 지역에서는 대단한 뉴스였고 또한 나처럼 그 아이들을 3년간 지도했던 담당 강사에게는 커다란 자부심이자 명예였다.

특히 서울과학고등학교 합격은 정원이 겨우 180명이라 서울 소재 중학교에서 단 1명이라도 이곳에 합격시키면 그 중학교는 명문중학교로 발돋움할 수 있는 그런 시기였다. 내가 근무하는 학원에서는 평균 1년에 7명에서 많게는 12명까지 합격을 시켰으니 그 지역에서는 일찍이 명문 학원으로 자리 잡을 수 있었다.

이렇게 합격이 결정된 뒤에는 학원 수업이 제대로 이루어지지 않는다. 아무리 고등학교 과정 수업을 진행한다고 하더라도 이미 이런 학생들은 고등학교 과정뿐만 아니라 일본 동경대학교 입시 문제까지도 다 다룬 아이들이라서 더 이상 가르칠 것이 없다. 그래서 자연스럽게 11월 말이 되면 학원 수업을 마무리하게 되어 있었다. 그렇게 수업하던 어느 날, 수업 중에 갑자기 어떤 학생이 "선생님, 수업은 그만 끝내고 선생님 집에 가요."라고 하자마자 학생들 전원이 똑같이 이구동성으로 합창하기 시작했다. 마치 수업 전에 학생들이 서로 그렇게 하기로 모의라도 한 것처럼 계속 주장해서 할 수 없이 "좋다. 가자."라고 동의하고서 학생들은 버스를 타고 나는 승용차로 내 집 근처에서 만나기로 하고서 수업을 끝냈다. 집에다 주차해 놓고 약속 장소에 가서 만난 뒤 동네 슈퍼에 들러서 학생들을 대접하기 위해서 라면 한 박스와 과자 몇 가지를 샀다. 갑자기 20명이나 방문해서 대접할 것이 마땅치 않아 라면이라도 대접해야 했기 때문이다. 그렇게 슈퍼에서 라면과 과자 몇 가지를 사고서 계산하려는데 한 녀석이 "선생님. 뭐가 한 가지 빠졌는데요?"라고 하는 것이었다. "뭐가 빠졌는데? 뭐 먹고 싶은 것이 더 있니?" 그랬더니 "선생님이 좋아하시는 맥주가 빠진 것 같은데요."라는 답이 돌아왔다. 그래서 맥주 몇 병을 내가 마시기 위해서 사 가지고 집으로 함께 갔다. 그 당시는 신혼 초라 집사람도 그렇게 많은 수의 손님맞이를 갑작스럽게 치러본 적이 없어서 약간 당황할 수밖에 없었다. 라면 20명분을 준비해야 하니 그릇이 마땅치 않아서 할 수 없이 찜통에다 라면을 끓여서 있는 반찬, 없는 반찬을 총동원해서 조촐하게 대접을 하고 있었다. 그렇게 라면을 먹고 있는데 또 한 녀석이 "선생님, 왜 슈퍼에서 사 온 것 안 내오세요?"라고 했다. "다 내온 것 같은데 뭐가 빠졌니?"라고 말했더니 "선생님이 좋아하시는 것 있잖아요. 맥주요."라고 대답했다. 그래서 맥주를 가져다가 나 혼자서 마시려고 하는데 또 "선생님 혼자서 드시려고요?"라는 아이들의 말이 들려왔다. "그럼 혼자 마시지, 너희들이랑 같이 마시냐?"라고 했더니 "선생님, 왜 그러세요? 저희도 아빠랑 마셔봤어요. 저희도 한 잔씩만 주세요."라는 맹랑한 답변이 돌아왔다. 그 답변에 몇몇 여학생까지 가세해서 전부 한 잔씩 돌리라고 나에게 요구했다. 분위기상 할 수 없이 집에 있는 모든 잔을 총동원해서 맥주를 한 잔씩 내가 직접 따라 주고서 건배도 멋지게 했다. 그랬더니 남학생 중에서 몇 녀석은 두세 잔을 연거푸 마시는 것이 아닌가! 20명이 한 잔씩 마시다 보니 이제는 더 달라고 해도 줄 맥주가 없었다. 그렇게 분위기가 무르익어가는 중에 한 여학생이 갑자기 "야, 이상해!", "야, 이상한데!"라고 중얼거렸다. 그 여학생은 술을 처음 마셔본 것이었다. 그 학생은 얼굴도 벌써 빨갛게 변해 있었고 생전 처음 경험해 보는 야릇한 기분에 약간 당황하는 것 같았다. 그런 광경을 보고서 남학생들이 웃으면서 "뭐 맥주 한 잔 가지고 그래?"라고 놀리기까지 했다. 이 여학생뿐만 아니라 다른 두세 명의 학생들도 비슷한 상황이었는데, 그 여학생들은 고개를 숙이고서 다소곳이 앉아 있었다. 그런데 그중에 평소에 가장 얌전하고 예쁜 여성스러운 여학생이 "선생님. 저는 술 잘 마셔요. 저기 담가 놓으신 더덕 술 한 잔 더 주세요?"라는 것이 아닌가. "뭐라고? 술을 더 달라고? 안 돼." "선생님, 딱 한 잔만 더 주세요." 이미 분위기는 내가 거절한다고 될 것 같지 않아서 딱 한 잔씩만 더 마시기로 단단히 약속하고서 술을 원하는 학생들만 따라 주었다. 다행히 그 뒤로는 술을 더 달라고 떼를 쓰는 학생은 없었고 무사히 손님 접대를 마치고 학생들을 귀가시켰다. 학생들에게 공부만 가르친 것이 아니라 술도 가르쳤으니 그 이후의 일이 약간은 걱정도 됐으나 다행히 학부모님들로부터 그 일에 대한 항의는 일절 없었다. 그래도 그 뒤로는 다시는 학생들을 집에 데려가는 무모한 행동(?)은 하지 않았다. 원래 나는 아무리 학부모님들께서 나에게 외부에서 식사 대접이나 차 대접을 하겠다면서 밖에서 만나자고 할 때마다 정중하게 사양하는 것을 원칙으로 했다. 그 당시는 내가 경험이 부족했고 나도 젊었던 때라 분위기에 맞추려고 그렇게 했던 것이다. 아마도 그날 처음으로 술을 마신 내 제자들은 오래오래 그날의 기억을 간직하리라 생각한다.

집에 왔던 아이들은 3년 가까이 호흡을 같이했던 학생들이라 속속들이 내가 잘 파악하고 있었고 학생들도 내가 신혼 초라는 것을 잘 알고 있었기 때문에 호기심으로 더욱더 내 신혼집에 오고 싶었을 것이라고 미루어 생각해 본다. 나도 눈감기 전까지는 그 돌연적인 방문을 이

색적이고 재미있는 경험으로 오래오래 기억하게 될 것이다.

이 학생들의 공통점은 한 명도 모난 학생이 없었다는 것이다. 항상 밝고 웃는 얼굴이었고 대화해 보면 늘 편안하고 다정다감해서 대화가 끝난 뒤에도 늘 기분이 좋았다. 이런 것이 '공감'이라고 하는지는 모르겠으나 학생뿐만 아니라 학부모님들께서도 한결같이 앉아서 얘기를 나누면 편안하고 정겨운 분들이셨다. 물론 부모님이 이렇게 편안하고 포근한 분들이신데 그분들의 자녀들도 그런 점들을 어려서부터 자연스럽게 보고 배웠을 것이라 짐작한다. 뭐니 뭐니 해도 이 세상의 가장 훌륭한 스승은 '어머니'라고 생각한다. 제아무리 학교나 학원 선생님들이 실력이 있고 경험이 있다 하더라도 훌륭한 어머니가 없다면 인성을 갖춘 뛰어난 인재는 만들 수 없다고 본다. 내가 만난 우수한 학생들의 어머님들의 공통점은 여러 번 얘기했다시피 '항상 편안하다'는 것이다. 사람이 무슨 일을 하든 편안한 상태에서 일이 잘되듯이 그러한 편안한 분위기를 만드는 데 있어서 가장 중요한 곳은 학교나 학원이 아니고 가정이므로 '어머니의 역할'은 그래서 어느 무엇보다도 더 크고 소중하다고 생각한다. 아무리 머리가 좋다 하더라도 이런 편안하고 사랑이 넘치는 가정에서 자라지 못한 아이들은 설령 공부를 잘하더라도 '공부만 잘하는 기술자'이지, 사회에서 필요로 하는 훌륭한 인격체를 갖춘 '인재(人才)'는 될 수 없다고 본다. 그런 의미에서 나는 우리나라 공교육의 현장이 아닌 사교육의 치열한 경쟁 속에서도 이러한 학부모님들과 그의 자녀들을 만나서 멋진 경험과 추억을 만들었다는 데서 무한한 보람을 느끼고 있고 심지어 지금도 이러한 것들이 내 인생의 큰 활력소로 작용하고 있다. 앞으로 이런 경험을 살려 제2의 교육 경험을

할 수 있도록 준비 중이고 꼭 다시 한번 그런 좋은 기회를 만들어 보
고자 한다.

<만국 공통의 약 처방>

부속품도 필요 없고, 건전지도 필요 없다.
다달이 돈 낼 필요도 없고
소모품 비용도 들지 않는다.
은행 금리와도 상관없으며
세금 부담도 없다.
오히려 마음의 부담을 덜어 준다.

도둑맞을 염려도 없고
시간이 지나 퇴색할 염려도 없다.
한 가지 사이즈에 모두가 맞으며
질리지도 않는다.
가장 적은 에너지를 사용해
가장 감동적인 결과를 낳는다.

긴장과 스트레스를 풀어 주고
행복감을 키워 준다.
절망을 물리쳐 주며
당신의 눈을 빛나게 하고
스스로 당신 자신을 존중하게 해 준다.

감기, 얼굴에 난 종기, 골절상에도 효과가 있으며
불치병까지도 극적으로 낫게 한다.
이 약은 특히
가슴에 난 상처에 특효약이다.

이 약은 전혀 부작용이 없으며
오히려 혈액 순환까지 바로잡아 준다.
이것이야말로 완벽한 약이다.
처방은 이것이다.
최소한 하루에 한 번씩
식후 30분이든, 식전 30분이든
'서로 껴안으라'는 것이다.
그리고 "사랑한다."라고 표현하는 것이다.

- 헨리 매튜 워드

28.

승혜가 명문대에 진학하지 못하면
전적으로 어머님 책임입니다

지금은 저녁 10시 이후의 학원 수업이 법으로 금지되어 있어서 수업을 할 수 없으나 그 이전에는 그 시간 이후에도 수업을 할 수 있었다. 심지어 심야 수업을 하는 학원도 있었다. 그 당시에 저녁 12시까지 수업을 마치고 퇴근하려고 학원을 한 번 둘러보는데 한 여학생이 영어 듣기를 계속 반복해서 복습하고 있었다. 그때는 어쩌다 한 번은 그럴 수도 있겠구나 하고 지나갔는데 그 학생은 그 이후에도 변함없이 영어 수업을 마치고 영어 듣기 평가에서 틀린 문제는 꼭 몇 번이나 다시 듣고 해서 이해가 가야만 비로소 귀가하곤 했다. 저녁 12시가 넘은 시간이라 수업이 끝나면 당연히 바로 서둘러서 귀가하는 것이 대부분의 학생들의 모습인데 이 학생은 그날 배운 내용이 이해가 되지 않거나 들기 시험에서 틀린 문제는 반드시 그날 질문해서 이해를 한 뒤에야 귀가하는 것을 보고서 그 학생에 대해서 관심을 갖게 되었다. 그래서 하루는 자연스럽게 늦은 시간이라 그 학생과 함께 퇴근하면서 영어 과목 외의 얘기도 하게 되었다. 당시 우리 학원은 영어 과목만 가르치는 학원이었기 때문에 그 학생이 영어 과목을 그런 열정으로 공부하고 있었고 당연히 영어 성적도 1등급이 나와서 학교 전체 성적도 좋을 것이라고 예상하고 있었다. 그런데 그 학생의 말로는 본인은 수학 때문에(당시 수학이 3등급이었다고 했다) 학교 내신이 모든 과목을 통틀어서 1등급이 못 나온다고 대답했다. 그 얘기를 들은 시점이 다행히 고등학교 2학년 가을이라 부족한 수학 과목에 대해 대비할 시간이 충분히 남아 있었다. 그런 내용을 들었기 때문에 그 이전에 종합반을 오랫동안 운영해 왔던 교육 전문가로서 그 학생처럼 공부할 준비가 제대로 되어 있고 열정이 있는 학생을 돕는 것이 도리라고 생각했다. 그래서 어머니가 학원에 오신 날에 이번 글의 제목처럼 "어머님, 승혜가 명문대에 진학하지 못하면 전적으로 어머님 책임입니다!"라고 말씀을 드렸다. 그랬더니 어머님께서 "그러면 선생님이 대책을 말씀해 주십시오. 저는 전적으로 우리 승혜를 위해서 선생님이 말씀하신 대로 따르겠습니다."라고 하셨다. "좋습니다. 그러면 이번 겨울방학을 이용해서 특별히 수학 과목에 더 많은 시간을 투자해서 공부하게 하시고, 우선 시간이 급하니 제가 실력이 있고 경험이 많으신 선생님으로 추천해 드릴 테니 그분에게 개인 지도를 시키시기 바랍니다."라고 말씀드렸더니 "알겠습니다. 선생님이 말씀하신 대로 하겠습니다."라고 하셨다. 이렇게 해서 승혜라는 학생은 그해 겨울방학 동안 부족한 수학 과목을 개인 지도를 통해 3개월간 열심히 공부했다. 물론 수학 선생님께도 특별히 승혜에 대해 이야기한 뒤 잘 부탁을 드렸고 중간중간에 수학 선생님을 통해 잘하고 있는지 확인을 하곤 했다. 이렇게 겨울방학이 끝나고서 3월 말쯤에 저녁 11시경에 수업을 하고 있는데 정적을 깨고 상담실의 전화벨이 계속 요란하게 울렸다. 저녁 10시가 되면 상담실 직원도 퇴근하고 10시 이후에는 나 혼자 수업을 하고 있어서 수업 중에 전화가 아무리 울려도 거의 받지 않는다. 왜냐하면 그런 전화를 받으면 수업에 방해가 되기 때문이다. 그렇게 수업을 마치고 12시가 넘어서 퇴근하려고 하는데 또 다시 학원 전화벨이 울려서 이번에는 전화를 받았다. 전화를 거신 분은 승혜 어머니이셨고 전화 목소리가 마치 사춘기 소녀가 좋은 일이 있어서 몹시 들뜬 목소리로 얘기하는 듯했다. "선생님. 우리 승혜가 이번 모의고사에서 수학 100점이 나왔어요. 그래서 반 1등을 해서 너무 기뻐서 전화를 드렸더니 받지 않아서 이 시간에 다시 전화하게 되었습니다. 선생님. 정말 감사합니다."

이런 내용을 학생들의 어머니를 통해서 듣게 되면 가르치는 선생님 입장에서도 말로 표현할 수 없을 정도로 기쁘고 보람을 느낀다. 승혜라는 학생이 정말 진지하게 열심히 공부하는 모습을 보여 주었고 다행히 내가 도울 수 있는 범위 안의 일이었기 때문에 공부에 대한 전략을 말씀드렸던 것이고 승혜 어머님은 그대로 학습 지원을 아낌없이 해 주셔서 그런 좋은 결과가 나올 수 있었던 것이다. 만약에 그때 그런 특별한 전략을 짜지 않고 평소 해 오던 대로 공부를 했더라면 아마도 십중팔구는 수학 과목 때문에 명문대 진학은 할 수 없었을 것이다.

고등학교 3학년을 마치고 수험생이 원하는 대학 진학에 실패하고서 재수를 하게 되면 시간도 문제려니와 비용도 만만치가 않다. 재수 학원에서 한 달에 요구하는 수강료와 책값이 100만 원을 훨씬 넘어가기 때문에 1년 동안의 비용을 계산해 보면 어림잡아도 2천만 원을 쉽게 넘기게 된다. 과외를 부추기는 것은 아니지만, 금방 얘기한 것처럼 재수했을 때 들어가게 될 비용과 시간을 미리 생각해 본다면 재학 중에 2~3개월 동안 어느 정도 비용이 들더라도 특별 과외를 시켜서라도 부족한 과목을 단시간에 끌어올려서 원하는 대학에 진학하는 것이 여러모로 훨씬 현명한 방법이다. 다행히도 나는 학원 생활을 오래 하다 보니까 자연스럽게 공부에 필요한 대책들이 떠오르게 되고 학생들을 통해서 경험이 하나씩 쌓이다 보니 적절한 시기에 학생들이 필요할 때 이 학생처럼 도울 수 있었던 것이다.

이 어머니께서도 승혜가 둘째 아이고 딸이라서 그저 예쁘고 사랑스럽게, 구김살 없이 키우셨던 것 같다. 심지어 키가 안 큰다고 저녁 10시만 되면 자야 한다면서 중학교 때부터 학원 다니기 전까지 집 안 전체 전원 스위치를 끄시곤 하셨다는 얘기를 승혜를 통해서 들었다.

다른 집들은 어머니가 자녀들에게 공부로 스트레스를 심하게 주는 것이 보통인데, 승혜네 집은 정반대로 자녀를 키우셨고 비로소 고등학교 2학년 때 본격적으로 공부를 해야 했기 때문에 본인이 원해서 처음으로 학원이라는 곳을 나오게 되었던 것이다. 승혜가 최선을 다해 공부하는 데 있어서 내가 일조를 했다는 것에 대해서 무한한 행복감을 느낀다.

이 학생이 대학 진학을 한 뒤 주말에 인사차 학원으로 나를 찾아왔다. "대학 진학은 어떻게 되었니?"하고 물었더니 승혜가 대답하기를, "성균관대학교 국제통상학과에 4년 장학생으로 다니고 있습니다."라고 말했다. "왜 서울대에 안 가고 성균관대에 갔니?" "제가 원하는 학부가 성균관대에 있고 저는 서울대에 다니면서 공부 잘하는 학생들과 스트레스받으면서 경쟁하는 것보다 성균관대에서 마음 편하고 즐겁게 다니는 것이 좋습니다. 그리고 지금 생활에 만족하고 있습니다. 선생님 덕분에 제가 행복한 대학 생활을 하고 있습니다. 선생님, 감사드립니다."라고 대답했다. 세속에 물든 나에게는 이런 대답이 신선한 충격으로 다가왔다. 이제 갓 고등학교를 졸업한 대학 신입생의 입에서 이런 신선한 대답이 나오다니, 나도 모르게 속물화된 자신이 부끄러웠다.

승혜 어머니의 말씀으로는 승혜가 고등학교 2학년이 되기 전까지는 위에서 언급했듯이 학원에도 전혀 보내지 않으셨고 오로지 아이의 건강과 행복만 신경을 쓰셨다고 하셨다. 그리고 시간 나는 대로 어렸을 때부터 여행도 다니고, 책도 함께 읽으셨고 읽은 책 내용에 대해서 예쁜 딸과 토론을 종종 하곤 했다고 하셨다. 그 결과 학교에서 주최하는 글짓기 대회에서 많은 상을 받았다는 얘기도 나중에 들었다. 그리고 고등학교 2학년 때 본인이 부족한 과목을 아무리 혼자 공부해도 성적이 오르지 않아서 영어 학원에 오게 되었다고 한다. 학원에 오자마자 학생이 원하는 영어 점수는 바로 나왔다. 왜냐하면 다른 학생들은 겨우 학원 진도에 맞춰 예습을 해오는데 이 학생은 얼마나 공부에 목이 말랐는지 책 한 권을 받자마자 일주일 만에 다 끝내고는 모르는 부분은 개별적으로 질문을 통해서 마스터했으니 당연히 성적이 오를 수밖에 없었다. 수학을 제외한 다른 과목은 최고의 성적이 나왔고 본인도 최선을 다하려는 그런 마음의 준비가 철저히 잘 되어 있었기 때문에 그런 좋은 결과가 나왔던 것이다.

여담을 하나 추가하면 승혜가 처음으로 반 1등을 하고서 전국 모의 고사도 1등급이 나왔기 때문에 상으로 원하는 것을 물었더니 다른 학생들이었다면 맛있는 피자나 그러한 것을 요구했을 텐데, 이 학생은 당시 노벨 문학상 수상작인『내 이름은 빨강』이라는 책을 원해서 그 책 3권을 선물로 주었던 기억이 있다.

부디 승혜가 우리나라 국제 통상 분야에서 중요한 역할을 해서 국가 발전에 이바지하기를 바란다.

"목표를 세우는 것이야말로
인생의 가장 강력한 동기가 된다.
목표를 세워라. 그리고 그것을 실현하라."

- 댄 클라크(Dan Clark)

"인생에서 가장 큰 만족감이나 성취감은
긴 시간의 노력을 통해 형성된
가족이나 벗과 같은 소중한 사람들과의
관계로부터 얻을 수 있다."

- 클레이튼 M. 크리스텐슨(Clayton M. Christensen)

"인생에 있어 '절대로 확실함'이란 있을 수 없다.
단지 '기회'가 있을 뿐이다.

전부가 잘못되고 있을 리는 없다.
망가진 어떤 시계라도
하루에 두 번은 정확한 시간을 알리기 때문이다."

- 마크 트웨인(Mark Twain)

29.

1995년 장학퀴즈(MBC) 연말 결산 대상 수상자와 다른 부문의 전국 수석 및 차석 제자들

"왔다, 잘하네요!"

당시 과학고 2학년에 재학 중인 김민하 학생이 장학퀴즈 연말 결선 대회에서 우승했을 때의 TV 시청 소감에 대한 동료 수학 교사의 표현이다.

내가 학원에서 그 학생을 가르쳤을 때는 그렇게 썩 우수한 학생이라고는 생각하지 못했으나 나중에 서울과학고등학교에 진학한 뒤에 학업에 더 전념했는지 전국에서 가장 우수한 학생들이 겨루는 연말 장학퀴즈에서 압도적으로 우승했다는 소식을 듣고서 한편으로는 기쁘기도 하고 한편으로는 그 학생이 전국 우승을 했다는 것이 조금은 의아스럽기도 했다. 당시에는 장학퀴즈 연말 결선에서 우승하면 대학교

4년간의 학비 전액이 장학금으로 지급되었다. 그렇기 때문에 그 퀴즈에서 우승하면 본인의 명예뿐만 아니라 학교의 명예도 올라가고 경제적인 보상도 충분히 따르는 그런 권위가 있고 영예로운 상이었다.

　김민하 학생을 중학교 때 2년 동안 지도했을 때의 기억은 항상 말이 없고 조용한 성격의 무난한 학생이었다는 것이다. 물론 그 학생은 그 당시 중학교에서 전교 1등을 한 적도 한 번도 없었다. 그저 무난하게 상위권을 유지해서 서울과학고등학교에 진학하게 되었고 그 뒤에 그 학생에 대한 소식은 장학퀴즈에서 우승할 때까지 잘 듣지 못하였다. 그런 조용한 학생이 장학퀴즈에 출전해서는 적극적이고 활기에 넘쳐서 학교 자랑도 하고 퀴즈에 대한 대답도 씩씩하게 잘하는 모습을 보고서 참으로 대견스럽고 자랑스럽다고 생각했다. 서울과학고등학교에 진학한 것 자체가 큰 영광이고 자랑인데 전국의 우수한 학생들과의 경쟁에서 우승했다니 부모님들 입장에서는 얼마나 흐뭇하고 자식이 자랑스러웠겠는가!

　앞에서도 잠깐 언급했지만, 그 당시는 학생들을 서울과학고등학교에 보내기 위해서 해당 중학교에서 정규 수업과는 별개로 수업이 끝나고 저녁 10시까지 과학고반을 운영을 하면서 특별 관리를 했던 시기였다. 그래서 학원 수업도 거기에 맞게 평일에 하지 못하고 주말반으로 특목고 진학을 원하는 학생들만 따로 편성해서 운영했다. 지금도 그 당시 일요일에 특목고반 학원 수업을 마치고 한 달에 한 번씩 햄버거 가게에서 '데리버거 세트'를 학생들과 같이 먹고서 인근 초등학교에서 그 학

단체 사진
[왼쪽에서부터, 첫 번째: 동시통역사, 네 번째: 필자,
다섯 번째: 안민성('새벽 수업 좀 해 주세요'의 주인공),
여섯 번째: 서민수('고등학교 3학년 때 애니메이션 감독이 되겠다고
서울대학교 법대에서 미대로 진로를 갑자기 바꾼 학생'의 주인공)]

생들하고 야구 경기를 했던 것이 어제 일처럼 생생하다. 그때는 내가
결혼 전이었기 때문에 학생들하고 자연스럽게 운동도 같이하면서 허
물없이 어울렸던 것 같다. 야구 시합에서 내가 맡은 포지션은 투수였
고 내 주 무기는 공포의 슬로우 커브였다. 그런데 박대식이라는 덩치가
나보다 더 큰 녀석이 내 공포의 커브볼을 두세 번씩이나 홈런을 쳤던
것이 선명하게 기억난다.

　내 기억 속에는 중학교 그 시점에서 그 아이들에 대한 기억이 멈춰
있는데, 벌써 그 학생들이 40세가 넘은 중년의 나이가 되었다니 그 아
이들을 생각하면 할수록 감회가 새롭다.

부디 이 제자도 과학계의 큰 별이 되어 조국을 위해 헌신하기 바란다.

이 제자 말고도 전국적으로 수석, 차석을 한 제자들이 10명 가까이 있다. 간략하게 설명하면 다음과 같다.

① 박민희: 서울시 모의고사 수석(반 6등, 전교 90등 → 5개월 → 전교 1등, 서울 지역 3등 → 5개월 → 서울 지역 수석 → 서울대학교 법과대학 입학 → 현 서울고등법원 판사)
② 이민영: 서울대학교 인문계열 수석
③ 김희경: 고려대학교 영문학과 차석
④ 이연경: 연세대학교 영문학과 차석
⑤ 김세아: 전국 수학 경시대회 금상
⑥ 김호일: 전국 과학 경시대회 물리 부문 금상
⑦ 황지호: 배재학당 최초 전 과목 만점 획득
⑧ 김민하: 1995년 장학퀴즈(MBC) 연말 결산 대상
⑨ 이정현: 2002학년도 수능 시험 만점(학원 운영 시 수학 과목 수강)
⑩ 최화정: 1996학년도 수능 모의고사 전국 수석
⑪ 윤학일: 세계 수학 경시대회 금상 수상

서울 과학고등학교의 교육과정 설명

가. 원칙

교육과정 운영은 일반계 고등학교에 비해 융통성 있고 학생 선택의 자율성을 크게 확대하는 것을 기본 원칙으로 한다.

(1) 기본 운영 원칙

① 교육과정은 6학기를 기본으로 하고 다양하고 깊이 있는 학습이 가능하도록 편성한다. 과학 영재들은 학습 능력이 우수하고 빠른 시간에 많은 양의 지식을 습득할 수 있다. 이러한 학생들에게는 높은 수준의 개념과 지식을 전달하는 학습도 중요하지만 지식의 융합, 개념의 활용과 창의적인 문제 해결력, 자기주도적인 연구를 통한 탐구 능력의 신장이 더 중요하다. 따라서 지식 위주의 교육과정을 압축하여 운영하는 속진 과정보다는 충분한 시간 속에서 폭넓고 깊은 사고력과 다양한 탐구 및 도전을 수반한 심화 과정 중심의 교육과정을 운영한다.

② 연간 교육과정은 2학기제로 운영하며, 계절 수업을 이용하여 학점 이수나 보충 학습의 기회를 제공한다.

③ 다양한 교과목의 개설과 운영이 가능하도록 하고, 특히 정규 학기 중에 수행하기 어려운 경험을 제공할 수 있도록 계절 수업을 운영한다.

④ 졸업에 필요한 최소이수학점을 규정하고 있지만, 학생마다 각 학기에 수강할 수 있는 학점을 자유롭게 선택할 수 있도록 하여 졸업에 필요한 학점을 자율적으로 선택하여 이수하도록 한다.

(2) 과학 영재의 특성을 고려한 다양하고 특색 있는 교과목 및 프로그램 개설

① 학생들의 능력 수준과 흥미를 기반으로 하여 자신의 활동을 스스로 선택하고 결정해서 개별적인 학습을 할 수 있는 기회를 제공하도록 다양한 수준의 활동과 프로그램을 개설한다.

② 자율 연구는 자신의 관심과 흥미, 능력에 따라 자기 주도적이고 심층적인 접근을 하게 되므로 과학 영재들에게는 반드시 필요한 과정이다. 자율 연구를 통하여 학생들이 관심 분야에 대한 전문성과 창의성을 발휘할 수 있도록 한다.

③ 현장 연구는 방학 기간 또는 학기 중에 국내·외 대학 또는 연구소 등을 방문하여 이루어진다. 현장 연구는 각 분야별로 시행하며, 가능한 한 다양한 분야의 소규모 학습으로 운영하고, 그 성과를 연구 보고서 형식으로 제출한다.

(3) 필수·선택 과목의 수준별 운영

① 필수·선택 과목은 일반적인 과목 형태 이외에도 주제 중심의 프로젝트, 현장 연구 등 다양한 방식과 수준으로 구성하여 운영한다. 교과목은 일반적으로 고등학교나 대학에서 이루어지는 강의와 실험이 병합된 일반과목 형태 이외에도 개인 연구와 탐구를 강조하는 주제 중심의 프로젝트 또는 직접 현장에서 탐구하는 현장 연구 등 다양한 방식으로 구성하고, 수준도 다양하게 구성하여 운영한다.

② 선택 과목은 학습의 위계에 따라 선수 과목을 구체적으로 제시하여 학생들이 과목을 선택할 때 참고하도록 한다.

"지금 이 순간을 잡아라.
그대가 할 수 있는 일,
꿀 수 있는 꿈을
마음을 넓고 크게 먹고 시작하라.
담대함에는 재능과 힘과 마법이 있다."

- 괴테(Johann Wolfgang von Goethe)

"지금 이 순간은
중대하고 결정적인 순간이 아니라는
착각 속에서 우리는 살고 있다.
하루하루가
일 년 중 최고의 날이라는 사실을
마음속에 새겨두어야 한다."

- 랄프 왈도 에머슨(Ralph Waldo Emerson)

30.

전교 1등
만들기

본의 아니게 학원에서 직장 생활을 하면서 운이 좋게도 기라성 같은 제자들을 가르칠 수 있어서 참으로 한편으로는 행운이라 생각하고 다른 한편으로는 사제지간의 상호 노력을 통한 자아 성취의 결과라고 생각한다.

수많은 제자를 지도하면서 내가 학창시절에 부족했던 점들이나 시행착오를 겪었던 것들을 내가 가르치는 학생들은 겪지 않고 바로 공부에 전념할 수 있도록 매 순간 주의하고 노력하면서 그들의 학업에 도움이 되도록 최선을 다했다고 생각한다. 학생이 전교 1등 하는 것이 인생을 사는 데 얼마나 중요할까마는 꼴찌에 가까웠던 학생들이 선생님의 끊임없는 동기 부여와 교육을 통해서 조금씩 성장해 나가는 모습을 본다는 것은 교육자로서 말로 표현할 수 없을 정도로 자부심이고 보람이 아닐 수 없다. 이 지면을 통해 지난 학원 생활 25년 동안 내 나름대로 학생들을 어떻게 지도했는지 그 경험을 있는 그대로 얘기해 보고자 한다.

우선 신입생들이 새로 학원에 오게 되면 빠른 시간 안에 학원에 적응할 수 있도록 따뜻한 말과 세심한 배려로 신경을 써야 한다. 혹시 수업 중에 공부하는 자세가 올바르지 않으면 자세도 바르게 교정해 주고 공부에 집중할 수 있도록 조언을 아끼지 않아야 한다. 그리고 수업 중에 그 학생이 선생님의 질문에 설령 대답을 못 하더라도 "너는 그것도 모르니?" 또는 "학교에서 안 배웠니?"와 같은 질문은 결코 해서는 안 된다. 왜냐하면 학원은 학교와 달라서 학생들이 부족한 부분이 있어서 수강료를 내고 배우러 온 곳이지, 수업 내용을 모른다고 해서 학원 선생님께 구박이나 핀잔을 들으러 온 것이 결코 아니기 때문이다. 만약에 그런 질문에 대답을 못 하면 등을 다독거리면서 "괜찮단다. 지금부터 잘 배워서 나중에 대답하면 된단다."라고 격려하는 것이 바람직하다고 생각한다. 나는 25년간 수업하면서 학생들에게 그런 부정적인 언어를 써 본적이 단 한 번도 없다. 되도록 긍정적이고 학생들이 용기를 잃지 않도록 언어 사용에 세심하게 신경 썼고 또한 내가 부족한 점들을 보완하기 위해서 수많은 독서를 통해서 수업에 필요한 점들을 배우기 위해 끊임없이 노력하고 또 노력했다.

예를 들어서 대부분의 학생은 본인들이 공부하는 데 길잡이가 되어

주고 조언자가 되어 줄 '멘토(mentor)'를 찾는데, 학생들과 수업 중에 '멘토'라는 단어가 나오면 나는 이렇게 설명한다. 멘토의 유래는 『오디세이』라는 책에 나온다. '스승'을 뜻하는 '멘토'는 그리스 신화에 나오는 오디세우스의 친구 멘토르(Mentor)에서 유래하였다. 오디세우스가 트로이 전쟁에 출정하면서 어린 아들인 텔레마쿠스를 친구인 멘토르에게 맡기며 특별히 자식처럼 잘 돌보고 가르침을 줄 것을 부탁하였고 오디세우스가 트로이 전쟁에 참전하여 무려 20년이 되도록 귀향하지 않는 동안 멘토르는 친구의 바람대로 그의 아들 텔레마쿠스를 자기 아들처럼 성실하게 돌보며 가르쳤다. 온갖 고난을 극복하고 오디세우스가 20년 만에 돌아오고 나서 그러한 오디세우스와 멘토르의 아름다운 사연이 알려지면서 멘토는 '현명하고 성실한 조언자' 또는 '스승'의 뜻을 지니게 되었다.

또한 경험과 지식이 많은 사람이 스승 역할을 하여 지도와 조언으로 그 대상자의 실력과 잠재력을 향상시키는 것 또는 그러한 체계를 '멘토링(mentoring)'이라고 하는데, 스승 역할을 하는 사람을 '멘토'라 하고, 지도 또는 조언을 받는 사람을 '멘티(mentee)'라고 한다. 멘토와 멘티의 관계는 살아가는 과정에서 자연스럽게 형성되기도 하고, 기업 등의 조직 안에서 인위적으로 활성화되기도 한다.

멘토(mentor)라는 단어가 영어 지문에 나왔을 때 이런 방법으로 학생들에게 설명하면 학생들의 반응은 눈에 확 띌 만큼 확연하게 달라진다. 이런 과정을 통해 선생님과 학생들과의 관계에서 새로운 신뢰가 형성되고, 그런 신뢰를 바탕으로 수업 중에 지도하는 학습 내용이 학생들에게 가감 없이 그대로 전달되어서 좋은 결과가 나오는 것이다.

공부라는 것도 처음 배울 때 습관을 잘 들여야 하는 것이다. 학생들은 여러 가지 이유, 즉 학습 방법이나 태도 등이 잘 갖추어지지 않아서 공부를 못하는 것이지, 학생의 머리가 나빠서 공부를 못하는 것은 결코 아니라고 본다. 공부도 마치 어린 자녀들에게 처음으로 자전거 타는 방법을 가르칠 때처럼 비슷한 과정을 거쳐서 공부 방법을 익히게 할 수 있다고 본다. 자녀들이 자전거 타는 방법을 처음 배울 때는 자전거 타는 방법에 익숙하지 않아서 여러 번 넘어지고 일어났다가 또 넘어지고 해서 연습에 연습을 거듭해야만 비로소 자전거 타는 방법을 익히게 되는 것이다. 자녀들이 자전거를 부모가 뒤에서 잡아 주지 않아도 타게 될 수 있을 때는 부모가 옆에 오는 것도 싫어한다. 왜냐하면 부모의 도움 없이도 혼자 힘으로 얼마든지 자전거를 탈 수 있기 때문이다.

공부도 마찬가지라고 생각한다. 공부하는 방법을 자녀들에게 자전거 타는 법을 가르치듯이 여러 번 시행착오를 통해 잘 가르쳐 주어서 학생 본인이 스스로 잘할 수 있게 되면 그때부터는 굳이 부모님이나 선생님의 도움 없이도 얼마든지 스스로 잘할 수 있다.

내가 학생들을 지도하는 방법도 자녀들에게 자전거 타는 방법을 가르치는 것과 유사하다. 처음에 신입생이 학원에 처음 오게 되면 한 달간은 오로지 그 학생에게 집중해서 그 학생이 학원에 잘 적응할 수 있도록 많은 관심과 배려를 아끼지 않는다. 예를 들어서 잘 모르는 내용이 나오면 그 학생만 따로 불러서 천천히, 자세하게, 될 수 있으면 쉽게 이해시키려고 노력한다. 그리고 지금부터는 얼마든지 공부를 잘할 수 있으니까 선생님이 지도하는 대로 잘 따라오도록 등을 다독거리면서 용기를 북돋아 준다. 예를 들어서 그 학생의 선배들의 성적 향상 얘기를 구체적으로 해 주면서 전국 1등 성적표도 보여주고 하면 학생의 눈빛이 서서히 달라지기 시작한다. 물론 이런 관심이 일회성으로 끝나면 안 되고 지속해서 학생 한 명, 한 명에게 관심을 갖고 지켜보면서 꾸준하게 학습 지도를 해야 한다. 그러고 나서 구체적으로 학교 시험을 치르기 한두 달 전에 학생 개개인에게 목표 점수와 등수를 적어내게 하고 학교 성적 결과가 나왔을 때 이와 대조해서 성적이 올랐으면 아낌없는 칭찬을 해 주고 혹시 성적이 떨어진 학생이 있으면 상담을 통해서 이유를 분석하고 다음에는 좋은 결과가 나오도록 조언하고 격려해 주어야 한다. 이런 끊임없는 관심과 사랑이 베풀어지지 않고서는 감수성이 예민한 청소년기의 학생들에게 좋은 결과를 얻기는 어렵다고 본다.

물론 이보다 더 우선되어야 할 선행 조건은 가정이 정서적으로 안정되어 있어야 한다는 것이다. 가정에서 가정교육으로 인한 정서적 안정이 되어 있지 않은 상태에서는 아무리 전문적으로 가르치는 기관에서 열심히 지도해 봐야 '깨진 독에 물 붓기' 식으로 결과는 공염불이 되고 만다. 왜냐하면 마음 편하게 공부에 집중할 수 있는 능력이 없기 때문이다. 앞에서도 몇 번 얘기했지만, 이 세상 최고의 스승은 '어머니'다. 가정에서 어머니가 제 역할을 하지 못하고 학생이 심리적으로 불안한 상태에서 공부를 해 봐야 공부가 제대로 될 수가 없다. 어머니가 해야 하는 역할이란 자녀들에게 따뜻한 사랑을 베풀어서 심리적으로 편안한 상태를 만들어 주어야 한다는 것이다. 그리고 비록 학생일지라도 집에서 자녀들과 대화할 때는 공부 얘기보다는 공부 외적인 편안한 내용들을 주제로 부드럽고 평화롭게 소통할 수 있도록 어머니가 편안한 분위기를 연출해야 한다. 자녀들이 어머니가 나를 얼마나 사랑하는지, 얼마나 특별한 사람으로 생각하는지를 느낄 수 있게 어머니의 행동과 대화를 통해서 자녀들에게 가감 없이 전달되어야만 자녀들도 자기 자신을 소중히 여기게 되고 본인이 하는 일을 더 열심히 하려고 하는 것이다.

문제 학생의 뒤에는 반드시 문제 어머니가 있다. 이 세상에서 자녀를 가장 잘 파악하고 사랑하는 존재는 바로 어머니이기 때문에 어머니가 정상적인 역할을 하고 있다면 자녀가 문제아가 되도록 절대 방치하지 않을 것이다. 그러므로 어머니들께서는 지금부터라도 '어머니' 본연의 역할에 충실하기를 부탁하는 바이다.

이러한 기본적인 조건들이 갖추어졌을 때 자녀의 필요한 공부는 교육 전문 기관에 맡겨서 전문가가 교육하면 비로소 공부를 잘할 수 있는 효과가 제대로 나타나는 것이다. 물론 교육 전문 기관이라고 해서 전부 다 학생들을 효과적으로 교육해서 훌륭한 인재로 키울 수 있는 것은 아니다. 그래도 오랫동안 학부모들로부터 인정받아온 그런 곳을 택해서 교육을 시킨다면 부모님들이 원하시는 소정의 목적을 이룰 수 있을 것이라고 본다.

나는 개인적으로 군대에서의 뜻하지 않은 경험이 학생들을 가르치는 데 많은 도움이 되었다. 그것은 내가 현역병으로서 군대 전역을 얼마 남겨 놓지 않은 상태에서 마땅히 할 일도 없고 해서 단기병(방위병) 체육대회에 참가하는 우리 중대를 훈련시키는 책임을 맡아서 그 대회에서 우승했던 이야기이다. 내가 근무했던 부대는 부산에 있었던 우리나라에서 세 번째로 큰 군수사령부이다. 군수사령부는 박정희 대통령이 정권을 잡기 전에 근무했던 곳이라 더 유명했고 그래서인지는 모르겠으나 부대 환경시설이 어느 유명 대학의 캠퍼스보다 훨씬 잘 가꾸어져 있었다. 예를 들면, 부대 내에 연병장이 네 곳이 있었는데 그중에 A 연병장은 금잔디가 심겨 있었고 큰 행사 때만 사용하는 그야말로 최고급 연병장이었다. 또한 군 시설도 다른 어떤 부대보다 잘 갖춰져 있었고 전투 부대가 아니라 군수물자 지원부대이기 때문에 군부대 구성원도 현역 군인들보다는 민간인 출신의 군무원과 단기병(방위병)들이 훨씬 더 많았다. 군수사령부는 현역병보다 단기병들의 숫자가 훨씬 많았고 현역병들은 그들의 삼 분의 일 정도밖에 되지 않았기 때문에 현역병 중심의 체육대회는 치를 수가 없었다. 그래서 매년 단기병 체육대회를 봄에 연례행사로 축제와 함께 치르고는 했었다.

각 중대에서는 체육대회가 있기 한 달 전부터 매일 두 시간씩 각 연병장에서 훈련을 시작한다. 내가 책임졌던 중대는 군 시설을 담당하는 '시설중대'라서 단기병 구성원들이 대부분 군에 오기 전에 노무직이나 기술직에 있었던 사람들이었다. 쉽게 얘기해서 본부중대나 근무중대처럼 엘리트들이 아니라서 훈련 시작부터 애로사항이 많았다. 훈련이 시작되는 첫날 여러 중대와 함께 연병장에서 훈련을 시작하는데 보아하니 다른 중대는 시작부터 욕설과 체벌로 우리 중대 바로 옆에서 연습하고 있었다. 우리 중대는 여러 가지로 다른 중대에 비해서 교육 수준이나 운동 실력 등이 부족했지만, 나는 단기병들에게 "나는 체육대회가 끝날 때까지 훈련할 때 욕설이나 체벌을 절대 하지 않을 것이다. 우리는 어차피 한 달간 이 힘든 훈련을 해야 하고 이 체육대회를 치러야만 한다. 그렇다면 나를 믿고 힘들지만 웃으면서 끝날 때까지 열심히 해서 마지막까지 유종의 미를 거두도록 해 보자."라고 말했다. 그러고 나서 "나를 믿고 따라줄 수 있습니까?" 하고 단기병들에게 물었더니 못 믿겠는지 아무도 대답이 없었다. 지금 생각해 보면 아마도 단기병 중에 늦게 병역 의무를 다하기 위해 온 친구들은 나보다 나이가 많은 사람이 제법 있어서 더 그랬을 것이라는 생각이 든다. 그래서 다시 한번 큰소리로 반복하고서 똑같이 다시 물었다. 그랬더니 마지못해 내가 무서웠던지 큰 소리로 "예."라는 대답이 가까스로 나왔다. 말이 체육대회이지, 첫 번째 종목은 삼청교육대에서도 악명으로 유명한 목봉 체조였고 그 종목이 힘든 만큼 점수가 제일 높았다. 목봉 체조는 한 조가 10명인데 10명이 똑같이 일사불란하게 앉았다가 일어나야만 목봉이 일자로 수평으로 보기 좋게 내려갔다가 올라올 수 있었다. 그중에 한 명이라도 호흡이 안 맞으면 목봉이 한 일(一) 자로 움직이지 않았다. 어쨌거나 이런 힘든 훈련을 무사히 마치고 드디어 체육대회가 시작되었다. 우리 중대는 어차피 우승은 생각지도 못하고 참가하는 데 의미를 부여하고 체육대회를 치르는 동안 최선을 다하기로 하고 경기에 임했다. 그리고 체육대회가 끝날 때까지 약속했던 대로 단기병들에게 일체의 욕설이나 체벌을 하지 않고 비교적 웃으면서 훈련을 마치고 경기에 임했다.

체육대회가 거의 끝나갈 무렵에 본부중대의 우승이 거의 확정적인 상태에서 하필이면 우리 중대와 본부중대가 배구 결승전을 치르게 되었다. 본부중대는 중대장이 다른 중대장에 비해서 젊고 배구를 잘해서 직접 선수로 뛰었고 우리 중대는 사병인 내가 감독 겸 선수로 뛰게 되었다. 단기병 체육대회이지만 각 종목에서 한 명은 현역 사병이나 장교가 시합에 나갈 수 있어서 그런 선수 구성이 가능했다. 다행히 나도 초등학교 때 배구선수였기 때문에 배구 시합 중에 내가 센터에서 대부분의 공을 리시브해서 넘기는 데 급급했다. 우리는 2:0으로 지고 있었고 마지막 한 세트만 이기면 본부중대는 군수사령부 전체 우승이고 우승에 대한 가산점이 인사고과에 적용이 되어 그 중대장도 말년 대위에서 소령으로 진급할 수 있었다. 그런데 믿지 못할 대이변이 일어났다. 시합 중에 본부중대는 선수가 실수하면 중대장이 큰 소리로 욕설을 하면서 "너 시합 끝나고 완전군장으로 연병장 30바퀴 돌아. 똑바로 해, 인마!"라고 윽박지르니 선수들이 주눅이 들어서 실수를 연발하게 되었다. 그때 우리 중대는 선수들이 실수하면 내가 나서서 "괜찮아, 실수해도 괜찮아. 자신 있게 해. 지금까지 잘해왔어. 져도 괜찮아!"라고 다독였다. 본부중대는 한 세트만 이기면 눈앞에 뻔히 우승이 보였기 때문인지 중대장이 너무 성급하게 굴었고 거기에다가 중대장이 직접 그런 엄포 분위기를 조성했으니 선수들이 몸이 굳어서 경기를 잘할 수가 없었던 것이다. 그래서 경기 스코어가 3:2로 역전되어서 우리 중대가 배구만 이긴 것이 아니라 체육대회 종합 우승을 하고야 말았다. 배구 시합이 끝나고서 본부중대장이 얼마나 열이 받았는지 비공식적으로 음료수 다섯 박스 내기 배구 시합을 또 청해 와서 시합을 했는데 사기충천한 우리 중대가 그 시합도 이기고 말았다. 체육대회가 끝나고 나는 한 달 후에 병장으로 만기 전역한 뒤 서울에서 생활했는데, 군 후배가 휴가차 찾아와서 그 체육대회 우승으로 인해서 우리 중대장이 소령에서 중령으로 진급했다는 소식을 전했다. 중대장께서 당시 소령 계급 정년에 걸려 있어서 그해에 중령으로 진급하지 못하면 군복을 벗어야 하는 어려운 상황이었는데 그 체육대회 우승으로 인해서 중령으로 진급했다니 그 소식을 듣고서 내 일처럼 기쁘고 흐뭇했다.

이 군대 경험이 학생들을 지도하는 데 많은 도움이 되었다. 왜냐하면 앞에서 언급했지만 공부도 배구 시합과 비슷하기 때문이다. 경기 중에는 선수가 얼마든지 실수할 수 있는데, 실수할 때마다 감독이나 코치가 그 선수를 책망한다면 어떻게 경기에서 실력 발휘를 제대로 할 수 있겠는가! 그 선수는 위축되어서 몸이 굳게 되고 불안해서 경기를 제대로 할 수 없을 것이다. 공부도 마찬가지라고 생각한다. 학생들과 수업하다가 설령 학생이 대답 중에 실수를 해서 잘못 대답했을 때 그 자리에서 선생님이 본부 중대장처럼 나무라거나 "너는 그것도 모르니. 바보, 멍청아."라는 식의 반응을 보이면 군대 체육대회에서처럼 학생도 의기소침해서 공부를 제대로 할 수가 없는 것이다. 학생들이 공부를 잘할 수 있는 단계에 이를 때까지는 끊임없이 인내하면서 관심을 갖고 격려하면서 잘 모르는 부분에 대해서는 쉽고 친절하게 이해를 시켜야 하는 것이 선생님의 책무다. 그리고 공부보다 더 중요한 것은 학생들이 공부뿐만 아니라 매사에 자신감을 갖고 생활할 수 있도록 부단히 자극하고 동기 부여를 해야 한다는 것이다. 특히 질풍노도의 시기인 청소년기 학생들을 지도할 때는 더 세심한 신경을 써야 하고 말 한

마디에도 조심해야 하고 학생들의 마음을 움직이기 위해서 보이지 않는 노력을 해야 한다.

공든 탑이 하루아침에 만들어지지 않듯이, 학생들에게 공부도 잘하게 하고 훌륭한 인격도 갖출 수 있도록 가르치는 사람은 학생들보다 노력을 훨씬 더 기울여야 한다. 그래야 공부의 금자탑이 생긴다고 생각한다.

나는 영어 선생님이었으니까 영어 수업에 대한 예를 하나 더 들어 보겠다. 영어 지문에는 'Rome(로마)'라는 단어가 자주 등장하는데 이 단어를 나는 이렇게 설명한다. 로마는 전설에 따르면 기원전 753년 4월 21일에 로물루스(Romulus)와 레무스(Remus)라는 쌍둥이가 건국하였고 그들의 이름을 따서 'Rome'이라는 단어가 유래했다고 한다. 이렇게 설명하게 되면 학생들은 선생님에 대한 태도가 이전과는 사뭇 달라지게 된다. 수업 내용이 학교 선생님과도 다르고 다른 학원 선생님과도 분명히 다르기 때문이다. 이런 수업 준비는 독서를 통해서 시오노 나나미가 쓴 『로마인 이야기』를 읽어야만 가능하다. 가르치는 선생님이 교과 내용만 숙지하고서 학생들을 지도하려고 하면 그 수업은 무미건조해지고 지루해지기 십상이다. 특히 학교가 아니라 학원에서의 수업 내용은 학교보다 더 전문화되어 있어야 하고 또한 차별화가 되어 있어야 한다. 그래야만 학생들이 해당 학원에 계속 다닐 수 있는 필요조건을 충족하는 것이다. 수업 내용을 전문화, 차별화시키려면 거기에 따르는 노력과 시간이 필요한 것은 당연하다. 마치 사랑하는 연인들이 파트너의 눈빛만 보고도 애정의 강도를 파악할 수 있는 것처럼 교사와 학생 사이도 마찬가지라고 생각한다. 선생님이 철저하게 수업 준비를 해서 수업에 임하는데 어떻게 수업이 무미건조해지고 지루해질 수 있겠는가! 철저하게 준비된 수업은 수업 시간이 진지해지고 가르치는 사람은 하나라도 더 전달하기 위해서 열정을 갖고 수업에 임할 것이고, 마찬가지로 학생들도 수업 분위기에 동화되어서 열정과 공감이 동시에 이루어지는 소중한 수업이 이루어질 수 있는 것이다. 이런 과정을 거치고 나면 학생들의 학업 성적은 자연스럽게 좋아지게 되고 더 나아가서는 전교 1등, 전국 1등, 급기야는 세계 최고의 정상에 이르게 되는 것이다. 전교 1등을 한 명이라도 키워낸 선생님들은 그것이 경험과 내공으로 쌓여서 수업에 더욱 자신감을 갖고 임하게 되고, 학생들에게 더 애정을 갖고 지도하다 보면 바야흐로 최고의 경지까지 학생을 이끌 수 있게 되는 것이다.

나는 학원 강사로서 참으로 운이 좋게도 1,000여 명 가까운 학생들을 전교 1등으로 키워냈고, 가르쳐 봤으니 얼마나 행복하고 보람이 있었겠는가! 어제도 제자 한 명이 어려운 사법고시에 합격해서 다음 달에 본인이 근무하는 동부지방법원에서 결혼한다고 기쁜 소식을 알려왔으니 '학원 강사 중에 나처럼 행복하고 자부심이 있는 사람이 있을까?'라는 자만에 가까운 만족을 스스로 해 본다.

부디 이 글이 학생들을 자녀로 둔 학부모님들께도, 또한 교육 현장에 계신 많은 선생님께도 조금이나마 학생들을 지도하는 데 도움이 되었으면 하는 간절한 바람이다.

31.

새벽
수업

'새벽 수업'이라는 말만 들어도 뭔가 신선하고 부지런한 느낌이 저절로 든다. 새벽 수업을 하려면 학생들은 최소한 새벽 다섯 시에 일어나야지만 수업 시작 시각에 맞춰서 학원에 나올 수 있다. 물론 가르치는 선생님도 마찬가지다. 이런 새벽 수업은 학생 본인이 원해서 수업에 나올 수 있도록 하는 것이 선결 과제다. 아마도 아무런 준비 없이 부모나 선생님이 보통의 학생에게 내일부터 새벽 수업을 수강하라고 하면 십중팔구는 학생들에게 거절당하고 말 것이다. 이는 마치 100m 달리기를 아무런 준비 운동 없이 바로 하라고 하는 것과 비슷하다. 100m 달리기 시합을 하더라도 사전에 충분한 워밍업을 통한 몸풀기가 선행된 다음에 경기에 임해야만 원래의 제 실력이 나오는 것이지, 아무 준비 없이 달리기를 한다면 실력도 실력이려니와 자칫 잘못하면 몸을 다칠 수도 있는 것이다. 새벽 수업도 100m 달리기 시합 전의 워밍업처럼 사전에 준비 작업이 필요하다. 학생 본인이 스스로 왜 새벽 수업에 나와서 공부해야 하는지 그 필요성을 스스로 인지해서 자각하게 만들고 그런 공부에 대한 욕구가 생기도록 특히 가르치는 선생님이 도와주어야 한다. 단순히 "네가 공부를 잘하기 위해서는 새벽 수업을 들어야만 해!"라고 하면 어떤 학생도 새벽 수업을 듣지 않을 것이다. 우선 학생들의 마음을 움직이기 위해서는 구체적으로 예를 들어서 말해 주는 자세한 설명이 필요하다. 새벽 수업을 통해서 공부를 잘하게 된 선배들의 이야기를 소상하게 알기 쉽게 설명해서 학생들에게 전달해야 한다. 그리고 새벽 수업을 했을 때의 장점들을 이해하기 쉽도록 친절하고 자세하게 설명해 주어야 한다. 새벽 수업을 했을 때의 장점들은 나중에 설명하도록 하겠다. 이런 과정을 통해서 어렵게 학생이 스스로 새벽 수업에 나오게 되면 이른 시간 안에 새벽 수업에 나올 수밖에 없도록 가르치는 선생님이 학생들에게 강의로 입증해야 한다.

우선 새벽 수업을 하게 되면 일어난 지 얼마 되지 않았고 또한 새벽이라 온통 사방이 고요하고 조용해서 공부하는 데 최적의 환경이 갖추어지게 된다. 아마도 내가 생각하기에 새벽 수업은 낮이나 저녁에 하는 수업보다 수업 효과가 몇 배는 더 뛰어나다고 생각한다. 그 이유는 첫 번째로 가르치는 선생님이나 학생들의 마음가짐이 아주 진지하고 새롭다는 것이다. 새벽부터 수업 중에 수업 외적인 농담을 하거나 대충 시간이나 때우고 가려는 그러한 선생님이나 학생은 단연코 없을 것이다. 두 번째로는 깨어난 지 얼마 지나지 않았기 때문에 정신이 맑아서 수업 효과가 훨씬 뛰어나다는 것이다. 그리고 새벽은 하루가 시작하는 청정한 시간이라 오후처럼 학생들이 지치고 힘들어하지 않는 원기 왕성한 시간이라는 장점도 있다. 세 번째로는 하루가 아주 여유롭다는 것이다. 새벽 다섯 시에 일어났으니 새벽 수업을 하기 전보다 훨씬 마음이 여유롭고 느긋해서 일과(日課)하는 데 여유가 생긴다. 설령 새벽 일찍 일어나서 잠이 부족하다면 점심시간을 이용해서 잠깐 눈을 붙이고 나서 공부에 임하면 된다. 또한 새벽부터 부지런하게 생활했으니 몸이 적당히 피곤해서 저녁에 깊이 잠들 수 있다. 네 번째로는 가장 중요한 공부에 대한 자신감이 생겨서 학교에서의 학습 태도뿐만 아니라 학교생활에서도 적극적이고 긍정적인 마인드로 행동이 바뀐다는 것이다. 이렇게 새벽 수업을 6개월 정도 하고 나면 지각, 결석 없이 나온 학생들은 성적은 물론 학생들의 태도가 여러 면에서 바람직한 쪽으로 확실히 바뀐 것을 눈으로 직접 확인할 수 있다. 새벽 수업을 통해서 반 1등은 물론 전교 1등도 수백 명을 직접 가르치고 키워내고 내 눈으로 직접 확인한 사실이니 얼마든지 자신 있게 말씀드릴 수 있다.

물론 새벽 수업을 하기 위해서는 우선은 가르치는 선생님이 충분한 경험과 노하우를 가지고 학생들을 지도해야 할 것이다. 내 경험을 말씀드리자면 그 당시에는 칠판에 판서 수업을 했기 때문에 하루 전에 교실 상태라든지 칠판이 깨끗이 정돈되어 있는지 확인하고서 혹시 준비가 되어 있지 않으면 내가 직접 수업을 할 수 있게끔 최상의 상태로 만들어 놓고서 퇴근했다. 또한 옷차림도 세심하게 준비해서 되도록 단정한 옷차림을 했다. 나중에 경제적으로 여유가 있게 되면서부터는 날마다 양복을 다른 옷으로 바꿔 입고 수업에 들어갔으며 신발도 매일 윤이 번쩍번쩍 나도록 닦아서 신고서 수업에 들어갔다. 그야말로 내가 할 수 있는 최상의 상태를 준비해서 수업에 들어갔고 수업 중에도 최상의 수업을 하기 위해서 정신을 바짝 차리고 새벽 수업에 임했다. 그리고 수업이 끝난 뒤에는 칠판에 판서해 놓은 것을 지우지 않고 학생 입장에서 처음부터 끝까지 자세히 피드백해 보면서 고칠 점은 없는지 파악해 보는 등의 과정을 통해서 더 나은 수업을 하기 위해 내 나름대로 끊임없이 노력했다.

처음 새벽 수업을 할 때는 경험도 부족하고 내가 원해서 수업을 하는 것이 아니라서 새벽 수업이 너무 힘들고 어려워서 학원 강사를 그만둘까도 여러 번 생각했었다. 하지만 새벽 수업을 통해서 학생들이 좋은 쪽으로 발전해 가는 모습을 보고서 육체적으로 힘든 것은 비교적 쉽게 극복할 수 있었고 수많은 학생이 새벽 수업을 통해서 놀라울 정도로 발전해 나가는 것을 직접 눈으로 확인한 뒤에는 어느 수업보다 새벽 수업에 더 신경을 많이 썼고 노력을 더 했다.

지금 인기리에 방영되는 드라마에서 자녀들을 속칭 'SKY 대학'에 보내기 위해 고군분투하는 학부모들의 모습을 잠깐 보고서 쓴웃음을 짓고 말았다. 내가 새벽 수업에서 가르쳤던 학생들은 결코 방송에서 나온 것처럼 부모들이 성적 지상주의에 빠져서 극성스럽게 아이들을 닦달하여 오로지 공부만 잘하는 아이로 성장했던 학생들은 한 명도 없었다.

드라마에서처럼 그렇게 극성스러운 어머니도 없었고, 시험을 잘 보기 위해서 잠을 줄여 가면서까지 공부하는 학생들도 없었다. 나한테 배운 학생들은 우선 수업 중에 집중해서 선생님과 수업 시간 내내 열심히 수업을 들었고 학원에 오기 전에도 학생 본인이 원해서 예습이나 숙제를 잘해 왔던 학생들이었다.

공부에 관해서 얘기하고 있으니까 예습이 중요한지, 복습이 중요한지 내 입장에서 한 번 언급하고자 한다.

나는 예습이 복습보다 훨씬 중요하다고 생각한다. 왜냐하면 예습을 하게 되면 우선은 수업 시간이 재미있을 수밖에 없다. 그 이유는 미리 배울 내용을 공부했기 때문에 본인이 어느 부분에서 이해를 못 했는지 정확히 알고 있어서 수업 중에 그 부분에 대한 설명을 더 집중해서 듣게 되고, 그리고 나서도 이해가 안 되면 수업 중에 선생님께 질문해서 비로소 이해할 수 있기 때문이다. 예습하지 않고 복습을 중요시하는 학생들은 수업에 임하는 자세가 아무래도 수동적일 수밖에 없고 수업 중에 예습을 중요시하는 학생들처럼 수업에 집중해서 공부할 수 없다. 그래서 나는 예습이 복습보다 대략 10배는 더 중요하다고 생각한다. 학생들이 이러한 것들을 잘 이해하고 실천하도록 설명해서 학생 본인이 스스로 중요성을 깨닫고 복습보다는 먼저 예습을 할 수 있게끔 하는 것이 중요하다고 생각한다.

또한 수업이 끝나고서 질문하는 학생들이 많아지면 시간을 효과적으로 활용하기 위한 학습 전략이 필요하다. 예를 들어서 학생이 어떤 영어 지문이 이해가 안 된다고 해서 긴 영어 지문을 처음부터 끝까지 설명해 주려고 하면 그것은 시간 낭비이고 더욱이 다른 학생들의 질문들도 다 받아줄 수가 없어서 시간 활용에 있어서도 비효율적이다. 그래서 내가 학생들에게 부탁했던 것은 집에서 예습할 때 이해가 안 되는 부분만 미리 형광펜으로 표시해서 오라고 한 것이었다. 그러면 긴 지문을 처음부터 끝까지 설명할 필요가 없고 시간도 절약할 수가 있어서 학생들을 관리하는 데 많은 도움이 되었다. 이렇게 학생들이 질문하는 내용들을 잘 살펴보면 군이 시험을 보지 않더라도 자연스럽게 학생들이 얼마나 공부를 열심히 하고 있는지, 또한 실력이 어느 정도 늘고 있는지 쉽게 파악할 수 있는 것이다.

결론은 중요한 요점이 어떻게 해서 학생들 본인이 원해서 새벽에 일찍 일어나서 새벽 수업을 원하게 하고 공부를 스스로 할 수 있게끔 할 수 있느냐이다. 이러한 점에 있어서 경험이 많고 실력을 갖춘 전문가가 필요하고 학부모님들께서는 그런 교육 전문가를 수소문해서 자녀들을 그분들에게 맡기면 부모님들이 애면글면 원하시는 자녀들에 대한 학습 효과를 볼 수 있을 것이라고 생각한다. 그리고 가장 중요한 것은 뭐니 뭐니 해도 어머니의 따뜻한 사랑이 먼저 선행되어야 한다는 것이다. 그래야만 이런 교육 효과를 볼 수 있다는 것을 다시 명심하시고 자녀분들에게 교육시킬 것을 권하는 바이다.

"모든 성공한 사람들은
큰 꿈을 가슴에 품고 있다.
그들은 모든 면에서
이상적인 자신의 미래 모습을 상상한다.
그러고 나서
앞날의 비전과 목표
그리고 목적을 달성하기 위해
끊임없이 노력한다."

- 브라이언 트레이시(Brian Tracy)

32.

짧게 쓰는
자서전

나는 1961년 4월 20일에 전라남도 화순군 청풍면 백운리에서 아버지 양호승, 어머니 정귀례 님 사이에서 8남매 중 막둥이로 태어났다.

집이 크게 부유하지는 않았지만, 태어나서 초등학교 3학년까지는 비교적 넉넉한 집안에서 부모님과 형, 누나들의 온갖 사랑을 듬뿍 받고 자랐다.

하지만 초등학교 3학년 때 큰 형수님이 병환으로 3년 동안 투병하다가 돌아가시면서 우리 집안의 가세는 완전히 기울었다. 형수님의 사인(死因)은 맹장을 수술하면서 병원에서 실수로 수술용 가위와 거즈를 꺼내지 않고 수술했기 때문이었다. 그 뒤에 그곳이 곪아서 무려 3년 동안이나 호스로 고름을 받아내면서 병원에서 생활하다가 끝내는 돌아가시고 말았다. 이는 그 당시 매스컴에도 보도되었다. 그때 형수님께서 병이 나시지 않고 살아계셨더라면 나는 광주나 서울로 유학 가서 공부할 수 있었을 것이다. 형수님께서 병이 나기 전에는 우리 집안의 어른들은 커피를 마셨으며 나는 분말 가루로 만든 오렌지 주스를 마실 정도로 살림에 여유가 있었다. 또한, 부모님과 큰 형님 내외분이 그 당시에 광주에 집을 살 것인지 서울에다가 살 것인지 의논하는 것을 여러 번 들었던 기억도 있다. 머슴도 둘이나 있었을 정도로 시골이지만 부족함 없이 살고 있었다.

그러나 갑자기 찾아온 우환으로 인하여 집안의 가세는 기울었고 가정의 분위기도 우울해졌지만 나는 기죽지 않고 초등학교를 무난하게 졸업했다. 초등학교 때는 가끔 반에서 1등도 했고, 반장도 했으며, 심지어는 개구쟁이로서 전교생을 상대로 주먹으로 천하통일(?)까지 했었다.

지금도 기억나는데 졸업식 때 연로하신 아버지께서 처음으로 학교에 오셨는데 내가 상을 제일 늦게 탔다고 서운해하셔서 한동안 나를 냉담하게 대하셨던 것을 생생히 기억하고 있다. 그 내용을 더 자세히 말씀드리자면 전교 1등은 교육감상을 받았고, 전교 2등은 군수상을 받았으며, 전교 3등은 학교장상을 받았다. 그리고 전교 4등부터 10등까지는 우등상을 단체로 마지막에 한꺼번에 주고 그다음에는 전교 11등과 12등에게 면장상, 우체국장상 등을 주었는데, 이 기관장 상들을 관례상 우등상보다 먼저 앞서서 주는 바람에 아버지께서 오해하시고 역정을 내셨던 것으로 기억한다. 내 상장 번호가 하필이면 4번이라 전교 4등이면 최소한 네 번째로 받아야 하는데 제일 마지막으로 받았으니 그런 오해를 하셨던 것이다. 그리고 이듬해에 아버지께서는 63세로 주무시다가 운명하셨다.

이후 나는 초등학교를 마치고 중학교에 다니면서 여전히 개구쟁이 습관을 못 버리고 어느 날 사고를 치고 만다. 하루는 중학교 1학년 때 학교 수업을 마치고 친구들과 함께 장난치면서 즐겁게 집에 귀가하고 있는데 파출소 앞에서 순경이 "혹시 거기 양동환이 있느냐?"라고 묻길래 좋은 일인 줄 알고서 당당하게 "전데요."라고 답했더니 파출소로 들어오라고 했다.

파출소에 들어갔더니 순경이 "너는 오늘 여기서 하룻밤 자고 내일 소년 교도소에 가야 한다."라고 청천벽력 같은 얘기를 하였다. 그 사연인즉, 어느 여름날에 실험 정신이 투철하여 청산가리('싸이나'라고도 했다) 한 덩어리를 냇가에 풀었더니 물고기들이 잠깐 허우적거리더니 금방 다시 살아났다. 그래서 다음번에는 창고 선반 위에 반쯤 찬 채로 놓여있던 오래된 농약을 꺼내서 주머니에 넣고서 냇가에 달려가서 뚜껑도 따지 않은 상태에서 물속에 있는 바위에다 던졌다.

이번에도 물고기들이 처음에만 허우적거리다가 살아나는 것을 보고 집으로 돌아가서 저녁을 먹고 동구 밖으로 나갔는데 마을 사람들이 온통 냇가로 물고기를 잡으러 몰려가는 것을 보고서 나도 따라가서 비교적 큰 물고기들만을 열심히 잡아서 친구들에게 주고서 집에 왔고 아무 생각 없이 학교에 갔던 것이다. 후에 알고 보니 당시에 형님께서 동네 저수지에 잉어 치어 10만 마리를 양식하고 있었는데 냇가에 온통 물고기가 하얗게 죽어 있으니 깜짝 놀라서 누구의 소행인지 알아보니 본인 동생의 소행이라는 것을 알고서 경찰서에 직접 신고했던 것이다. 그래서 난생처음으로 파출소에 잡혀가서 손바닥 매도 맞고 얼차려도 받고 또한 물고기를 주운 친구들도 뒤늦게 불려 와서 저녁 늦게까지 엄한 조사와 벌을 받았다. 오후 5시쯤 붙들렸는데 저녁 8시가 되어서도 가족들이 찾아오지 않아서 포기와 절망하는 마음에 정말로 소년원에 가는 줄 알고 있었다. 그런데 저녁 9시쯤 해서 큰집 형님 두 분이 파출소에 찾아오셔서 나 대신 죄를 빌고서 나와 친구들을 데리고 나가셨다. 아마도 태어나서 지금까지 그렇게 서럽게 울었던 것은 그날이 처음이자 마지막이었던 것 같다. 집에 오니 어머니께서 형님한테 용서를 빌라고 하셔서 형님께 갔더니 형님은 속상해서 술을 드시고 이미 주무시고 계셨다.

이런 개구쟁이 노릇을 하면서도 줄곧 학교 성적은 상위권이었고 무난히 고등학교에 입학했다. 하지만 광주라는 대도시에 나가서 가족과 떨어져서 생활해 보니 여러 가지로 힘들고 어려웠다. 무엇보다도 가정 형편이 어려워서 과연 고등학교를 무사히 졸업할 수 있을지가 제일 큰 걱정이었다. 그래서 짧은 생각으로 일찍 군대에 갔다 와서 공무원 시험을 볼 것인지 등을 고민하며 불안한 상황에서 고등학교를 졸업하고 수능시험을 치렀다. 그런데 시험을 보기는 봤는데 무슨 이유였는지 맹목적으로 서울대 법대가 아니면 대학에 가지 않겠다는 터무니없는 생각을 하게 된다. 그 당시 나보다 공부를 못했던 친구들이 연·고대에 진학했다. 그래서 재수하고서 서울대에 다시 도전했지만 실패하고, 또다시 삼수를 했는데도 불구하고 결과적으로는 서울대 법대 입학에 실패하고 만다. 본문에서 잠깐 언급했듯이, 삼수할 때 내가 가장 자신 있는 과목이 수학이었는데 그해에 수학 과목이 유독 어렵게 출제되었다. 수능 시험 당일에 시험을 치르는데 수학 과목에서 1번부터 3번까지 확실한 정답이 나오지 않았다. 그래서 성급하게도 '내 꿈은 끝났다'고 생각하고 시험장에서 뛰쳐나오려고 무려 네 번이나 일어섰다가 앉았다가를 반복하면서도 끝내는 수험장 밖으로 나오지 못하고 수능 시험 제2교시 과목은 다 찍다시피 해서 시험을 보고 나머지 과목도 극히 불안한 상태에서 시험을 마쳤다. 만약에 서울대 법대가 아니고 차선책으로 연·고대나 성균관대 법대를 생각했으면 그런 어처구니없는 결과는 나오지 않았을 것이다. 수능 점수는 400점 만점에 240점 정도를 받은 것으로 기억하는데 그 점수에 맞춰서 서울에 있는 꿈에도 생각하지 못했던 대학에 원서를 내게 되었다. 그러나 합격자 발표일에 합격을 확인하러 그 학교의 대운동장에 가 보니 내 이름이 보이지 않는 것이 아닌가! 사람 마음이 한없이 간사하다는 것을 그때 비로소 몸소 체험할 수 있었다. 그렇지 않아도 몹시 심란한데, 꿈에도 생각하지 못했던 그 대학에 합격도 못 했다는 자괴감으로 모든 것을 포기하고 군에 입대해야겠다고 생각하고 잊고 있었는데 서울에 살고 계신 누나 집으로 "왜 대학에 등록하지 않느냐? 내일이 마감이다."라는 연락이 왔다는 소식을 듣고서 그나마 안도의 한숨을 쉬고서 부랴부랴 다음 날 등록금을 마련해서 납부를 마쳤다.

그리고 대학에 들어가서도 전혀 공부할 의욕도 없고 어쩔 수 없이 학교라는 곳은 나가는데 마지못해서 책가방만 들고 학교를 오갔다. 그러던 어느 날 학교 방송에서 내 이름을 거명하면서 학과장 상담을 하지 않았다고 그날 몇 시까지 학과장실로 오라는 교내 방송이 나왔다. 그 방송을 듣고서 내키지는 않았지만, 별생각 없이 학과장실로 상담을 하러 갔다. 학과장 교수님과 대화를 하면서 내 심정을 이야기했더니 대뜸 하시는 말씀이 "내 아들도 자네하고 똑같은 상황이네. 그래도 아무리 뜻한 대로 안 되었다고 해도 그렇게 비관하고 있으면 안 되고 다시 힘을 내서 희망을 품고 학교생활을 해 보게."라고 하셨다. 그리고 교수님 당신께서도 상고를 졸업하고서 한국은행에 취직하고서 야간대학을 거쳐서 대학을 마쳤고 공인회계사 시험도 합격했노라고 말씀해 주셨다. 어쨌거나 나는 이후 아무 목적도 없이 1년간의 대학 생활을 마치고 군에 입대하게 되었다. 군에 입대하기 전에 학과장님이셨던 교수님께 군대에 간다고 인사드리러 갔더니 식당에 나와 과 대표를 데리고 가서서 태어나서 처음으로 삼겹살이라는 것을 먹을 수 있도록 배려해 주셨다.

내가 군에 입대하던 날에 어머님께서는 그렇게 많이 우셨고, 또한 입영 열차 타는 데까지 같이 가서서 아버지 역할까지 해 주셨던 큰 형님께서도 등을 돌리고 많이 우셨다는 얘기를 수년이 지난 다음에서야 그날 함께 오셨던 누나에게서 듣게 되었다. 그 이야기를 듣고서 내 눈시울도 뜨거워졌었다.

아버지 역할까지 하셨던 큰 형님은 3년 전에 돌아가셨다. 어머니께서는 올해 105세로 여전히 생존해 계신다.

다행히 군 생활을 하면서 입시 실패에 대한 자괴감에서 어느 정도는 헤어날 수 있었다. 그리고 운 좋게도 항상 책을 가까이할 수 있는 일을 하게 되어서 그나마 독서를 통해서 마음을 다스리고 전역한 뒤 3년 만에 복학하게 되었다. 대학에 복학한 뒤로는 1학년 때처럼 의기소침한 학생이 아니라 적극적으로 친구들을 사귀었고 학교생활을 활기차게 하려고 노력했다. 우선은 공부보다는 대인관계에 치중했고 그러다 보니 과 대표-학회장-단과대 학생회장-고시 연구실 실장 등을 전부 다 내가 직접 고르고 지정해서 뽑을 수 있었다. 대학 생활을 해 보신 분들은 아시겠지만, 학회장부터는 1년 장학금이 나오기 때문에 경쟁이 만만치가 않다. 하지만 총학생회장(그 당시는 총학생회장은 운동권 학생들이 했다) 말고는 과 중심의 요직은 내 대인관계의 역량으로 다 뽑고 선택할 수 있었으니 대학 생활은 무난하게 할 수 있었다.

대학을 졸업하고서는 취업 전선에 뛰어들었는데 취업이 생각처럼 쉽지가 않았다. 내가 원하는 곳에서는 지방 근무를 원했는데, 나는 내세울 것도 없음에도 알량한 자존심을 내세워 그런 조건은 받아들이지 못했다. 그래서 취직을 단념하고 자격시험을 보고서 일찍 독립해야겠다고 생각해서 옛날에 다녔던 학원의 은사님을 찾아갔는데 그 은사님께서 "놀더라도 그 학원에 가서 놀아라."라고 한 것이 바로 내가 학원 강사가 된 배경이다. 그 당시에 그 은사님께서는 세 군데에서 학원을 운영하고 계셨고, 그중에서 가장 작은 곳이 내가 최초로 근무했던 서울시 강동구 명일동에 있었던 학원이다. 20대 후반인 내가 책임지기에는 큰 94평의 학원이었다. 처음에는 공부한답시고 학원 문지기 역할을 했는데 어느 날 영어 강사가 갑작스러운 발병으로 수업을 계속할 수 없는 상황이 발생했다. 그래서 할 수 없이 대신 그 수업에 들어간 것이 내가 본격적으로 학원 강사로 나아가게 된 계기다.

학원 강사를 시작한 지 2년 만에 그 동네에서 공부 잘하는 학생들을 거의 다 확보했고 이듬해에는 국세청 세무조사까지 받게 된다. 그

때 원장님께서 "나는 소문이 날 정도로 학원이 잘되는 것은 원치 않는다."라고 하셔서 은사님에 대한 기대가 무너졌고 1년 후에 학원 강사는 그만하겠다고 선언하고 그 학원에서 퇴직하게 되었다.

그다음의 이야기는 본문의 내용 중에 거의 다 나온 얘기들이다.

명색이 짧은 자서전이라고 했으니, 우리 집안의 내력도 잠깐 얘기를 해야겠다. 우선 내 15대 할아버지이신 양팽손 조부께서는 조선 중종 때의 유명한 문신(文臣)인 조광조 분과 생원시 과거 동기이자 친한 친구이셨다. 성균관에 다니실 때도 할아버지를 시골 출신이라고 한양 출신의 유생들이 놀리면 조광조 분께서 나서서 그러지 못하게 막곤 하셨다고 들었다. 또한 조광조 분께서는 당시에 혁신 정치를 펼치시다가 역적으로 몰려 귀양을 가게 되었는데 우연히 우리 고향으로 가시게 되었고 한 달 만에 사약을 받고 돌아가시고 만다.

내 15대 할아버지도 조광조 분께서 귀양을 간 다음에는 관직에 회의를 느끼고 그 자리를 사임하고서 고향으로 내려와 그가 죽기 전까지 거의 매일 만나면서 우정을 나누셨다. 나중에 조광조 분이 사약을 받고서 죽었을 때 그 시신을 역적이라고 치우는 사람이 아무도 없자 저녁에 아무도 모르게 몰래 시신을 수습해서 고향 선산에다가 매장한 뒤 묘를 보살피셨다고 한다. 그런 연유로 해방이 된 후에도 조광조의 영정이 우리 사당인 죽림서원에 오랫동안 할아버지와 함께 모셔져 있었다.

그리고 조광조가 나중에 영의정으로 복권되고 우리 할아버지는 이조판서로 추증되었다. 지금은 조광조 영정이 용인에 잘 모셔져 있고 우리 15대 할아버지도 함께 모셔져 있다고 한다. 언제 시간 내서 한 번가 볼 생각이다. 또한 우리나라 최고의 정원이라고 손꼽히는 소쇄원을 만드신 우리 집안의 양상보 할아버지께서는 조광조의 제자이셨다. 정승을 지내신 분들도 집안에 몇 분 계시다고 들었다. 그런데 일제 말기에 독립운동을 하시다가 우리 집안이 완전히 기울었다고 한다. 그중의 한 분이 내 할아버지이신 양재해이시고 최익현 선생이 의병대장이셨을 때 할아버지께서 부대장을 하셨다는 얘기를 들었다. 고등학교 역사책에 자주 등장하는 할아버지 몇 분이 곰방대를 물고 앉아 있고 양옆에는 일본 순사가 서 있는 사진이 우리 집에 있었던 것이다. 이 사진은 할아버지가 순국선열로 추서될 때 큰 형님께서 국가보훈처에 기증했던 사진이다. 그리고 할아버지의 묘소는 대진 현충원 국가유공자 묘역 340번에 모셔져 있다. 우리 고향 면 소재지 삼각지 정중앙에는 순국선열 양재해라는 묘비가 당당히 서 있다.

조부 사진(오른쪽에서 세 번째가 최익현 선생, 오른쪽에서 두 번째가 필자의 조부다)

최익현 선생과 할아버지께서 독립운동을 같이한 인연으로 내 결혼식의 주례는 최익현 선생의 손자이신 최창규 박사(서울대 역사학 교수, 국회의원 3선)가 해 주셨다. 또한 우리 집안에는 독립 대표 33인 중의 한 분인 양한묵 선생도 계신다.

일제 이후로 해방이 된 뒤에도 친일파들이 정권을 독점하면서 우리 집안 출신들이 선조들처럼 역량을 펼칠 수 없었지만, 이제는 한 명씩 두각을 나타내기 시작하고 있다. 우선 그중의 한 명을 예로 들자면 작년까지 집권 민주당 최고 위원이었고 지금은 국가공무원 연수원장을 맡고 있는 양향자이다.

어렸을 때 동네 아주머니들이 또래 내 친구들에게는 말을 놓는데 나에게는 유독 말을 올리는 것을 보고서 그 이유가 궁금했는데 나중

에 나이 들면서 그것이 반상(班常) 제도 때문이었다는 것을 뒤늦게 알
게 되었다.

아래는 어머님을 생각하면서 서툰 실력으로 내가 쓴 자작시이다.

〈그때는 미처 몰랐습니다〉

어렸을 때
어머니께서
물조심 불조심 차조심을
강조하셨던 것을
그때는 미처 몰랐습니다

초등학교 때
선생님 말씀 잘 듣고
공부 열심히 해야 한다고 하셨을 때
어머니의 애틋한 마음을
그때는 미처 몰랐습니다

중학교 때
친구들과 싸우지 말고
사이좋게 지내야 한다는

어머니의 걱정 어린 말씀을
그때는 미처 몰랐습니다

고등학교 때
열심히 공부해서 꼭
좋은 대학에 가야 한다면서
대학 입시 때 정화수 떠놓고
비시던 어머니의 간절한 마음을
그때는 미처 몰랐습니다

군에 입대하던 날
등을 돌리시고서 하염없이
눈물을 닦으시던
어머니의 애절한 마음을
그때는 미처 몰랐습니다

대학을 마치고
결혼을 해서 셋방에
신혼생활을 차렸을 때
하룻밤만이라도
내 신혼집에서 지내시려고
하셨던 어머니의 소박한 마음을
그때는 미처 몰랐습니다

내가 경제적으로

여유가 조금 생긴 뒤

몇 번 돈을 넉넉히 드리면서

평소에 도와주고 싶은

불쌍한 사람한테 드리라고

건네자마자 당신 큰아들한테

바로 전달하셨던 어머니의 깊은 마음을

그때는 미처 몰랐습니다

당신의 큰아들이

먼저 세상을 떠난 뒤

고향에 내려가서 어머니를

뵐 때마다 '나를 땅에 묻고 가라'라고

하시던 어머니의 한(恨) 어린 마음을

그때는 미처 몰랐습니다

아, 불효자는 웁니다

〈나의 어머니〉

마흔일곱에 낳으신
아들이 올해 쉰아홉이
되도록 생존해 계신
나의 어머니

어제 생신날 막둥이 아들인
내가 오지 않았다고 식사를
네 끼째 거르시면서
막둥이 마지막으로 한 번 보고
저세상으로 가시겠다는
나의 어머니

어머니 연세 백 다섯
당신 앞에 자식을 셋이나
먼저 보내시고서 그 한(恨)을
가슴 속에 깊이 묻으시고서
온종일 한숨과 담배로 보내시는
나의 어머니

지금 운명하셔도
천수를 누리시고 이승을

하직하는 것이려만
막상 당신 입에서 막둥이
마지막으로 한 번 더 보고
저세상으로 가시겠다는
말씀 들으니 목이 메고
눈물이 앞을 가린다

3개월 전 안면 마비로
일주일 전 큰형님 기일에
참석 못 하고 어제 어머니
생신에 참석 못 하니 나만
애타게 찾으신다니
참으로
애통하여라

어머님께
제대로 자식 된 도리도 못 했고
여행도 한 번 못 시켜드렸는데
이제 영원히 이별을 생각해야 하니
가슴이 미어진다

오, 나의 어머니
불효자를 용서하소서

이 책을 쓰게 된 직접적인 동기

작년 9월 10일 아침에 일어나서 화장실에 가서 양치질하는데 입안의 물이 줄줄 샜다. 그래서 거울을 쳐다보니 얼굴 오른쪽이 이상했다. 눈도 아래로 처져 있고 입도 왼쪽으로 약간 돌아가 있었다.

바로 화장실에서 나와서 응급실로 갈 것인지, 아니면 한의사인 친구에게 연락할 것인지 갈피를 못 잡다가 결국에는 한의사 친구에게 전화를 걸어서 자초지종을 얘기했다. 그랬더니 전화상으로 웃으면서 안면마비가 왔으니 걱정하지 말고 한시도 지체하지 말고 본인의 의원으로 오라고 했다. 그래서 바로 택시를 잡아타고 한의원에 가서 침 치료를 받고 한약도 타 왔다.

한의사 친구 말대로 처음에는 걱정을 안 했는데 계속 오른쪽 귀 한가운데의 고통이 점점 심해지더니 잠을 한숨도 못 잘 정도로 몹시 고통스러웠다. 몇 번이나 119에 전화를 하려다가 고통을 참고서 오전 9시가 되자마자 동네 병원이 문도 열기 전에 그 앞에 가서 기다렸다. 의사가 한참 들여다보더니 대상포진이 귀에 왔다면서 만약에 중추신경으로 왔으면 큰일 날 뻔했다고 했다. 중추신경으로 대상포진이 왔으면 사망하거나 중풍이 올 수 있다고 했다. 또한 대상포진은 눈으로 오면 실명할 수 있고 귀로 오면 귀의 청각이 손상되는 무서운 질병이라고 했다. 다행히 나는 청각에는 문제가 없었고 대신에 안면 마비로 온 것이라고 했다. 그런데 대상포진은 며칠 만에 완치됐지만, 안면 마비는 시간이 갈수록 점점 심해졌다. 식사할 때면 국물이 입에서 새서 줄줄 흘러내렸고 오른쪽으로는 음식을 씹을 수가 없었다. 하필이면 왼쪽으로 식사를 해야 하는데 왼쪽 아래 어금니 하나를 임플란트하기 위해서 발치한 상태였기 때문에 음식을 제대로 먹을 수가 없었다. 그래서 임플란트를 하기 전까지 2개월 동안 식사를 제대로 할 수가 없어서 체중이 5kg 가까이 빠졌다. 또한 얼굴이 심하게 일그러져서 친구들도 만날 수가 없었고 모임에도 나갈 수가 없어서 그야말로 참담한 심정이었다. 그때 나와 비슷한 시기에 육군 대령으로 전역한 건강한 친구 한 명이 심장질환으로 갑자기 쓰러져 며칠 만에 저세상으로 가고 말았다. 평소에 그렇게 친하지는 않았던 친구였는데 무슨 이유인지 작년에만 네 번이나 전화를 서로 주고받으면서 "우리 남은 인생 건강하게 잘 살아 보세." 하던 친구였다. 그런데 허망하게도 그 친구가 죽고 말았다. 또한, 한 달 전에 죽은 친구하고 같은 동네에 사는 친구가 병원에 입원한 지 보름 만에 또 죽고 말았다. 이 친구는 내가 사는 동네에서 가까운 아산병원에 입원해 있던 친구라서 내가 거의 매일 문병을 하러 갔다. 사망한 날에는 문병을 갔다가 나도 침 치료를 받으려고 했는데 문병을 가 보니 그날 아침부터 갑자기 병이 악화돼서 말도 못 하고 사람도 못 알아봤다. 고통으로 몸부림치면서도 잠깐 내 손을 꼭 잡고 나를 한 번 쳐다보더니 다시 힘들게 드러누웠다. 친구들에게 심각한 상황을 알리고서 내 침 치료는 단념하고 집에 돌아와서 화장실에 씻으러 들어가면서 혹시 전화가 오면 바꿔 달라고 아내한테 부탁했다. 화장실에서 나와서 혹시나 하고 전화기를 확인해 보니 그새 고인의 딸한테서 아버지가 사망했다는 문자 연락이 와 있었다. 불과 두 시간 전에 내 손을 꼭 잡았었는데 사망이라니, 참으로 허망하고 허망했다. 아래는 친구들의 죽음을 겪고서 내가 쓴 시이다.

〈친구의 죽음〉

음주 안 함
절도 있는 생활
육군 대령 출신
강건하여라

지난해 9월 초
나는 대상포진으로 인한
안면 마비 발병
그 친구는 심혈관 질환으로 인한
인사불성
일주일 만에 사망
허망하여라

우연인 듯
운명인 듯
그전에 전혀 연락이 없다가
죽은 해에만 여러 번 통화
마지막은 '남은 인생
건강하게 잘 살아 보세'
통화한 지 한 달 만에 사망
인생무상이어라

어느 누구보다
건전하고 건강 관리
철저한 친구가
아직은 젊은 나이에
갑자기 인생의 종지부를
찍으니 난감하고
허망하여라

남은 인생
소중하고 가치 있는 삶을
살도록 해야겠노라

〈친한 친구의 죽음〉

이틀 전
병문안 갔을 때
인사불성 상태로
생사의 갈림길에서
고통으로 몸부림치는 와중에도
내 손을 꼭 쥐고서
놓지 않던 친구

나도
병원 치료를 받아야 해서
떨어지지 않은 발걸음을 뒤로하고서
혹시 긴급 상황이 발생하면
연락 달라고 부탁을 하고
병원을 나섰다

혹시
오늘이 마지막일지도
모른다는 직감에 동창 친구들에게
긴급한 연락을 띄우고
기적이 일어나도록
간절한 기도를 부탁했다

병문안 마치고
마음이 안절부절
갈피를 잡을 수 없어
내 병원 치료는 포기하고
집으로 왔다

집에 와서도
전에 경험하지 못했던 좌불안석
노심초사 몹시 불안한 마음은
사라지지 않았다

욕실에
씻으러 가면서도
혹시 전화벨 울리면 전해줄 것을
아내에게 부탁하고 들어갔다

설마
나쁜 소식은 없겠지 하고
전화기 확인했는데 유족한테서
친구 사망 소식이
그사이 오고야 말았다

오호통재라!
불과 몇 시간 전
손을 꼭 잡은 친구인데
사망이라니
인생무상
초로인생
허무하고 허무하도다

친구여!
부디 이승의 무거운 짐
내려놓으시고 병고의 고통 없는
천국 저승에서
영면하시게‥‥.

이런 갑작스러운 친구들의 죽음과 나의 안면 마비로 인해서 불현듯 떠오르는 생각이 '나도 어느 순간에 저세상으로 갈 수가 있구나!'였다. 왜냐하면 지금까지 내 친구 중 20여 명 가까이 되는 친구들이 벌써 유명을 달리했으니 말이다. 그러면서 우선 나에게 일어나지 말도록 마음속으로 간절히 빌었던 것이 있다. 내 안면 마비가 다 회복되기 전까지는 연로하신 어머님께서 살아계시기를 간절히 빌었고, 또 하나는 더 늦기 전에 마음속으로 계속 미루어 왔던 제자들에 관한 책을 쓰는 것이었다. 본의 아니게 대외 활동을 할 수가 없어서 집과 병원만 왔다 갔다 해야 했으니 남는 시간에 용기를 내서 책을 쓰기 시작했다. 이미 내용들은 내 경험으로 머릿속에 있던 내용들이라 책을 쓴 지 불과 한 달만에 집필을 끝냈다. 수년 전부터 많은 제자, 학부모님들, 그리고 내 친구들이 책을 쓸 것을 권유하였으나 계속 미루고 미뤄왔던 것인데 친구들의 갑작스러운 죽음을 경험한 것과 안면 마비로 인해 건강의 심각성을 몸소 깨닫고 나서야 비로소 자서전을 겸한 책을 쓰게 되었다. 막연하게 생각했을 때는 책 쓰는 것이 몹시 어려우리라 생각했는데 막상 책을 써 보니 생각보다는 그렇게 어렵지는 않았다.

부디 이 책이 우리나라의 학생들과 교직에 계신 선생님들, 학부모님들께 조금이나마 도움이 된다면 나에게 큰 위안과 보람이 될 것이다.

그리고 책이 얼마나 읽힐지는 모르지만, 책으로 인한 수익금은 우리나라 교육의 발전을 위해서 사용할 것을 지면을 통해서 약속하는 바이다. 또한 이 책이 나올 수 있도록 계기를 만들어준 고인이 된 두 친구에게 이 책을 바친다. 또한 오랫동안 아버지 역할을 해 주시고 내 뒷바라지를 해 주셨던 두 형님과 어머님께도 이 책을 바치는 바이다.